新诗评论

NEW POETRY REVIEW

CSSCI 来源集刊

北京大学中国诗歌研究院 编

总第二十五辑

北京大学出版社
PEKING UNIVERSITY PRESS

图书在版编目（CIP）数据

新诗评论. 总第二十五辑 / 北京大学中国诗歌研究院编. —北京：北京大学出版社，2022.11
ISBN 978-7-301-33499-7

Ⅰ.①新… Ⅱ.①北… Ⅲ.①新诗评论—中国 Ⅳ.① I207.25

中国版本图书馆 CIP 数据核字（2022）第 193159 号

书　　　名	新诗评论（总第二十五辑）
	XINSHI PINGLUN (ZONG DI-ERSHIWU JI)
著作责任者	北京大学中国诗歌研究院　编
责 任 编 辑	黄敏劼
标 准 书 号	ISBN 978-7-301-33499-7
出 版 发 行	北京大学出版社
地　　　址	北京市海淀区成府路 205 号　100871
网　　　址	http://www.pup.cn　新浪微博: @ 北京大学出版社 @ 培文图书
电 子 信 箱	pkupw@qq.com
电　　　话	邮购部 010-62752015　发行部 010-62750672
	编辑部 010-62750112
印 刷 者	天津联城印刷有限公司
经 销 者	新华书店
	660 毫米 ×960 毫米　16 开本　15.5 印张　238 千字
	2022 年 11 月第 1 版　2022 年 11 月第 1 次印刷
定　　　价	56.00 元

未经许可，不得以任何方式复制或抄袭本书之部分或全部内容。
版权所有，侵权必究
举报电话: 010-62752024　电子信箱: fd@pup.pku.edu.cn
图书如有印装质量问题，请与出版部联系，电话: 010-62756370

目 录

诗人胡续冬纪念专辑

胡续冬：天才的退却 …………………………… 黎　衡（3）
被石头教育：胡续冬与葡语诗 ………………… 周星月（24）
向生活敞开胸怀
　　——胡续冬诗作阅读札记 ………………… 刘　寅（52）
腾挪与游牧
　　——胡续冬诗美学初探 …………………… 涂书玮（65）

问题与事件

什么是"不合时宜"的"当代性"？
　　——重审当代诗歌的历史感思考 ………… 辛北北（85）
诗歌写作与批评的能源
　　——21 世纪 ………………………………… 范　雪（106）
新诗的文化政治
　　——漫谈诗歌语言的"革命""不革命"或"反革命"
　　（作为发言草稿的一组片段）……………… 王　璞（119）
不为诗辩护
　　——从"技艺"观念反思当代诗与批评的立场 … 娄燕京（130）
从"经验"联动的有效性看当代诗歌中的
　　现实感与社会感（上）……………………… 余　旸（144）

诗人研究

社会主义狂想与资本幻境
　　——阅读海子诗歌的一个斜面……………………李国华（183）

新诗学

诗歌的引擎：论当代新诗的动力装置………………一　行（201）

本辑作者简介……………………………………………（239）
编后记……………………………………………………（242）

诗人胡续冬纪念专辑

2021年8月22日下午,诗人、译者、随笔作家、北京大学外国语学院世界文学研究所副教授胡续冬因病猝然离世,享年47岁。他的逝去令亲近他的家人、朋友、学生和读者震惊且悲痛。胡续冬1991年考入北京大学中文系,1992年底加入五四文学社,开始现代诗写作。1994年,与诗人、朋友共同创办诗歌同仁刊物《偏移》。2002年,胡续冬获博士学位,留校任教。他积极参与并长期支持五四文学社的诗歌活动,包括未名诗歌节、未名高校诗歌奖等。本辑邀请了胡续冬的朋友、学生撰文,从其诗歌写作立场、诗歌面貌、翻译与影响、美学气质等不同方面,释读并纪念这位英年早逝的优秀诗人。

胡续冬（1974.10.30—2021.8.22）

胡续冬：天才的退却

黎 衡

安德烈·巴赞在名为《查理·卓别林》的评论中，有一段经典的开头："查理是一个神话人物，他超然于他的每一场冒险。相对于观众来说，在《安乐街》(Easy Street)、《朝圣者》(The Pilgrim)这样的电影诞生之前，查理作为一个人已经存在，之后仍继续存在……卓别林是查理这个神话人物的缔造者和守护者。"①巴赞敏锐地区分了卓别林和作为其自身创造物的查理。我也希望在这个意义上理解胡续冬：胡旭东是胡续冬的缔造者和守护者，前者从他的癖性、才赋和习得中发明了后者，胡续冬当然不是大众文化意义上的"神话人物"，却是某种文学和友谊的小共同体中的"神话"，他的"诗"与"人"像舞蹈和舞者一样合二为一，在中国当代文化自新的进路中携带着惊人的爆破力和解构性。他以少年天才的势能与文学相遇，从此，诗歌是他便携的飞行器和降落伞，是他多向度的通道，是他消隐自身又演化出更多分身的魔镜。他以智力的自负在写作中加速、变速，又往往体现出减省与谦逊的美德。当叙事、反讽、戏仿在1990年代以降成为某种诗歌技艺的常识，在胡续冬这里，却是内置式地激活了他性情中恶作剧的部分，他的幽默从而不仅具有狂欢气质，也是祛魅和反本质主义的提示器。但他最终又奇妙地呼应了"文质彬彬"的汉语传统，以一种世界文学的视野和崭新的感受力对称着古诗"脱有形似，握手已违"的精微。

---

① ［法］安德烈·巴赞：《电影是什么？》，李浚帆译，华中科技大学出版社，2019年，第153页。

镜之城

  胡续冬诗歌写作的一个"隐形开关",常为评论界忽视,即对中国古典文学审美机制尤其是古诗传统,近乎文化本能地再现。这种忽视,一方面固然是由于他再现传统的方式经过了现代主义的变形,另一方面也因为他极少谈及征用中国传统诗歌资源的写作向度。很可能,他的这一向度,同时包含着对言必称古诗的当代风尚的抵制。胡续冬既没有加入向杜甫、李白、李商隐致敬的潮流[①],也极少用僻字雅词,借造句炼句的方式以重构现代汉语的语法。他带来的启示是,当"化欧""化古"已不再成为一种写作策略的焦虑时,"化欧""化古"有可能别开生面。

  在《答〈新华夏集〉十问》[②]中,胡续冬说:"初中的时候我画国画小有名气,还在当地的群艺馆办过个展。为了让画显得更完整,出于一种传统的形式感,我似乎必须写点古诗在上面。于是我就开始写点古诗词了,分平仄记词牌,背平水十八韵。"[③]尽管,这一古诗词写作阶段,并不为胡续冬本人所看重,但从"分平仄""背平水十八韵"可见,这一时期的写作是相当严格的,某种意义上,它构成了胡续冬新诗写作的"前史"。

  同一篇问答中,胡续冬又说,"我无法去评价新诗的起源,作为后辈,我只能接受这个在富裕的中国古诗传统门外沿街叫卖、发愤自强的贫穷起源"[④],尽管语风戏谑,仍能看出胡续冬避免谈及这段"前史"的原

---

① 这一潮流的可疑之处在于,借由宇文所安等海外汉学家的赞美,某种意义上是脱离了语境的对传统的想象和误读,体现出戴锦华所说的"二十世纪中国文化走向世界的焦虑和置身世界的中空"。

② 《飞地》丛刊第13辑"腾挪与戏谑"(胡续冬专题),收集了一组诗人自述的重要材料,包括:由他本人整理、从1974年到2015年的《胡续冬诗歌创作与文学活动年表》;发表于《南方文坛》2009年第4期的《近十年来的诗歌场域:孤绝的二次方》;发表于《文艺争鸣》2008年第6期的《诗歌:自我的腾挪》;2012年应邀回答英译中国当代诗选《新华夏集》主编明迪书面访谈的《答〈新华夏集〉十问》等。

③ 胡续冬:《答〈新华夏集〉十问》,载张尔主编《飞地·腾挪与戏谑》,海天出版社,2016年,第21页。

④ 胡续冬:《答〈新华夏集〉十问》,载张尔主编《飞地·腾挪与戏谑》,第24页。

因，是一种望洋兴叹的敬畏。

"总体上来说，庞大的古诗传统、毛泽东时代（尤其是毛本人）诗歌的文体特权、'朦胧诗'时代诗歌承担的启蒙使命、1980年代诗歌的全民狂想气场、一部分1990年代诗歌中过于庄严的价值担当和21世纪初一部分诗歌中过于较真的去道德化立场，都为新诗添加了很多不必要的光环，这些虚幻的光环会干扰人们对诗歌这门手艺、对诗人这个行当的正常认知。"① 这段自述解释了他避谈古诗传统的另一原因：在胡续冬看来，"庞大的古诗传统"像百年新诗史中的其他干扰因素一样，是"虚幻的光环"，只有破除光环，才能让诗歌写作回到它应有的位置，回到语言媒介本身，使用鲜活的当代汉语去锤炼和发展这门手艺。

在《诗歌：自我的腾挪》中，胡续冬说："我也曾试图把古文（而不是古诗）的章法、语汇，尤其是虚词使用的技法，嫁接到非常'当下'的情境中去，力求在崎岖的古意和逼仄的个人化顽念（情感的、性的、家国理念的唠叨）之间打开一个刁钻的腾挪空间，但在读了一批散落在埃及的希腊语诗人卡瓦菲的诗之后，我修改了这种腾挪方式……他擅长于用白描这种貌似技术含量很低的手艺来落实这种隐秘的梦想，这对我构成了一种有益的纠正。"② 这里所言的崎岖古意的嫁接，当指类似"偶有绝学，不过是/裁衣服、割牛卵子，换得/鱼肉若干，令小儿憨胖。"（《镜中》）、"看见满城的灯火在山下美得蹉跎"（《索布拉吉尼奥》）、"我独坐风之一隅，看邻家老幼不得闲"（《季候三章·狂风》）、"或一览人民，或造福汉语"（《合群路》）、"流浪猫记忆短浅，小黄昨夜宿小白"（《蔚秀园》）这样的诗句。这类仿写或嫁接，在我看来只是他修辞实验的即兴变体，就像方言、外语词、俚语、脏话、网络流行语、儿语、谣曲等变体一样，并不是我此处论述的重点。

我所说的再现传统的"隐形开关"，是指胡续冬钟情于水、风、雨、雪、云、影、花、鸟等十分朴素的经典意象，这并不意味着他是一个自

---

① 胡续冬：《答〈新华夏集〉十问》，载张尔主编《飞地·腾挪与戏谑》，第24页。
② 胡续冬：《诗歌：自我的腾挪》，载张尔主编《飞地·腾挪与戏谑》，第17页。

然诗人，但自然却是他想象力的跳板、情绪的节拍器，在某些时候，他就像是使用这些自然物做材料的后现代建筑师，搭建起卡尔维诺般奇诡、清逸的形象之城，间或散发出宫泽贤治般冷冽、梦幻的光晕，由于自然物既是所指意义上的核心形象，又在能指意义上具有"反光""折射""重影"的功能，因此他建起的也是一座镜之城。

2001 年，胡续冬自印的第一本诗集叫《水边书：1994—2000 精选 & 2001 作品集》；2002 年，自印第二本诗集叫《风之乳》。中外诗歌史上，写水、写风的篇目固然数不胜数，但对于一个具有鲜明的当代意识的年轻诗人，在写作风格和面貌初步确立之时，以这两首早期代表作为诗集命名，很难说不是源于传统的隐秘召唤，这传统，来自《诗经》里的水、《逍遥游》里的风，或是"两水夹明镜，双桥落彩虹""南风知我意，吹梦到西洲"① 这样的文学景深。

《水边书》用散文的语调娓娓道来，"我深知""所以我/ 干脆""我开始""我发现""你呢？……此时我才看见"，在叙述前加上如此多的主语、系动词和虚词，表面上会会拖缓诗歌节奏，显得啰唆，但实际上，这种句式一方面符合"我"在水边给"你"写信的口吻，另一方面带来了阅读期待的反差，如"我深知"的是"这种长有蝴蝶翅膀的蜻蜓/ 会怎样曼妙地撩拨空气的喉结/ 令峡谷喊出紧张的冷"，经过一连串转喻，蜻蜓、空气、峡谷都被拟人化，空气拥有喉结，峡谷会紧张，"深知"的并非某种常识，而是奇思妙想，产生出一本正经地说梦话的表意效果。同时，散文的句法中和了闪转挪移、仿佛在高速运算的想象力，让高强度的修辞获得了缓冲感。韵脚时隐时现："线""腺""雁""片""莲""见"，隐隐然提供了音乐性的线索，又不致因过于顺滑而破坏舒缓的抒情；诗歌中段的停顿处暗藏了"痛""中"的韵，结尾换韵为"亮""样"。数次在句末出现的单音节词，平衡了双音节词的节奏疲劳，问句平衡了陈述句。"粼粼的痛""远方的鳔""冉冉的轻""冰凉的鼾声""你从我体内夺目而

---

① "两水夹明镜，双桥落彩虹"出自李白《秋登宣城谢朓北楼》，"南风知我意，吹梦到西洲"出自南朝乐府民歌《西洲曲》。

出/ 的模样",叠词轻盈、通感灵动,绘成一幅"以我观物"的水的拓扑图。在诗人的想象中,"我"与"水"与"你",产生了奇异的联系,"水"是景观,也是具身性的,是我们之间记忆和思念的引力波。《水边书》示范了新诗精妙的技艺和浑然天成的平衡感。

《风之乳》充满语言杂耍性和荒诞剧色彩,"风"和"乳"的拼贴提示了胡续冬式的风格张力,以漫画的夸饰、游戏的自如,激活过于诗意、接近陈词滥调的语汇。"风"的诗意需要"乳"以及滑稽的"啜饮"来拯救,需要"大海""锏""元音""闪光的电子邮件"这些音节长度和经验"频段"各不相同的名词来对称。某种意义上,新诗就是一种通过不断吸纳新名词来"对冲"形式感损失的文体,胡续冬显然深谙此道。有趣的是,再现"随风潜入夜""夜来风雨声"传统的,是"直到散伙/ 他们谁也没问对方/ 是谁,是怎样得知/ 风在昨晚的伤势",表演了"口臭的陀螺/ 在半空中转啊,转"这样魔性的语言戏法,来到诗的收尾处,胡续冬仍要重启经典的审美机制:在清晨回想昨夜之风,追忆半梦半醒时黑暗中的风声,体认风这种事物穿透时空的自由、虚空和失落。当然,他为这种经典的怅然加入了后现代的莫名和沮丧。

有时,从凌晨梦中初醒的怅然,复现出"巴山夜雨涨秋池""小楼一夜听春雨"的幽远听觉:"我醒来时雨也醒着,它想要交谈。/ 爱做梦的时辰过去了,剩下的是凌晨和巴西/ 周围还有很多醒着的声音在空气里/ 舒展着自己,然后抱在一起,被雨说了出去。"(《季候三章·雨季》)有时,对"空灵"这一审美感觉的启动,会直接通过"空""安静"一类的语汇来确认:"蛙声和雨声像两个/ 孪生的哪吒,争抢着/ 我耳朵里变幻的空。/ 其实我早已在耳蜗深处/ 腾出了一大片安静的山谷,/ 可以装下整个村庄的青蛙/ 和整夜的急雨……"(《夜宿桃米坑》)

风的无着,雨的侘寂,在镜之城散射。镜城还会以童话的玄想,把空灵擘画得玲珑剔透:"慢慢地,我感到自己的背上似乎/ 轻了许多。我只跳了一下,就跳到了/ 最大的一张风织的吊床上。// 那天晚上,我无师自通,学会了/ 在小径般交错的月光上骑自行车,学会了/ 在天亮时把自行车稳稳地停在家门口的水泥地上。"(《蜗牛》)"每人都从树杈间取下/ 一把透明的风的锄头/ 在半空中挖出一大片/ 漂浮不定的农田,把/ 我们闻到的、尝到的、/ 用手心一点又一点地/ 触摸到的夜晚,全都/ 像种子一样种在里面。"(《槐花》) 或以语言本体论的意识来重述"以马喻马之非马,不若以非马喻马之非马也,天地一指也,万物一马也":"山丘里那些/ 混沌的和将要混沌的东西// 安抚着它的腿,使它们/ 稳稳地站在草地上,站在/ 雨水从它身上褪下来的地方。/ 我几乎忘了它是一匹马,/ 忘了在它腹中的出游。"(《在坝上草原》) 镜城还是元诗的迷宫,是让胡续冬继续存在、熠熠反光的诗歌本身:"海从夜里裸泳了出去,诗从海里裸泳了出去,/ 我从一首诗裸泳到了另一首诗里。"(《阿尔博阿多尔》)

中国传统诗话词话里,以水、影、镜形容诗词神韵的不在少数,如《沧浪诗话》:"盛唐诸人惟在兴趣,羚羊挂角,无迹可求。故其妙处,透彻玲珑,不可凑泊,如空中之音,相中之色,水中之月,镜中之象,言有尽而意无穷。"① 《介存斋论词杂著》论吴文英(梦窗)词:"梦窗每于空际转身,非具大神力不能。梦窗非无生涩处,总胜空滑。况其佳者,天光云影,摇荡绿波;抚玩无斁,追寻已远。"② 胡续冬的"镜之城",用《人间词话》的说法,妙处就在"不隔"。"不隔"是胡续冬写作中自觉的美学追求,《宿舍一角》里已经透露:"一个在吉他上闲逛的朋友给我留了张字条/ '希望你向《诗经》学习,把晦涩的语言像阑尾一样割掉'"。

仅仅割掉晦涩的语言当然不够,在我看来,胡续冬能做到"不隔",在于他的诗有以下特点:其一,譬喻精妙,惟妙惟肖,既不落俗套,又避免牵强附会,总能在似曾相识之处建立联系,挠到读者的痒处。如把逗号、句号、感叹号比作胎记(《阅读十四行:致冷霜》);把波光比作水中养伤的雁,把几片云比作睡眠(《水边书》);把旅途中广东青年全身严实的防水服比作爱远行的避孕套(《九马画山》);把白玉兰比作迎春花失散的闺中密友和桃花在雨中裸奔的姐妹(《爱在瘟疫蔓延时》);把少女海

---

① 严羽著,郭绍虞校释:《沧浪诗话校释》,人民文学出版社,1961年,第26页。
② 周济、谭献、冯煦:《介存斋论词杂著 复堂词话 蒿庵词话》,人民文学出版社,1959年,第7页。

魂衫下的胸部曲线比作浪尖上两只小小的神（《海魂衫》）；把山脚比作山的脚，山腰比作山的腰子（《登高》）；把雨中空气的气味比作小学一年级的遥远感觉（《雨》）；把清晨吹动飞雪的风比作大气的海绵体（《雪朝》）；把壮实的本地好人比作"鲸鱼一样庞大"，接"我"的车比作"鲸鱼一样伤感"（《一个离开玛纳索塔岛的男人》）。其二，善于造境，核心意象往往贯穿全诗，用博尔赫斯《小径分岔的花园》《通天塔图书馆》式的工程学、构图法经营全篇，穿花蝴蝶般捉迷藏，却有结构上的整体感。如《在坝上草原》用雨、马、草原（或整个世界）打哑谜；《蜗牛》用隐身的小人、坏人、风织的吊床、自行车和"我"推进飞行棋般的叙述；《夜宿桃米坑》用蛙声、雨声和"我"的耳朵变听觉的魔术；《门》里异乡公寓大大小小十六扇门，被孤独的"我""统统打开又合上了一遍"；《一个跟海鸟厮混的男人》里几种叫不出名字的鸟"抖动着天堂的复数形式"；《槐花》用花的香气、味道和夜，做成一个小小的音乐盒；《紫荆花》把冷风、花丛书写为友人离去后广州冬日的迷途；《江畔》里的江水，是"我"、妻子、"我"与妻子间的思念"三位一体"的"想象的能指"，仿佛这恩爱是甘甜而万有归一的"宗教体验"，"每一滴水都闭上了眼睛"。其三，想象奇诡，但句式清晰，无论自由体还是歌谣体，都不在表层逻辑上设置障碍，于是，语法的逻辑与想象的逻辑之间，便会发生微妙的背离。其四，对诗歌的音乐性、节奏感的处理灵活而准确。其五，多从具体的情境出发，摹写之景、抒发之情，便带有了导游图的色彩或自传性。换言之，胡续冬是那个不断摆置、擦拭这近乎无穷多的镜子的人。

反本质

迷人的镜城，也可能成为诗人的自我想象、趣味、诗人与诗歌的关系上那喀索斯式自矜的围城。尽管，以胡续冬的才能，他完全可以专注于做一个当代汉语的造梦师和调音师，但他的写作意识，随时携带着反本质主义的警醒。理查·罗蒂在《哲学和自然之镜》中指出："对知识、道德、语言、社会的基础所做的研究可能只是类似于教义辩护的东西，它们企图使某种当代的语言游戏、社会实践或自我形象永恒化。"① 以游击的方式，来突袭僵化、"永恒化"的"语言游戏""社会实践""自我形象"，正是胡续冬诗人生涯最重要的动力学。他这样评论钟爱的智利诗人、小说家波拉尼奥的遗作《2666》："这部小说的叙述策动力和展开方式其实和波拉尼奥的诗歌理想大有关系……《现实以下主义者第一宣言》中，波拉尼奥写到'真正的诗人必须持续不断地放弃,（他的关注点）从不在同一个地方停留过多时间，要像游击队战士一样、像不明飞行物一样、像终身监禁的囚徒游移不定的眼睛一样。'"② 胡续冬的生活空间——乡村（重庆合川）/小城市（湖北十堰）/首都（北京）/国际（巴西及各国的游历），成长经验——顽劣少年/学霸（以湖北省文科第七名的成绩考入北大），知识构成——街头智慧（street smart）/书本智慧（book smart）的糅合，本身就是对各种意义上二项对立的取消。如果说生活空间的变迁，只是改革开放以来中国社会巨大流动性的一个浓缩化的个案，那么，成长经验、知识构成的悖反性，则让他在中国诗歌界显得独一无二。文学史上，类似博尔赫斯这样的作家，是典型的book smart（胡续冬的西班牙语专业硕士论文即为《剑与笔的交错：博尔赫斯家族题材诗歌研究》），海明威这种street smart型的作家，则干脆"街头"到底，拒绝读大学。

与当代中国大多数通过教育和个人奋斗从农村、小城市晋升为大城市"新贵"的人急于抹去乡土底色刚好相反，胡续冬在某些场合或行文中有意保留乃至放大自己的乡土性，将"贫穷的起源"作为北大博士和副教授的象征资本的某种带有自嘲意味的解毒剂。同时，他始终保持着天真又混不吝的street smart，在2018年回答"未来文学"关于阅读的提问时，他描述了一个力比多被唤醒的时刻，"第一次接触书的情形"是"还不大

---

① ［美］理查·罗蒂：《哲学和自然之镜》，李幼蒸译，生活·读书·新知三联书店，1987年，第7页。
② 胡续冬：《〈2666〉：文学中的文学》，豆瓣读书，https://book.douban.com/review/5231759/，登陆时间2022年3月17日。

会识字的时候,在不知道什么鬼地方捡到一本红皮的《赤脚医生手册》,无师自通地对着女性生殖器插图端详了许久,既困惑又莫名兴奋"①,和一个生态主义者的源头:"我童年一部分是在乡下度过的,我搜遍了我全部的记忆也想不起那时候是否接触过适合我翻阅的书。或者说,我的书就是稻田、河滩、竹林和泥泞的山路。"② 在《我与世界文学:从街头到案头》一文谈诗歌翻译的体会时,他直接用"街头"的下三路修辞来解构"案头"的高大上学者工作:"在翻译过程中我深切地感受到,对原文的持续进入就像不戴套合体,尽管因为外语能力不够润滑的原因可能会导致剧烈的疼痛,但那种丰富而微妙的上下文之间的敏感性是隔着一层中文的薄膜难以体会到的。"③ 在为《哲学和自然之镜》中译本所写的序言中,理查德·罗蒂说:"在我看来,我们不应问科学家、政治家、诗人或哲学家是否高人一等……我们应当摒弃西方特有的那种将万事万物归结为第一原理或在人类活动中寻求一种自然等级秩序的诱惑。"④ 胡续冬的反本质意识,贯穿于他的诗歌写作和评论、教学(打破师生关系的二元、固态化)、社会活动中。仅从诗歌文本考察,这也是理解他的风格力量、题材选择,以及诸如"自我的腾挪"等写作观念、辛辣幽默的文本特征的一条重要路径。概而言之,胡续冬的反本质意识在以下几个面向展开:

反对将诗歌和诗人本质化。对于中国古诗的经典诗句和主题,他不忘以波普精神来拼贴,如用"关关抓阄,在盒子洲"调侃"关关雎鸠,在河之洲"(《关关抓阄》);用拆解"山脚""山腰""山脊""山顶"构词法的语言游戏和一系列生动鲜活、令人目不暇接的状物抒怀,来重写"登高"这一中国文学经典主题,结尾还要亮出主题"自反性"的底牌:"下边的一切按老规矩如诗、如画,/ 如所有该如的华北,我们打着天边外

---

① 胡续冬:《我希望阅读能带给我"生而为人还不算太糟糕"的体认》,据"未来书单"微信公众号 2018 年 5 月 2 日,https://mp.weixin.qq.com/s/X3dYyCmiZlzs3UD51PQZyQ,登录时间 2022 年 3 月 17 日。
② 胡续冬:《我希望阅读能带给我"生而为人还不算太糟糕"的体认》。
③ 胡续冬:《我与世界文学:从街头到案头》,《世界文学》2011 年第 3 期。
④ [美]理查·罗蒂:《中译本作者序》,载《哲学和自然之镜》,第 15 页。

的/ 冷战，把一座山完整地交待给对方。"(《登高》)对于以海子、西川、臧棣为代表的当代北大诗歌的小传统，胡续冬一方面是以纪念海子为名的未名诗歌节的重要推动者，另一方面很快摆脱了影响的焦虑，成为北大诗人里独树一帜的少侠，甚至这一摆脱焦虑的过程，直接在仿写90年代"臧棣体"的一首诗里完成："我未能去听臧棣的课，但却把我的女友/ 像一台录音机一样安放在托腮眨眼的人群背后。/ 当我在宿舍里按动她那哈欠连天的键钮，/ 听到的却是几个邻座的男生对她居心不良的问候。"一首以《在臧棣的课上》为题的诗，却以"我"的旷课结束。

他既警惕"一部分1990年代诗歌中过于庄严的价值担当"，用降调和反高潮的方式消解机械降神式的价值升华，用身体书写和插科打诨消解过于严肃的诗歌范式，解构这种范式包含的对诗歌纯粹性的刻板想象，放大诗歌的书面化与诗人的世俗性之间的具有反讽意味的张力；同时，在民间与知识分子、口语与学院分道扬镳的论争中，他又警惕于口语、下半身等写作主张携带的另一种诗歌本质主义的倾向。所以，在世纪之交诗歌谱系学的分野中，胡续冬是很难归类的一位：在北大诗人中，他是最"民间"的，但"民间写作"群体又视他为学院派、知识分子写作的一员。这个吊诡的事实或许提示，学院派的写作训练有可能包含对学院的超越和逆反，而口语派以有机的解构者的姿态登场，却有可能因为混淆了权宜性的主张与教条主义的写作律令，而成为某种僵化的语言类型的捍卫者。胡续冬将当代诗歌生态的"辖域化"和每个孤立的群落内部本质主义的信息复制形容为"内爆"："每个小群落自己的文件夹里几乎都存放着容量惊人的信息：网络交流的、出版物的、'活动'的、奖项的甚至对群落自身的小历史进行宏大叙事的信息……在同一个文件夹内部，则诱发了让·鲍德里亚所描述的'内爆'：在真实的写作和关于写作的种种拟真的'信息'之间界限的内爆。"①

胡续冬同样辛辣地批判了以十年为代际的当代诗歌命名学，在他看

---

① 胡续冬:《近十年来的诗歌场域：孤绝的二次方》，载张尔主编《飞地·腾挪与戏谑》，第14—15页。

来，所谓"70后"诗人的概念，不过是"亮出青春王牌，以显而易见的生理/身体逻辑掩盖精神现象的无限复杂性，将写作者的身份识别简化为出身年代，迎合娱乐业、色情业炒作偶像的广告运作模式……以幼稚园分大、中、小班的规则，以年龄的偶然一致性为借口，制造出一个被强行整合的群体，人工切削出一个统一的、集约化规模化的focus"①。这是我看到的对诗歌群体断代分类学最准确犀利的批评。在试图重新进入胡续冬写作情境的过程中，我更清楚地意识到，在诗歌观念的解放性方面，他不仅比他的上代人、同代人，可能也比绝大多数"80后""90后""00后"更"年轻"，他始终在"诗的文体自律"的作用力与"对诗的破坏"的反作用力之间工作。在诗歌写作、翻译、评论和教学之外，经营互联网、写作专栏和博客、从事电影评论、担任电视台嘉宾、招生并将招生工作发展出神魔交战的戏剧性，都是他有意延展诗人单一的活动场域的努力。对胡续冬来说，诗人是语言的手艺人，欲望的主体，是流动的、众多社会身份和实践可能性的一个交汇点和中介物。

反对将文化和语言本质化。他自觉地取消雅文化与俗文化的二分，一面喜剧性地颠覆流行文化的媚俗，一面以多元主义的态度吐纳大众文化、网络语汇、地方知识中有活力的部分，将诗歌作为百无禁忌的语言材料的实验室。《冰火九重天》用地理、历史、音乐的"黑话"，将烟花史、洗浴中心的微观社会学、会所的伪世界主义或曰山寨全球化命名法、享乐的身体经验戏剧化，"她的虎牙却噙着/近似无限透明的蓝"，这种语言狂欢本身也模拟着极致的性快感。《双飞》题献给"伟大的意大利色情片之王Tinto Brass"，"从尾巴下面/褪下蕾丝，露出毛茸茸的月食。// 从天堂的镜子里，你可以看见/你的兄弟怎样被它们慢慢啄食"，这不仅是对性体验的美妙比喻，也用"天堂的镜子"和"看"的动作，把色情片中摄影机与拍摄对象以及影片之外观众的交互位置，置于拉康式的情境。诗歌题目与正文之间以引文形式出现的题记，是当代诗一个有趣的亚文

---

① 胡续冬:《作为概念股的"七十年代诗歌"》，载臧棣、肖开愚、孙文波编《激情与责任：中国诗歌评论》，人民文学出版社，2002年，第340页。

本,尽管胡续冬在《特快列车回旋曲》中用过T. S. 艾略特的"哪里是我们生活中丧失的生活"、《在北大》里用过博尔赫斯的"我受了欺骗,而我应是谎言"这样的题记,但同时,他也在用非文学的题记来纠正这种太文学的题记,如《"到哪里能买到两斤毛豆"》的题记是周星驰电影的台词"一句话点醒我梦中人/忒忒令忒令忒忒",《九马画山》的题记是香港动画片《麦兜故事》里的粤语歌词"大包整多两笼大包整多两笼唔怕滞",《十堰》的题记是"中学同学某某"的鄂西北方言"你娃子好本儿闷啊!",还加了注:"本儿闷,湖北十堰一带特有的表达。本儿,阳根也;本儿发闷,意为'傻逼'"。写于台湾访学期间的一首诗题为《湾湾御姐》,"湾湾"是大陆互联网上形容台湾或台湾人的一个卖萌的词,可以做形容词,也可以做名词,御姐则是来源于日本的另一个中文网络流行语,有趣的是,在Glenn Stowell对这首诗的英译本里,题目被译为了*Bay Woman*(海湾女人)①,要让一个外国人理解"湾湾"的网络语境,确实有点为难。数学名词可以写诗(《无理》),为抽烟自辩可以写诗(《我曾想剁掉右手以戒烟》);IE、迅雷、Word可以写诗(《一个字》),电子游戏也可以写诗(《大航海时代》)。切橙子可以写诗,从脐橙里切出了四川话、河南人,切出了写作对作者的隐藏、写作对创造的模拟,切出了一首元诗(《午后脐橙的两个秘密》);从图书馆出来见朋友可以写诗,世界的每一部分都成了复制或变形的图书馆(《避风塘》);贵州话的地名"六个鸡""鱼儿沟""战河""猪肚寨""浪卡子""眨眼草坝"同样可以写诗(《那些夏天,宁静的地名》)。胡续冬也许是唯一一位展现出无物不可入诗的气魄、胃口和能力的中国诗人,他可以把一些跟诗意八竿子打不着的材料打磨得光可鉴人,翻炒得活色生香。他的一些作品的游戏心态和一挥而就的不事雕琢,往往会让阅读者误以为这类诗很简单,而忽视了他的写作景观在整体上为诗歌的可能性描绘的路线图。

秦晓宇在纪念胡续冬的文章中说:"胡续冬的写作,是我们这一代诗

---

① 《湾湾御姐》的这个英译本见https://www.lyrikline.org/en/poems/10733,登录时间2022年3月17日。

人中最意趣盎然的,他以一种孙悟空的活力、韦小宝的狡黠、莫莫王的豪情、饕餮的胃口,逍遥狂欢于中西雅俗之间,不过他的诗缺少刺点。"①在我看来,秦晓宇可能误用了"刺点"这个概念。这是罗兰·巴特在谈论摄影的《明室》一书中提出的。在《符号学:原理与推演》中,赵毅衡将与"刺点"相对的概念译为"展面"②,"巴尔特解释说,展面的照片,'使我感觉到'中间'的感情,不好不坏,属于那种差不多是严格地教育出来的情感'……而刺点是'把展面搅乱的要素……是一种偶然的东西,正是这种东西刺疼了我(也伤害了我,使我痛苦)'。而刺点'不在道德或优雅情趣方面承诺什么……可能缺乏教养……像一种天赋,赐予我一种新的观察角度';'我能够说出名字的东西不可能真正刺激得了我,不能说出名字,才是一个十分明显的慌乱的征兆'"③。赵毅衡认为,"刺点,就是文化'正常性'的断裂,就是日常状态的破坏,刺点就是艺术文本刺激'读者式'解读,要求读者介入以求得狂喜的段落"④。在我的阅读经验里,写于湖北郧县的《暴雨中的乡间公路》,就示范了当代诗的"刺点",司机感叹暴雨"乖呀,好鸡巴大呀!",县乡干部的脏话"尻他妈,回不克!"这两处插入的方言,都是我从小耳熟能详的鄂西北男性的街头语言,但从没想过这样粗鄙、生动的句子能写进诗里,在这首叙事诗的语境中,它们是揭了县乡干部老底,令其尴尬不已的关键信息,这种尴尬同样传导给我,让我的阅读陷入中断,回想起童年和少年时代每次听到

---

① 秦晓宇:《胡续冬刺点》,据"新京报书评周刊"微信公众号 2021 年 9 月 7 日,https://mp.weixin.qq.com/s/w73deF7YJxeMgfWt99ETOQ,登录时间 2022 年 3 月 17 日。

② 《明室》有两个简体中文版本,译者都是赵克非,2003 年版(文化艺术出版社)的第 10 章标题直接用了拉丁文原文的 "STUDIUM" 和 "PUNCTUM",2011 年版(中国人民大学出版社)第 10 章标题的两个拉丁文词汇被译为了 "意趣和刺点"。赵毅衡在《符号学:原理与推演》中将 "STUDIUM" 译为 "展面"。罗兰·巴特解释 "STUDIUM" 时说,它的意思是 "专注于一件事,是对某个人的兴趣,是某种一般的精力投入,当然有热情,但不特别强烈"。不管 "STUDIUM" 译为展面也好,意趣也罢,它都不能理解为有趣,而更接近于描述传递信息时某种中规中矩的状态和热度。

③ 赵毅衡:《符号学:原理与推演》(修订本),南京大学出版社,2016 年,第 164 页。

④ 同上书,第 165 页。

类似脏话，以及偶尔学着说的兴奋和窘迫。跟曹雪芹所著的《红楼梦》前八十回相比，续写的后四十回有个语料方面的显著差异，即脏话鄙语大幅度下降，可见，脏话有时确实考验着一个作家的能力。《安娜·保拉大妈也写诗》里，"她满口'鸡巴'向我致意、张开棕榈大手/ 揉我的脸"只是一个让人脸红心跳的小刺点，真正的刺点来自结尾："但她不写肥胖的诗、酒精的诗、/ 大麻的诗、鸡巴的诗和肌肉男的肌肉之诗。/ 在一首名为《诗歌中的三秒钟的寂静》的诗里，/ 她写道：'在一首诗中给我三秒钟的寂静，/ 我就能在其中写出满天的乌云。'"这位巴西业余诗人放浪的生活和她"纯洁"的、诗意的诗歌之间的巨大反差，不仅是一种喜剧的讽刺，更会"把展面搅乱"，让读者在安娜·保拉大妈的生活、安娜·保拉的诗以及这首名为《安娜·保拉大妈也写诗》的诗三者的张力关系中，反思诗是什么，诗如何可能。而当胡续冬偶尔展示他深沉的忏悔或追忆，他的平缓、赤诚的语调，纤毫毕现的陈述，也会让读者被谶语般的刺点击中："像颓圮的城墙/ 守护着一个人从少年到青年的全部失败……阳光艰难地进入了/ 我的身体，将它包围的是孤独、贫瘠、/ 一颗将要硬化的肝脏和肝脏深处软弱的追悔。"（《在北大》）"现在是 2003 年了。我怀念我的父母。/ 他们已经老了。我也已不算年轻。"（《新年》）

反对将文体和媒介本质化。对于胡续冬来说，诗歌是一种可以平行于小说、电影，更简洁、轻盈、民主的虚构类型，一种可以与音乐产生对话关系的声音艺术。大约从 1998 年开始，他创作了一系列风格鲜明、高度戏剧化的短篇叙事诗：除了川话喜剧名篇《太太留客》（四川乡下中年男人的自述），《关关抓阄》（四川小镇中年女人的自述），还有《为一个河南民工而作的忏悔书》（充满滑稽感的押韵，像河南话快板，情节像波拉尼奥在短篇集《地球上最后的夜晚》里写的底层文学爱好者的荒诞故事），《晓春》（颇具 1990 年代特征的弃文从商、出没汉莎航空和大昭寺的神秘青年的漫画像），《出国》（一张赴美留学前患得患失的人像速写），《一个初中同学的死》（追求速度感、向未婚妻的前男友动刀子、做汽配生意却死于车祸的地方新中产），《胖老头》（书报亭的北京本地大爷），《附件炎》（在男友电子邮件里发现了出轨信息而烦躁不安的女白领），《另一个》("面廓、眉眼、笑声中起伏的山水"都神似女友的表姐"死于肝昏迷",像《维罗妮卡的双重生命》)、《毕业证、身份证、发票、刻章……》(办假证的人用河南话快板自述)、《成人玩具店》(后人类的性喜剧,比是枝裕和的《空气人偶》更孤独)等等。姜涛说胡续冬早年的诗"具有一种凶悍的社会写真性",今天阅读"仍能一下子就回到90年代中国嘈杂热闹的现场:盗版光碟、缩水西装、污浊的录像厅、拥挤的中关村路口、尘土飞扬的城乡公路、四处出没的那些精光乍射的人物"[①]。"我奢望一首二十行左右的诗能够解决其他人用一部长篇小说、一部标准时长的剧情片来满足的腾挪的需求"[②],在这个意义上,胡续冬对诗歌的理解,类似于丹麦导演拉斯·冯·提尔等人在1995年发布的《道格玛95宣言》,坚持小成本原则和手持摄影,来冲击和解放高度工业化、建制化、模式化的电影制片体系。有趣的是,《太太留客》拿当年红遍全球的大片《泰坦尼克号》开涮,《关关抓阄》虚构了一个县城有线台拍摄的社会新闻专题片,让这两首诗具有某种对称于DV时代独立电影的"伪纪录片"质地。

如果用中国新诗草创期胡适的《文学改良刍议》和《尝试集》类比电影草创期卢米埃尔兄弟的创作和放映行为,胡续冬在《近十年来的诗歌场域:孤绝的二次方》里提出的诗歌"游牧化"倡议,的确十分类似《道格玛95宣言》:"彻底突破三十年来诗歌场域的建构规则,把诗歌这个行当'游牧化',让它以惊人的灵活性、高超的穿越能力和彪悍的体魄到其他'定居化'的行当中去打劫,维持自由而强健的诗歌草原帝国所必需的文化资源。因为归根结底,诗歌这个行当从文学经济学的角度来看属于既有广袤的参与规模又不能自给自足的经济生产模式,它和匈奴、突厥、蒙古等游牧社会形态非常相似,需要和各种自给自足的定居社会形态发生剧烈的互动关系才能获取外来资源。完全可以想象,'游牧化'的诗歌行当或许有一天会骑着便携的语言骏马再次改写各种艺术行当之间的疆

[①] 姜涛:《有关胡子和他的诗的一些片段》,《中华读书报》2021年9月8日第7版。
[②] 胡续冬:《诗歌:自我的腾挪》,载张尔主编《飞地·腾挪与戏谑》,第17页。

界,拓宽文化创造力的版图。"[1]胡续冬敏锐地意识到,中国诗歌场域高度内卷的"辖域化"和"诗歌崇拜",与其"在公众空间里与当代中国最敏锐的问题意识交集越来越少,它甚至比一贯被视为小众之中的小众的小剧场话剧更不具备参与公众话题的可能性"[2]的事实,产生了巨大的落差。诗歌在文体和媒介上的优势,恰恰在于它具备去中心化的可能。遗憾的是,"游牧化"主张并未像《道格玛95宣言》一样产生巨大反响,倒是在音乐、电影等其他行当兼有诗人身份的作者(如音乐人颜峻、周云蓬,电影导演毕赣),展示了某种逆向"游牧"的潜能。

  胡续冬的诗歌一贯讲究用韵、节奏,追求语言的清晰明快,应当与他看重诗的现场性和表演功能,与他具备极高的语言学习、模仿、演绎天赋有莫大关系。英语、西班牙语、葡萄牙语、西南官话、郧阳话、北京话、广东话,他都信手拈来。《宿舍一角》《一个雷劈下来》《这家伙》等铿锵有力、重金属一样的诗,就是为朗诵会而写,可以设想,如果在一个诗歌的公众接受度更高的时代,胡续冬演绎这些诗完全可能像摇滚明星一样光芒四射。《太太留客》等诗成了他早期的代表作,为他贴上了方言写作的标签,但胡续冬很快从这一刻板想象中逃逸。作为一个外语院系教师,他敏感于声音的竞争、差异和人声的生成机制,敏感于现场的和想象的声音戏剧:在深圳的酒店房间听到隔壁的"男声像公文一样乏味/似在下达一些粗短的指令/两个女声交替着发出/双唇鼻音、浊卷舌擦音/软腭挤喉音和清喉塞音/进而有西南和东北两地/声调飘忽的长元音/像藤蔓一样绞杀着/东南沿海疲惫的短元音"(《酒店之夜》);在荷兰的小码头跟云交谈,"它的云语言元音聚合不定/很难沟通"(《里德凯尔克》);隐居在佛罗里达的退休老人"听他沙哑的嗓音如何在半空中一种/叫做诗的透明的容器里翻扬",汉语的他,被海鸟标示声调,英语的他,是躲在喉结里的蹩脚演员,最后,"风"这位伟大的诗人,让他也成了听众的一员,听着"沉默,每小时17英里的沉默"。(《一个在海滩上朗诵的男人》)

---

[1] 胡续冬:《近十年来的诗歌场域:孤绝的二次方》,载张尔主编《飞地・腾挪与戏谑》,第15页。
[2] 同上,第13页。

反对将经验世界、观念谱系和自我本质化。彼得·沃森在《虚无时代：上帝死后我们如何生活》中说："反本质主义最关键的要素在于如下观念，即固定不变的人类本质并不存在，不论此本质是一般的还是外加于个体的……任何一个自我都包含了若干矛盾的自我，这些自我并不必然和谐行事。正如我们所见，这一观念贯穿了 20 世纪的所有领域。对许多人来说，这是一条最具有解放性的原则……"① 复数的"世界"、复数的"主义"、复数的"自我"，是胡续冬思想和写作的出发点，他试图把"对自我的发明收缩为一种高强度的'自我腾挪'……让多维度的、琐碎不已的日常情境突然发生意想不到的短路"②。《水上骑自行车的人》已经显示出这种"短路"带来的巨大活力（又一个特写镜头式的刺点）。在南美海滩巴拉奇，"方圆百里的知识分子/ 携带成群的知识粉子，在此郑重地追忆/ 巴西东南沿海印第安人的血泪履历"，但街角真实的印第安人却无人问津，"他们不叫卖，/ 像茧皮一样硬生生地长在黑夜的喉咙里，就连/ 不得已说出的几个关于价格的葡萄牙语数词，/ 也像龟裂的茧皮一样，生疼、粗粝"。"精英们不愿提及那些黑夜的喉结上/ 一小片茧皮一样喑哑的，不可见的后裔。"（《犰狳》）这里的短路，是西方语境下精英化的自由主义左翼与现实遭遇时暴露出的伪善和巨大讽刺。《格陵兰》里，来中国参加诗歌活动的诗人有一个拗口的名字"马格山古阿格·瞿亚武吉索"和"一万年以前的亚细亚笑容"，他盼望格陵兰从丹麦独立，是因为"更喜欢不拉雪橇的雪橇犬"，"听闻此言的一瞬间/ 从我的肋骨间似乎也冲出来一条/ 威风凛凛的雪橇犬，挣脱了/ 胸腔里拖着的大国生活，冲向冰原。"这是一个五万人口的岛屿向一片十几亿人口的大陆发出冰层松动的巴枯宁的呼唤。胡续冬外出游历途中的短路时刻，似乎跟河南人特别有缘，在离开海上仙境玛纳索塔岛，从华盛顿乘坐波音 777 回国途中，遇上了"把袜子晾在座椅靠背上"的河南"县城干部考察团"（《一个离开玛纳索塔岛的男人》）；在西班牙拉科鲁尼亚海边，遇到了神秘的来自河南南阳

---

① ［英］彼得·沃森：《虚无时代》，高礼杰译，上海译文出版社，2021 年，第 73 页。
② 胡续冬：《诗歌：自我的腾挪》，载张尔主编《飞地·腾挪与戏谑》，第 17 页。

的天主教朝圣者(《埃库勒斯塔》)。

  复数的自我既意味着胡续冬在"若干矛盾的自我"中兼容了严肃与滑稽、庄重与窘迫、学院与俚俗、冲淡与粗犷,又意味着他经由观察、移情、想象,将个人际遇的可能性复数化,在电视机上"和幼时的我十分相像"、头部负伤、叫着"爸爸!爸爸!"的伊拉克小孩身上(《战争》),在"和我同龄"、每天忧伤地勃起、横冲直撞盲目喊叫的"傻子"保罗·达吉尼奥身上(《日历之力》),在重庆"黑漆麻孔的地带"、"叼着老山城、决着交警"的摩托仔儿身上(《回乡偶书》),胡续冬看到了平行的人生,他们是在霸权主义烧到第三世界的战火中负伤的平民,是改革开放辉煌灯火的阴影中被时代抛离的底层零工,是受困于永久的爱欲牢笼的残疾人和精神病患,他们是失败的、卑苦的"我"的群像。经由这种分叉的想象,胡续冬奇异地与"全世界受苦的人"建立了骨肉相连的共情。也只有在"自我的腾挪",而不是柄谷行人对"风景的发现"的批判的意义上,才能理解胡续冬后期写作中对"旅行/诗"的有意经营。受苦的人是"我"的摹本,旅行的彼方则是"我"的生活世界的镜像,在巴西看到热带中国,在台湾看到大陆的变体,在美国看到中国的负片,这些Déjà Vu(似曾相识)的景观,叠加着《白猫脱脱迷失》《马勒别墅》等诗勾勒的历史景观,拓展出单向度现实的无穷多的平行时空。

  王勤伯在《致敬"小诗人"胡续冬》里说:"胡续冬的存在和'伟大'扯不上半点关系,他是……自我标榜和刻意深沉的对立面,或者说,在XX们喋喋不休的'我们这个时代'面前,胡续冬那个映照在伟大和深沉镜子里的童真就是一个无声的回应……他像一个在沙滩上不断推倒重建自己童话城堡的孩子,他用诗歌传播创作的喜悦和热情,不是用作品和地位不断召集一场宏大的葬礼。"① 王勤伯所说的巴西语境的"小诗人",

---

① 王勤伯:《致敬"小诗人"胡续冬》,参见体坛+App 2021 年 8 月 25 日,或体坛网http://www.titan24.com/publish/app/data/2021/08/25/388829/os_news.html,登录时间 2022 年 3 月 17 日。王勤伯署名的头衔是"体坛周报全媒体驻意大利记者",一位足球记者向球盲胡续冬致敬,本身就十分有趣。

有"可爱的诗人"之意。也许，这位与胡续冬素不相识但同样精通多国语言的足球评论人，要比大多数诗歌同行更像他的知音。

尾声之谜

前文提到过胡续冬所写的一系列元诗，《午后脐橙的两个秘密》《阿尔博阿多尔》《安娜·保拉大妈也写诗》《一个在海滩上朗诵的男人》，分别关于诗对现实的发明，诗人、诗、现实的互渗，诗与现实的悖反，诗的形象/声音最终归于无象（风）/无声（沉默）。这或许构成了一条隐线，旁证了胡续冬在不同阶段或不同维度对写作的信心、自觉、困惑和期待。

另有两首值得一提的元诗，写于 2000 年的《诗歌的债》和 2004 年的《写给那些在写诗的道路上消失的朋友》：前者关于中断写作的焦虑，"词语的浑天仪在身体的星空中/暗自转动。'不得行了，/转不动了。句子、年龄、生活……'""来自共同的愧疚、/来自一地的槐花和厌倦、/来自墨水瓶里深不可测的艳阳天"，尽管只有二十五六岁的年纪，"年龄、生活"和"厌倦"已经念起了紧箍咒；后者是与放弃写诗的朋友的对话，"我们的诗在闪电上金兰结义，而我们的人/却就此散落人间，不通音息"，"你们终将/在最快乐的一瞬间重返诗歌的乐土：在那里/金钱是王八蛋，美女是王八蛋，诗歌则是/最大的王八蛋，但它孕育着尘世的全部璀璨"，跟"金钱""美女"相比，诗歌是最徒劳也最璀璨的事业，是生猛无畏的青春的证据，也是关于青春凋零的唏嘘。

胡续冬曾这样总结自己的写作阶段，"1998—2003 年是个小爆发期，写了很多东西，热衷于各种语体、修辞、主题、风格的尝试，世界各国的现代诗读得也很多，胃口很大，消化能力也比较好；2003—2005 年，我住在巴西，写诗突然放开了手脚，对力度和情感强度的要求比以前高了许多"[①]。在大约 23 岁到 31 岁期间，胡续冬展现出的诗歌抱负、

---

① 胡续冬：《答〈新华夏集〉十问》，载张尔主编《飞地·腾挪与戏谑》，第 21 页。

能量、才华和丰富性，让人瞠目结舌。此后，他以世外高人的心态，将更多精力投入家庭和教学中，仍然活力四射、博闻强识，时有佳作显示其内力不减，但显然收起了睥睨天下的豪情。我想用"天才的退却"来形容这一状态的转捩，试着解释这漫长的，因他的意外离世而无限漫长的尾声之谜。

首先，反本质主义意识让他更倾向于把诗歌当作方法和过程，而将某种与才华匹配的雄心相对化。作为方法的胡续冬诗歌已经留下了足够的启示。其次，由于胡续冬的跨界经验和国际视野，他能将中国的诗歌生态相对化，认识到其封闭性、某种意义上观念的滞后性，"尽管诗歌在公众视野中的常规性不可见在全球大多数国家都是一个具有普遍性的现象，但它在中国当下的文化格局中所呈现出来的那种刺眼的孤绝性还是颇为罕见的"，"炙热的内部活跃性和冷漠的外部关注之间像是由某种导热性能极差的不良导体连接"，"诗歌场域的'象征资本'总量却在急剧收缩，基于诗歌场域内部'占位'本身的焦虑要远远大于增进诗歌场域与其他场域之间的'象征资本'可流通性、促进诗歌在更广阔的视野下呼应更有文化共性的问题意识的冲动"①，既然无力改变这种结构性的文化困境，他便选择了若即若离的方式来爱惜羽毛，也让诗歌写作更即兴、更轻松。同时，诗歌公共性的持续萎缩（或者以小布尔乔亚化的方式短暂复苏），让他更愿意把诗写给限定的读者，这不是"献给无限的少数人"，而是献给具有"我—你"关系、带着极高的情感浓度的对话者。写给亡友的悼词（《给马骅》《五周年的五行诗（给马骅）》《2011年1月1日，给马雁》《六周年的六行诗：给马雁》）、写给妻子的情书（《小别》《小病初愈》《松鼠》《终身卧底》《京沪高铁》《蟹壳黄》）、写给女儿（或许会在未来某天被阅读）的信函（《片片诗》《笑笑机》《小小少年》《天机》）成了诗人生涯尾声最动人的篇什。

从婴孩到幼童到小荷才露尖尖角的少女的女儿，成了他新的"媒

---

① 胡续冬：《近十年来的诗歌场域：孤绝的二次方》，载张尔主编《飞地·腾挪与戏谑》，第13—14页。

介","我女儿一岁多的时候从动画片《朵拉历险记》里/ 记住了一头叫做Benny的牛，她就把所有的'牛'字/ 都用Benny来替换，比方说，直到现在，每天起床以后/ 她都会说：我们去摘牵Benny花吧"，"游牧的彩色帝国分裂成千万个/ 阳光下纤薄的幻身。我女儿常常只身闯入/ 这朝生暮死的帝国，以半生不熟的手部精细动作/ 终结几朵鲜艳的单于或者可汗，在她眼里，/ 它们都牵着一头Benny"（《清晨的荣耀》）。"正如比喻能转换和传递经验一样，媒介也能转换或传递经验……一切媒介作为人的延伸，都能提供转换事物的新视野和新知觉。"①

　　胡续冬继续写道："直到今天早晨，当双轮惺忪的自行车无意中把我引到/ 一片偏僻的野地，仲秋的太阳递给每朵牵牛花一把金刀，/ 我这才想起它还有另外一个名字：清晨的荣耀。"（《清晨的荣耀》）"刀"和"耀"的韵脚似乎暗示了，这"清晨的荣耀"正是对作为媒介的女儿的转喻。胡续冬在47岁时孤独地离去，他早已借哀悼塞林格照亮了自己的命运："愿上帝保佑他，/ 既有爱也有污秽凄苦。"在一篇悼念他的文章里，我说："有三位拉丁语系诗人都在这个年龄告别，他们是波德莱尔、佩索阿和巴列霍。也许，这是延长的青春与未来的暮年之间的黄金分割。"47岁，意味着某种未完成性。需要注意的是，未完成是一个事实（曾经展示的巨大可能性与过短的写作寿命的落差），也是一种方法（对写作的认知方式）。胡续冬将以他丰富的未完成性继续分身，就像回到了他的本名：旭东，荣耀地升起在未来的清晨。

---

① ［加］马歇尔·麦克卢汉：《理解媒介——论人的延伸》，何道宽译，商务印书馆，2000年，第96页。

被石头教育：胡续冬与葡语诗

周星月

在这些年由重金属堆出的学术种植林里，胡续冬的为学仍属于有机土生，随而又可生物降解。他的视野可能略大于自己被委以研究的"世界文学"，在不同语境下被划以"诗歌""拉美""巴西"等领地，但可被认证的"成果"却无二三。这与他为人称道的博识、颖敏、犀利和令人羡慕的文笔天赋并不对应。胡续冬近年曾谈过，他对研究的重视仅次于自己的诗歌写作，但又在聊天中，将自己归类为"自废武功型"选手，"不事学术生产"，"基本不想写任何论文状物体"，"虽然脑子里有很多想法，从不申报任何课题"①。同时，胡续冬实则一直作为知识土壤里养料传输网络的一个关键节点，以丰富开放、多线流通的课堂、闲谈、杂文、日志、公众交流，蔓越过地上的领域和语言边界，在幕后推动了许多文化关注点，最富渗透性地将自己的志趣发现和态度观点带进了日常的文学意识，是地下那看不见的枢纽，却又分解得让人难以察觉。

作为我现代诗歌和葡语文学的启蒙者、硕士导师以及保持日常交流的师友，胡师对我究竟产生了怎样的智识塑造，也早已难以辨明。他的根须与我自大二起的兴趣路径缠结在一起，其养分早已降解其中，最近回顾时，时而在我以为自发的关注中，猛然发现他多年前埋下的种子，

---

① 前者可参考胡续冬于 2017 年 10 月 11 日在西班牙维戈大学的讲座"翻译巴西诗歌到中文：一位诗人译者的经验"的问答环节（https://tv.uvigo.es/video/5b5b48718f4208c23c1326c0）；后者出自他在 2018 年 10 月与我的微信聊天。

有时也欣然看到我的分享出现在他的谈论和课堂里。这篇文章的主题也是一个牵连缠结的话头。对胡续冬而言，创作、知识写作、教学、翻译，乃至日常交流和生活，都具有高度的互通互渗性，葡语诗在所有这些方面融入了他。这个话题在此之前最聚焦的一份参考文字，是2013年发表于巴西圣保罗大学期刊《翻译文学学刊》的一篇他的自述《翻译巴西诗歌》，由巴西汉学家和曾经的北大同事修安琪（Márcia Schmaltz）[①]译为葡语，附有中文原文。文章从译诗切入，串联起他的巴西诗歌阅读之路、他的译与作之间的关系（翻译"大多数时候为自己的诗歌写作服务"）、对中巴诗歌的比较观察和以译诗启发中文诗歌写作的深意（"值得当时的中国诗歌写作界借鉴"），带出了不少他的诗学意识。它也曾作为底稿于2017年在西班牙维戈大学的讲座上宣读[②]，却尚未在国内得到应有的传播。

而他如今要不断被这"论文状物体"吸收，瘙痒地感到被它们贪婪消化为干板的字坨坨。好在万物在胡续冬眼中，都充满四肢灵活、从前口到后口都畅通的动物的身体性（这"动物"感近似英文的creature或葡文的bicho，可大可小，千变万化），他也能对异物抱有最大的善意。这篇文字感到自己正从他眼底爬生出来，像寄生鲸落中的软体机会主义者之一，蹩着矫揉的脚注，囫囵地将他的思维块茎从夹生的消化道里硬生生拎出条叙述线来。如何从他与葡语诗的菌根勾连中爬出一道黏糊的分析路线呢？这只小软体记得，他希望它尽量循迹，尽量指向，尽量角度刁钻。

[①] 修安琪译介了《活着》《骆驼祥子》和鲁迅的小说到巴西。2018年9月7日，年仅43岁的她因病去世，胡续冬是悲痛的友人之一。2015年5月8日，胡续冬在听完她在北大以"中国文学在巴西"为题的讲座后发现，从汉语直译中国文学到葡语的巴西汉学家，"绝大部分不是我的故交就是我在巴西教过的学生"。胡续冬在跨语际交流中如何影响了巴西或其他区域的学者对当代中国诗歌和文学的接受，亦属于他搭建的思想网络的重要部分。《翻译巴西诗歌》一文见Xudong Hu, "Traduzir a poesia brasileira," *Cadernos de Literatura em Tradução*, No. 14 (2013), pp.137—151.

[②] 在讲座问答环节，胡续冬也不忘表达他对译稿的学术葡文的不适应，再一次强调自己学的是街头巴葡。

我不是我的瘦身躯

在2008年胡续冬通过佩索阿的复数"自我"将自己的诗歌写作描述为"自我的腾挪"①的五年前，他机缘巧合地实现了人生中最大的一次地理腾挪，第一次闯入了葡语的世界。在路中间，胡续冬撞到了巴西。这被不少人视为天作之合。那些对生活的天真欢乐、对形式的包容即兴、对情义的无保留、对情色的无掩饰、俗语俚语的生命力、日常悲苦并生猛中的左翼理想，都像在地球身上打通了两端的经脉。胡续冬在路中间，撞到了巴西。这场穿透了他的三十岁的旅居，偷偷为他储存了风物、世情和语言的富矿，意外开发了他的随笔文体闸门，成功从西语拉美系诱拐了他的文学取向，迅速给他戴上像热带水果头饰一样的文化和机构头衔，又慢悠悠地调教他的情绪、心境和忍耐力，还不忘抢了他的月老戏，给他自己牵了一根最长最恩爱的红线，并爽快地送出使他这辈子最幸福难忘的阳光海滩。胡续冬撞到了巴西，在路中间。彼时"巴西诗歌对几乎所有的中国诗人来说都是一个罕见的空白"②，自诩略懂世界各地诗歌的他发现自己脑内对此毫无存货，就一头扎入了他的初次异文化潜游。游回来后，他从一个不时忍不住要在诗里cue（提及）博尔赫斯的博士生，变为巴西诗歌在中文世界最重要的推手，他的外文名号也从早年致敬科塔萨尔的Julio，逐渐变为巴西朋友口中的Hu。

此后，胡续冬多次公开谈及自己最喜爱的两位诗人，一是巴西的若昂·卡布拉尔（João Cabral de Melo Neto），一是葡萄牙的费尔南多·佩索阿③。可以说，现当代葡语诗歌成了他的诗学版图的独门参照系。而这

---

① 胡续冬：《诗歌：自我的腾挪》，《文艺争鸣》2008年第6期。此文后来成为2013年台湾秀威资讯科技出版的诗选集《片片诗：胡续冬诗选》的代跋。

② Xudong Hu, "Traduzir a poesia brasileira," *Cadernos de Literatura em Tradução*, No. 14, 2013, p145. 胡续冬谈及彼时中文里零星的巴西诗歌译本，几乎未引起诗歌界关注，与拉美西语诗歌的译介和影响相去甚远。

③ 胡续冬对两位诗人的重视时时溢于言表，最明确的表态可参考2008年《诗歌：自我的腾挪》一文、2009年《近期我最喜欢的十位诗人》（《诗选刊》[下半月] 2009年第12期）和2012年《胡续冬回答明迪十问》（《诗东西》第5期）。

里与两位诗人共通的一个基础诗学问题,便是诗人的"自我",一个首先从经验上透进了2003年的胡续冬的问题。

> 你叫什么?叫我Hú,汉语里的
> 第二声,不是英语里的who。①
>
> 《帕拉诺阿湖》

帕拉诺阿湖(Lago Paranoá)(易让人错听成Paranoia Hu)环抱巴西利亚,也邻着巴西利亚大学和他每日的活动路线。这座城市其实并不契合胡续冬,它过于空旷、整洁、中产,"这里只有名叫汽车的别人"(《北翼》),而他只是骑自行车("我骑了十里的头疼、十里的火眼金睛,/孤身来到郊外方圆十里的孤身里"《季候三章》),或独自行走("荒野上只有我一根安详的阴茎"《克莱斯波俱乐部》)。不同于热闹的专栏文字里努力发现的各式乐趣,旅居巴西时的诗大多染上了孤独、疏离、百无聊赖和思乡病。巴西之前,胡续冬诗中的自我感是安稳的,尽管已有了不少"金蝉脱壳"式的"我"的戏剧独白和跌宕变形②。巴西突然把他拽出了自己,"我"开始问:Hu,你是谁?

> 这本诗集的标题是《日历之力》,因为我在巴西的最后几个月里,习惯频繁看日历,算着还有多少天可以回到中国。好像自日历深处有一股力,这股力量震动着我的心,问"你在哪里?"(Onde está você?)

上面的叙述出自2007年8月亨里克·谢韦尔斯基(Henryk Siewierski)③

---

① 胡续冬:《帕拉诺阿湖》,载《旅行/诗》,海南出版社,2010年,第88页。
② "金蝉脱壳"的概念取自胡续冬2002年的诗评《臧棣:金蝉脱壳的艺术》(《作家》2002年第3期)。西渡在2021年10月的《哪吒的秘术,或另一个胡续冬》一文中,将之用在胡续冬自己对诗艺和自我的翻新上。戏剧独白"我"如《太太留客》《关关抓阄》,跌宕变形"我"如《丢失的电子邮件》《水边书》《蜗牛》。
③ 亨里克·谢韦尔斯基,现居巴西的波兰籍学者、诗人、译者,巴西利亚大学文学理论与文学系教授。对胡续冬的访谈见巴西国家图书馆的期刊Poesia Sempre的中国诗特辑(第27期,2007年)第81—86页。文中引用为我自译。

在北京对他的葡文访谈里。"你在哪里？"同"你那边几点？"(《科里纳》)一样，对时间的反复确认出自对把握空间的向往，也带来对空间的恍惚("巴西"与"巴蜀以西"；科里纳的"傻子"保罗和店主弗兰西丝卡与北京的《保罗和佛朗切斯卡》)。每个问句看似有了作答，却又都暗含悬疑。他同时对谢韦尔斯基谈道："许多[旅居巴西的]诗试图成为多重自我(multiegos)之间变动的对话，找寻乡愁与孤独之间的联结。"在此，无论是否参照了佩索阿，复数的自我进入他的诗学意识，自我间的交流得以让他在异乡与故我为伴，同时观察和质询着Hu的生活。在诗中："我不是我的瘦身躯"(《科里纳》)；"来到我周围的那个坏人居然一直在/ 模仿我：他也用半生不熟的葡萄牙语/ 在大学教书……他甚至还模仿我写诗：……他开始和我作对：……"(《这个世界上本无坏人》)；第二人称的"你"在观察"别人的"生活，"洗澡的人开始/ 洗别人的澡，睡觉的人开始睡/ 别人的觉"，而"你在一连串的巴西里面不见了"(《一个雷劈下来》)；哪怕回到"我"："太阳下的影子不似在从前，/ 它从不与身体相连"，"但是在异乡，仅仅是在异乡，我可以/ 眨一眨眼，把死在地球仪上的自己/ 在视网膜上再死一小遍"(《在异乡》)。

2005年秋，在回到北大后的第一堂本科通识诗歌课("20世纪欧美诗歌导读")上，胡续冬选择了他自译的卡布拉尔的《诗》[①]作为元诗的一例。诗的第一节：

> 我的眼睛里有望远镜
> 侦察着街道
> 侦察着一英里之外的
> 我的灵魂。

他将其形容为一种"元神出窍"，像元诗的自我指涉和自我思省一

[①] "Poema"出自1942年卡布拉尔在22岁时出版的第一本诗集《沉睡的石头》(Pedra do Sono)。本文此后所引译诗如未另注明，皆从胡续冬译本。

样，与实体自己保持距离的冷静的自我侦察力，将自我陌异化的能力，此时成为他对诗人素质的一个重要考虑。2019 年秋，在深圳飞地书局新诗课系列讲座"关于如何写诗"的第一讲里，卡布拉尔的望远镜隐喻贯穿其中，作为面向公众的诗艺训练的第一课①。这时他将其扩展到要对习以为常的事物保持好奇心，并启发初习者要倒置"望远镜"对准自身，以逆向思考来启动想象力。

回到 2004 年的巴西利亚，静静侦察着"我"的，是那每日变着形态对望的云（胡续冬在这个时期读到了后来译出的卡布拉尔的《云》，"云是画中的眼睛/ 一动不动地滑动"②）。

> 这片云显然已经习惯了
> 偷窥我在这里的生活。
> 每天下午三点左右，它准时
> 出现在我的窗口，每次都
> 换一副模样，假装根本
> 不认识我。有时它匍匐在高原上
> 像一只胆怯的犹豫，遥远地
> 注视着从我的午睡里
> 缓缓流出的溪水；
>
> 　　　　　　　　　　　　《云》

这个时期，胡续冬的"望远镜"常置于情境里最陌异的视角，高度觉察着自我在环境中的存在和身体，"不知名的狗……向楼上的我摇尾

---

① 两次讲课分别在 2005 年 9 月 7 日和 2019 年 10 月 26 日，是我听的第一堂和最后一堂胡师的诗歌课，也是我第一次和最后一次见他。
② "As Nuvens" 是 1945 年令卡布拉尔声名鹊起的第二本诗集《工程师》（*O Engenheiro*）的第一首诗，这是胡续冬在巴西时期读的第一本葡语诗集。再比较这两句："云是头发/ 像河水一样上涨"，"云是斜倚在睡眠边缘/的女人"，以及胡续冬的"而后，你可以扭身睡成一团云，/我则像平坦的巴西高原一样在云层下眩晕"（《要是你还没有走》）。

巴"(《科里纳》),"认识的、不认识的鸟……在低空中/ 看着僭入的我","一两只变色龙……礼节性地/ 回回头"(《克莱斯波俱乐部》)。在这些虚实交加的跨物种面对面的瞬间(德里达、列维纳斯、哈拉维所探讨的本体哲学和伦理的破防瞬间),自我是那个视网膜上突兀的诗点,赤裸的僭入者,一条"瘦身躯","一根安详的阴茎"。《云》里,一只最生疏戒备("浑身披甲"《犰狳》)的土著"望远镜",注视着卸防的隐秘的"我"在异乡静静流淌而出。分裂出的互视连接起这一时期另一种投射到万物的"多重自我"交流的方式:在那"受尽诅咒的孤零零的生息"里,幻想同天、地和海水交媾(《雨季祈愿》);"阳光成了我最要好的朋友"(《北翼》);"雨也醒着,它想要交谈"(《季候三章》);每晚拆组月亮,又冷不防被它尿枕(《月亮》);同壁虎兄弟唠嗑(《壁虎》);照料"十六扇性格古怪的门"(《门》)……在与云的厮守中:

> 有一天,我终于厌倦了
> 和它默默对视。我携带着
> 一腔雨水冲上天空,变成
> 一片状如怨气的乌云,从背后
> 向我窗前的云扑了过去。①
>
> (《云》)

这是对"自我的腾挪"的一个技术指导般的慢动作分解。被注视的"我"腾跃而出,变色龙一般变形为主体观察、互动或阅读视域内一直引诱我的"它我"视角,突然翻斗出诗的另一层空间,完成一场与它我的"元神出窍"的交合。更多时候,胡续冬让一系列自我动作不动声色地即刻实现,让读者自行去体验眩晕和智性快感,也常喜欢将其高度浓缩为偶然一瞬的擦枪走火(如他在此文中又一次以《日历之力》一诗解释的日常意外碰撞中的"心智快速反应",多维的感官和通感、多重时空向度和

---

① 胡续冬:《云》,载《旅行/诗》,第76页。

量度、多种情感、共感和物我变形都浓聚在诗的最后两行里。与此相似的另一首慢动作分解可参考 2003 年的《战争》)。

> 老是想着我之为我和我所目睹
> 我就变成了他们，无法自处。
> ……
> 我是我自己的风景，
> 我观看我在自身中的旅途，
> 纷繁，变动，孤独。
> 我不知如何去感觉我身在何处。
>
> （佩索阿《我不知道我有多少灵魂》[①]）

这首诗算不得佩索阿最著名的篇什，在多个中文版佩索阿选集里并未收录，却有着其诗学的示范意义，是胡续冬于 2006 年（或更早）译的为数不多的佩索阿的诗之一，常年作为研究生"现代主义以来的世界诗歌"课上进入佩索阿的第一首诗。在巴西的异旅和自我陌异化经验，为胡续冬铺垫了进入佩索阿的背景，也留下了可能是他最接近佩索阿的几个时刻。在以佩索阿的复数自我做自己诗学的引子的同时，胡续冬应该很清楚自己不似佩索阿的人格和风格，也未真想走他的诗学路径。但佩索阿所创造的超越并交织了文本虚实的一己的内爆宇宙，为胡续冬从早年起便有意识在诗内扩展的诗人的时空、经验和语言的向度在原爆点打开了新的维度，将对"驳杂事物之间的差异性本身"的美学和哲学需求（其中"洞开出来的感受力和认知的黑洞"，见《自我的腾挪》）以元写作的方式演绎了出来。"开辟一个空间的能力"（用胡续冬同样经常引用的卡布拉尔《作为旅行的文学》[②]一诗里的话来说）实为写作的原型技艺，佩索阿

[①] "Não sei quantas almas tenho" 作于 1930 年 8 月 24 日，属于佩索阿后期未明确归类的诗。
[②] "A Literatura como Turismo" 出自 1985 年的《野土》(*Agrestes*)，这本诗集原本被卡布拉尔视为自己诗歌生涯的最终篇而作，但并未成为最后一本诗集。"作为旅行的文学"（转下页）

则是在反其向的逃逸中翻转出多层互离互构的自我风景，而其运转的内核始终如一个无我的黑洞。而且，在彼时的中文世界，佩索阿仍是一块人迹罕至的宝藏地，还未成为那"金光闪闪"的诗歌景点，对于总怀着要开拓中文诗歌阅读和写作意识的胡续冬，这同时带有诱惑和"使命"①。

　　胡续冬并不是个自我逃逸的灵魂，终于从巴西归位后，他的自我感同生活的确定一起重归稳定，连"复数自我"梗也被他玩成了甜蜜Q版（"一岁的我小手紧紧拉着你耳朵深处/ 两岁的我，两岁的我拉着更深处/ 三岁的我，我越掏越慌，最后/ 掏出了三十多个吵吵闹闹的我"《掏耳朵》），可这自我却吊诡地染上了漫游症。除了情感浓度极高的情诗、赠友诗、父爱诗外，诗瘾开始主要在他的身体时空位移时发作。2008年秋的旅美组诗是对他由巴西时期发展而来的异旅诗学的一次大规模集中实践，构成了爱荷华城的"人兽"（由他命名）系列和佛罗里达玛纳索塔的"一个男人"系列，其中显现了诸多对自我在异地的随物赋形（如前引佩索阿诗中虚拟的旅行所绘）。首先，描写动物和将自我抽象为第三人称的"一个男人"的主题和题目本身，即是附体了美国诗歌中成熟的动物诗写作（可以伊丽莎白·毕肖普和玛丽安·摩尔为代表，以及他所关注的英国诗人特德·休斯）和华莱士·史蒂文斯的抽象人物诗的习性②，而

　　（接上页）也成为其女伊内兹·卡布拉尔（Inez Cabral）结合父亲生平评注而编著的选集名，选集于2016年出版。"Agreste"作为形容词有"乡土""粗俗"之意，也可为介于森林和腹地旱地之间的半干旱土地，题目为我试译。

① 同样的，胡续冬至少从2005年起通过他多线渗透的网络调动了中文世界对佩索阿的关注，他的多位故交和学生此后在佩索阿译介、评介和研究上做了重要的工作。此外，他译了对理解佩索阿和诗评写作都具代表性的两篇英文的诗人论诗：约翰·霍兰德的《费尔南多·佩索阿：四重人格》(John Hollander, "Quadrophenia," *New Republic*, Sept. 7, 1987, pp.33—36.)（中译载《当代国际诗坛》第2期，2008年）和保罗·穆顿的《在镜厅中：费尔南多·佩索阿的〈自我心理志〉》(Paul Muldoon, "In the Hall of Mirrors: 'Autopsychography' by Fernando Pessoa," *New England Review* vol. 23, no. 4, 2002, pp.38—52.)（中译载《当代国际诗坛》第8期，作家出版社，2017年）。他对论文写作，也时常以译代作。

② 除了摩尔，其他几位诗人都是当时胡续冬世界诗歌课上的重点研读对象，旅美期间他靠邮件远程领读了史蒂文斯。而卡布拉尔对摩尔的欣赏可能更甚于对毕肖普。

史蒂文斯与毕肖普都在佛州南端的齐维斯特旅居过，留下了经典的诗作，可作为胡续冬在马纳索塔驻地时重要的诗歌历史语境。在胡续冬的有灵世界，他在很早时就解锁了万物的动物身体性（这也是打开他的诗的一把密钥），也发展出以动物性自我来写人（可回到早期的《祖先》和稍前的《胖知了、瘦知了》《小猫四章》）。在"人兽"系列，偶遇的动物与人物之间建立起各式对应的关联，形成一种我们与它者之间相互拟化的张力，却又不会完全被拟人或拟兽：我们见了松鼠，便晃动起隐形的大尾巴（《松鼠》）；在跨太平洋连线时让两端的蛐蛐抢走了麦克风互致爱意（《蛐蛐》）；随着钻进地缝的花栗鼠回到地下室（《花栗鼠》）；作为公路上"体内没有石油的物体"与路边的直翅目兄弟共情（《蝗虫》）。"一个男人"则进一步，在平稳的叙事里悄然化作"他"所遇之物，融入"他"的环境：海边小木屋里"一个有九扇窗户的男人"，"像梦游的寄居蟹，挥出一只/ 瘦巴巴的螯"①；"一个拣鲨鱼牙齿的男人"，"想象着……自己偶尔也能朝着迎面撞来的厄运/ 亮出成千上万颗鲨鱼的牙齿"；"一个跟海鸟厮混的男人"，"他的五号鸟/ 已经变成了一只地地道道的/ 叫不出名字的海鸟，在裤裆深处/ 一片更开阔的海域上展翅飞翔"；"一个在海滩上朗诵的男人"，"觉得自己也成了听众的一员"；"一个路遇火烧云的男人"，将一切烧得"火红"；最后，"一个离开玛纳索塔岛的男人"，被坦帕湾"像一枚误食到腹中的石子一样/ 从黑暗中吐了出去"——一个阿尔瓦罗·德·冈波斯最喜欢的被抛出弃掉的自我。

> 阅读的路线相互交织，
> 又不可思议地融会在一起；
> 阅读不但没把我们带到准确的城市
> 反而还给了我们另外的国籍。
> 　　　　　　　　　　（卡布拉尔《作为旅行的文学》）

---

① 也可对比《一个有九扇窗户的男人》和卡布拉尔的《窗户》："有个男人在海滩上/ 做梦；……而在船形物体上，/ 仍有另一个在睡觉。"

1965年，在巴西长居的接近尾声的毕肖普出版诗集《旅行的问题》，同名诗的最后两行问道："而这里，或那里……不。我们应该呆在家吗，／无论它在哪里？" 1956年，巴西的毕肖普与常年辗转欧非各地的卡布拉尔通上了信。1957年，卡布拉尔在给毕肖普的信里称赞，她在《海伦娜·莫利的日记》英译前言中对当地的描绘比巴西诗人更实在。1958年，由毕肖普介绍去西班牙的罗伯特·洛威尔给卡布拉尔写信；同年，毕肖普开始翻译卡布拉尔的流行诗剧《冷峻者的死与生》，于1963年在《诗歌》杂志推出选篇。她对洛威尔提及，卡布拉尔是"我唯一真正非常喜欢的，但在英文中的效果并不太好"。1972年，回到美国的毕肖普推出了她编选的英葡双语版《二十世纪巴西诗歌选集》，其中对卡布拉尔的偏爱不言自明；在其他伟大巴西诗人的选诗不超过7首的情况下，选集收录了20首卡布拉尔的诗，译者中还有W. S. 默温。1985年，仍未回到巴西的卡布拉尔出版了设想中最后的诗集《野土》，《作为旅行的文学》一诗在书中联系起他在全球的阅读和游历版图，其中一首《关于伊丽莎白·毕肖普》刻画了她的精准视镜。2004年，毕肖普的双语选集成了胡续冬对巴西诗歌的入门读物，他早期的葡诗翻译也多有选自这本集子；同年，他打开了第一本葡语诗集——卡布拉尔的《工程师》。2006年，胡续冬译了约翰·霍兰德编的哈罗德·布鲁姆对毕肖普的评论，文末是她描绘下的海滩行走和与史蒂文斯的对比。2007年，胡续冬译了霍兰德对佩索阿的评论，开篇为："就算世上从来没有过费尔南多·佩索阿，豪尔赫·路易斯·博尔赫斯也会把他发明出来。" 2009年，胡续冬译了毕肖普和史蒂文斯的巴西葡语译者保罗·恩里克斯·布里托的评论文，文中批评了毕肖普对巴西的理解，开篇引言是科塔萨尔。2010年，胡续冬出版了《旅行/诗》。①

---

① 上述关联可参见外文文献：Elizabeth Bishop, *Questions of Travel* (FSG, 1965); João Cabral de Melo Neto, letter to Elizabeth Bishop, June 2, 1957, *Special Collections*, Vassar College Library; João Cabral de Melo Neto, "From 'The Death and Life of a Severino,'" trans. Elizabeth Bishop, *Poetry* 103: 1/2, 1963, pp.10–18; Elizabeth Bishop and Robert Lowell, *Words in Air: The Complete Correspondence between Elizabeth Bishop and* （转下页）

海的节制,水的模仿

2008年前后,胡续冬译了自选的三十余首卡布拉尔的诗歌(后文讨论也以他的选译诗为基础)。尽管他一直在各处力荐卡布拉尔,译诗推出后也得到不少反响,但卡布拉尔诗歌的价值、对胡续冬诗作的影响及其反映出的诗人的诗学理念,都尚未在汉语诗歌界得到足够的重视。对缺乏元写作层面的抒情与反抒情之辩的中国诗歌,卡布拉尔标志性地将"工程师"当作"诗人"、将诗歌当作"机器运转"(《工程师》一集的题词是勒·柯布西耶的"machine à émouvoir")听起来与惯于缘情的诗学相抵,要"不再关心幽微的人格死角"和驱散"烟雾一样弥漫的情感"[①]听起来也并不诱惑,还与印象中的胡续冬本人的风格相去甚远。胡续冬也意识到,卡布拉尔的那些精炼并锐化了现实、架空了叙事、回避了主体、"不以传达公众情感为己任"的诗,时常"艰涩难懂、曲高和寡",可能"难以接近"[②];同时,胡续冬选择翻译卡布拉尔的一大动机,即是考虑到其对汉语

(接上页) *Robert Lowell*, eds. Thomas Travisano and Saskia Hamilton (FSG, 2008), pp.281—282, 341; Elizabeth Bishop and Emanuel Brasil, eds. *An Anthology of Twentieth-Century Brazilian Poetry* (Wesleyan UP, 1972); João Cabral de Melo Neto, *Agrestes* (Nova Fronteira, 1985); Xudong Hu, "Traduzir a poesia brasileira," *Cadernos de Literatura em Tradução*, No. 14 (2013), pp.137—151. 亦可参见胡续冬翻译的几篇文章:哈罗德·布鲁姆《伊丽莎白·毕肖普:太阳狮》(译文见 https://www.douban.com/group/topic/4172890/?_i=0216990bWljunP,登录时间2022年3月17日,原文 Harold Bloom, "Elizabeth Bishop: The Lion Sun," *Poetics of Influence: New and Selected Criticism*, ed. John Hollander, H. R. Schwab, 1988, pp.275—278)、约翰·霍兰德《费尔南多·佩索阿:四重人格》(载唐晓渡、西川主编《当代国际诗坛·2》,作家出版社,2008年,第165—176页)和保罗·恩里克斯·布里托《作为文化中间人的伊丽莎白·毕肖普》(译文载唐晓渡、西川主编《当代国际诗坛·5》,作家出版社,2011年,第200—208页;原文 Paulo Henriques Britto, "Elizabeth Bishop as Cultural Intermediary," *Portuguese Literary & Cultural Studies* 4/5, 2000, pp.489—497)。

[①] 胡续冬:《若昂·卡布拉尔:诗歌工程师》,《诗刊》2011年第1期。
[②] 参考胡续冬的《若昂·卡布拉尔》(《当代国际诗坛》第2期,作家出版社,2008年)和《若昂·卡布拉尔:诗歌工程师》。

诗歌的借鉴意义。在胡续冬看来，中国当代诗歌在 1980 年代充满过于主观和空泛的抒情；在 1990 年代又往往矫枉过正，让纯客观的叙事限制了创造性，而卡布拉尔的诗：

> 提供了另外一条更为智性化的"反抒情"的道路：在摒除诗歌表层情感的前提下，以冷静、严谨的姿态在语言内部进行元语言的探索和新形式的实验，让诗歌写作成为操纵着具有复杂的动力装置的诗歌机器，最终在诗歌中重新建立起"一个正确的世界，/ 那里无须任何帘幕来遮蔽"。①

工程师精密设计的是词语动力的运转，建筑师冷静构布的是建筑内外的空间感，卡布拉尔清透的形式骨架被胡续冬描述为"精密而整饬的结构、牢固而具备良好的通风性的构词、怪异但却明亮的风格"②。还有一步：在长期的现实洞察后反复挑剔出最有质地的本土建筑材料，让它们在精微的结构关联中不断展开对现实和可能性的指向（而非摹状），而这些都待读者在行进其间的过程中去发现微变和回响（另外值得注意的是，卡布拉尔并未真正脱离自己早期的超现实主义语言，而是对其进行了重塑）。以卡布拉尔中期的元诗《拣豆子》——出自被他称作"反抒情诗"（antilira）的诗集《被石头教育》③——的扩展隐喻来说，写作要不断"扔掉

---

① 胡续冬：《翻译巴西诗歌》，第 147—148 页。其中一些描述出自此前的《若昂·卡布拉尔：诗歌工程师》，引文出自《工程师》一诗。

② 胡续冬：《若昂·卡布拉尔：诗歌工程师》。

③ "Catar Feijão"，*A Educação pela Pedra*（1966）。卡布拉尔在《被石头教育》一集的题词里将之称作"反抒情诗"献给八十诞辰的曼努埃尔·班德拉。胡续冬从中选译了十二首诗，还包括后面引用和提及的《人身上的空》（"Os Vazios do Homem"）、《编织早晨》（"Tecendo a Manhã"）、《黄色之王》（"Os Reinos do Amarelo"）、《针》（"Agulhas"）、《两个香蕉和橡胶树》（"Duas Bananas & a Bananeira"）、《在阿司匹林纪念碑前》（"Num Monumento À Aspirina"）、《蔗糖的心理分析》（"Psicanálise do Açúcar"）、《海和甘蔗田》（"O Mar e o Canavial"）、《甘蔗田和海》（"O Canavial e o Mar"）、《被石头教育》和《腹地农民在说话》（"O Sertanejo Falando"）。

浮起来的豆粒","吹走轻飘的、干瘪的,吹走枯草和回音",但同时要保留一些"难以咀嚼"的石子儿,"一个句子里最有活力的颗粒"。另一个风格的隐喻来自卡布拉尔独立成集的长诗《一把刀只有刃》和之后作为诗集名的《刀的学校》。尖利、精准切入的刀的风格、刃片的风格,石子儿生硬和芒刺隐痛的风格,都砌筑在诗的骨架之中("如同一把亲密的刀/或用于内在的刀,/住在一具身体里/如身体自身的骨骼")[1]。谈到自己初读卡布拉尔的感受时,胡续冬形容:

> 我被他冷峻、剔透、精确、执拗、充满了"元诗"气息却又浸渍着鲜活的现实经验(特别是巴西东北部的独特记忆)的风格所吸引,他的诗句像轻盈的海绵一样,从外到内遍布通风的孔洞,而一经阅读,这些修辞的孔洞里就会吸满分量惊人的可能性的海水(agua de possibilidade)。[2]

这里,胡续冬可能借取了《人身上的空》一诗里的意象:"就像海绵,被充满的空;/就像海绵一样被空空的空气充满,/它几乎确切地复制了海绵的结构。"诗里充满对"空"(各种单复阴阳形名的"vazio",复数的"nadas")和"充"("cheio/a","inchado/a","incham")、"满"("plenitude","plena")在不同事物上的各式组合("vazio cheio","vazia quando plena","cheio vazio","cheias de vazio")。这种海绵结构的"充盈的空",或也是胡续冬观察到的卡布拉尔的诗的一种典型构成法:在一首诗里对简单而多变亦能形成结构榫卯的词语的搭建,使之既成为诗的主题骨架,又成为意义在其间曲变与应和的洞孔。另一首构成法的元诗《编织早晨》,以"编织"为写作原型(所有公鸡的啼叫编织起早晨的帐篷),它是胡续

---

[1] *Uma Faca só Lâmina*(1956)和 *A Escola das Facas*(1980)。长诗并未进入胡续冬此前发表的译诗,但他一定读过,可能在尝试翻译,也曾在2018年夏访巴西时诵读过其中章节。仅在此处,题目和引文为我试译。

[2] 胡续冬:《翻译巴西诗歌》,第147页。

冬很早译出也最喜欢用作细读和翻译案例的作品，行间密布了各种会令译者绞尽脑汁的词语间的"小机关"和形式"诡计"。其中，一个卡布拉尔的自造词"se entretendendo"，来自"趋向"/"关照"（tender）和"理解"（entender）的变体，同时编织进前句的"之间"（entre）、"进入"（entrem）和"篷布"（tenda），成为这首诗的篷布上最为精巧的一个绳结。胡续冬最后将其处理为"充盈"（"它为万物而充盈"），意会了这个由无数晨音织撑升起的光篷，各种可能性也只能由此"充盈"入这"空"里。①

通过卡布拉尔，胡续冬也再次表明了自己经常被人忽视的对写作的冷静、精确、经得起智性推敲的要求，而这可能是指导写作、维持持久的创造力更需要的品质。卡布拉尔看似将想象力固化在了紧密的结构里，却开拓了一种词语和结构本身的内爆的想象力，而其作为一场巴西诗歌在后浪漫主义时代强抒情表现下的"深度的现代主义实验"②，具有胡续冬所看到的对于汉语诗歌视野不逊于佩索阿的意义，且比佩索阿在写作意识和方式上可能更具实践价值。出于这个动机，以及中美诗歌状貌的差异，胡续冬与毕肖普在卡布拉尔身上汲取了不同面向的养分，比如，他并未将近似巴西东北民间挂绳文学（cordel）的诗剧《冷峻者的死与生》作为引介的重点，虽然知晓其意义。我自己的观察是，在翻译卡布拉尔的同时，胡续冬也自觉或不自觉地在自己的写作中实验和转换了卡布拉尔成诗的方法和诗歌的肌理，但他并未将之刻板为严肃或重大的诗歌，更接近创作的游戏和体验。

以卡布拉尔最"低调炫技"③的诗来看，一首诗往往是在对一个主题做结构精密的高强度探索，主题时常既唤起某一突出的感官氛围，又有可细致辨析的材料质地，既指向环境现实，又有象征现实的潜力（以胡

---

① 胡续冬：《翻译巴西诗歌》，第148页。在构成特征之外，这两首诗的意象或也被吸入胡续冬的诗，有了清爽的情色版变体：《雪朝》（2009）里，"就算是一片雪/ 也长得有清新的鸡鸡/ 无数雪片的晨勃/ 顶起了一个白嫩的晨曦"，而那"在窗外撒欢的，究竟/ 是风还是大气的海绵体？"
② 胡续冬：《若昂·卡布拉尔：诗歌工程师》。
③ 同上。

译的诗作为例,可以是"甘蔗田"和"蔗糖"、"海"和"水"、"香蕉树"和"香蕉",也可以是"针""黄色""说话")。另一些时候,诗内充满两个主题间的张力或遥远事物的对撞(可以是"甘蔗田"和"海"、"锋芒"和"钝"、"阿司匹林"和"太阳")。张力还体现在,卡布拉尔的诗对"前智性"的事物始终保有智性学习的态度,也为不同事物自身注入可互相学习的智性意识("被石头教育""蔗糖的精神分析""水的模仿"),又在吸纳科学理性的语言时并置入原始浑浊的意象("气象学"后"粗布一样的灵魂",《在阿司匹林纪念碑前》;"卫生学"与"产下婴儿的洞穴",《伯南布哥的海岸》;"数学"与"黏稠的河",《累西腓的旅游广告》);同时,一首诗也时常被分为结构和内容相对照的两部分,一个主题可以写为结构和内容相对照的两首诗,乃至一部诗集也可能分为在主题编排上相对应的两部分。这些都是吸引胡续冬的能调动智性参与的诗歌特质,热带的冷感,绵密的透气,严谨的幽默,钝厚的锐利,现实的创造。

(舌苔或汗水,浓缩的胆汁或鼻涕)
乃至承受之物(悲凉感的黄色,
文盲的黄色,流泪过活的黄色):

(卡布拉尔《黄色之王》)

我需要再仔细咀嚼,
才能吃出这片发苦的云朵里
起重机的味道、脚手架的味道,
和被拆除的城中村的味道。①

(胡续冬《我吃到一片发苦的云》)

在集中翻译卡布拉尔前后,胡续冬也开始在一首诗里对一个主题做具有某种诗性逻辑的结构紧凑的高密度探索。《七层纱之舞》(2008)("第

---

① 胡续冬:《我吃到一片发苦的云》,载《白猫脱脱迷失》,山东文艺出版社,2016年,第13页。

一层""第二层"……）和《木棉》（2009）（"有一朵""另一朵""另有一朵"……）中闪现着卡布拉尔在《窗户》（"一个""另一个""仍有另一个"）、《黄色之王》（"一种""另一种"）等许多诗里对主题物波浪般的列举和执着的辨析；类似的辨析也显现在巴西旅居尾声时历数的《门》（2004），或是《酒店之夜》（2009）对声音的听辨中。卡布拉尔《黄色之王》《针》等诗亦有将各类事物归总于主题特质的执着，可以联系胡续冬《像》（2010）、《片片诗》（2013）和之后更为散漫的《淇水湾》（2016）的思路；与之相连的如前者《人身上的空》对主题词的花式搭建，也显现在后者《娃娃音》（2010）、《绿豆冰棍》（2016）这样的诗里；在这方面，还可考虑《一个路遇火烧云的男人》（2008）、《毛毛虫》（2010）、《我吃到一片发苦的云》（2011）等更为松弛的诗，对主题特质的追索在其间贯穿。而在《夜宿桃米坑》（2010）里，卡布拉尔的双螺旋式主题（比如毗邻的"海"和"甘蔗田"）成了"蛙声"和"雨声"这两个"孪生的哪吒"展开的对峙；后期的《埃库勒斯塔》（2017—2018）也尝试了卡布拉尔常用的对应双部体。这样的写作时常力图在感受力里穷究某具体的声色触味，将之统整为一套风格化的世界观察，同时也依赖重复与差异的词语动力学展现世界的动态转化。胡续冬读出了所有的招式，然而并未以论文体展开论述卡布拉尔的"低调炫技"，而是选择了诗人间更隐秘默契的交流方式：译与作。

但胡续冬还是将这冷峻的技艺用于更温柔和情境化的主题，也难以从事手术刀式剖析或纯粹材质的编织，转而将其融入了他招牌的叙事以及来回变形的扩展隐喻里。一个可见的特征是，这段时期胡续冬有意识地实验了一些肌理紧致的诗（他喜欢的弗兰克·奥哈拉会说给诗穿上性感紧身内裤），而后也在另一些诗里做极放松的处理。在上述的主题探索之外，《雨》（2007）、《江畔》（2009）、《夜宿桃米坑》（2010）以及后来的《花灵灵》（2018）都自为一个逻辑严密的扩展隐喻（也常为卡布拉尔所用，但更少叙事的戏剧性），同时在其中揉入对主题元素的感官细辨。这些诗中，《江畔》并不完全以感官觉察见长，但含有另一些或可呈现两位诗人文本对话和各自音色的地方：

在床单的一侧，
已有如此的海景。
你就像是一簇
躺在海滩上的波浪。

一簇正在停下来或者
更好一些，正在隐忍中的波浪……

一簇恰好在
波浪的眼皮从它自己的瞳孔前
耷拉下来之时
停下来的波浪。

一簇在成倍增长时
被扰乱的波浪……

一簇将在有限的海滩之床里
保持其无尽的天性
的波浪……

而你从液体之中
复制了深水之下的天气、
阴影中的亲密以及
一个拥抱，确凿无疑。

（卡布拉尔《水的模仿》）

我抱着一条江睡了一夜。
我忘了我们是怎么认识的了，
总之，它流上了堤岸、

> 漫过了街道、涌进了电梯，
> 来到了我的房间。一条江，
> 一条略显肥胖但却有着
> 桥梁的锁骨、一条水流缓慢
> 但满脑子都是敏捷的游鱼、
> 一条在江中宅了一天但夜间
> 仍会失眠的江，就这么
> 被我轻轻地抱着，听我讲
> 千里之外的海、万里之外的
> 人世间。很快，它身上的
> 每一滴水都闭上了眼睛，
> 它脑中的每一条游鱼都变得
> 和星辰一样安静。我忘了
> 我握着它柔软的波涛
> 睡了几生几世。一觉醒来，
> 我拉开窗帘，看见
> 那条娇美的、懒洋洋的江
> 在阳光下流淌着恩爱。①

（胡续冬《江畔》）

同为描写在床上与水之缠绵，《水的模仿》② 全诗为八节匀整的四行诗，在首尾诗节出现了难得的第二人称对话，中间的诗行则一浪一浪地不断描绘"你"这簇海浪（"一簇"，"一簇"）。《江畔》也具有呼应的首尾，中间有一段更短促和拟化的对江的反复描绘（"一条"，"一条"），并在叙事中衔接起隐喻的发展。诗里的游鱼意象，还可联系胡续冬选译的两首卡布拉尔早期诗集《沉睡的石头》里的超现实诗，"女人们在看不见的河

---

① 胡续冬：《江畔》，载《旅行/诗》，第95页。
② "Imitação da Água", *Quaderna* (1960).

里/ 游来游去。/ 汽车像盲眼的鱼群/ 构成了我机械的视力"(《诗》)、"深夜里我梦见了女人，/ 我拥有女人和鱼"(《日常空间》)[①]）。在相通的水闭眼的意象里，卡布拉尔捕捉着波浪缓急、涨落、变动势态的细微时刻，而胡续冬捕捉了广阔时空书写之间的一段微观特写；与之相应，前者在表面冷静的无尽涌动中最后揭示出亲密和拥抱的液态轮廓（中译本比原文更强调出最后的拥抱），后者则在更为确凿的拥抱中体验亲密时分一息千年的无限感。

甘蔗田的确向海学到了
在匍匐的波纹中前进，
小心翼翼地扩散，从汁液开始
一个洞接一个洞地伸展到甜的潮汐。
甘蔗田的确没向大海学习
甘蔗膨胀时的无限感，以及
扩散时没有那么沉重的、
海的大片大片的节制。

（卡布拉尔《海和甘蔗田》）

海的确没有教甘蔗田
在激情的潮汐中上涨，
用锤子猛杵海岸，
碾碎沙子使其更像沙子。
甘蔗田的确没有教海
甘蔗膨胀时的无限感，以及
扩散时没有那么沉重的、
海的大片大片的节制。

（卡布拉尔《甘蔗田和海》）

[①] "Espaço Jornal", *Pedra do Sono*（1942）.《诗》为前文引用的同一首。

天生的石头，砸穿了灵魂

卡布拉尔的另一首扩展隐喻的元诗《被石头教育》，可作为上述技艺和风格的一幅缩影，同时反映了另一个卡布拉尔：

被石头教育：一课接一课；
学习石头，经常去它那儿，
抓住它不太突出的、没有个性的声音
（通过它开始上课时的措辞）。
一堂道德课，它的冰冷的忍耐
在体内反复流动，被锤子砸着；
一堂诗学课，它的具体的肌体；
一堂经济课，它简洁地紧凑着：
石头的课程（从外到里，
缄默的手册），供人拼读。

另一种石头的教育：在东北腹地
（从里到外，还没有教学法）。
在腹地石头不知道怎么授课，
如果它授课，它什么都不教；
在那儿向石头学不到什么：在那儿，石头，
天生的石头，砸穿了灵魂。

石头不只是工程师的建筑材料，更是地貌上原生的作品；不只是被锤炼为形式的砖瓦，更以其粗粝直击人心。与豆子、蔗糖甚至公鸡一样，石头同时也是自我认同为共产主义者的卡布拉尔对现实中人民的各式书写，在他的诗里几乎确切地与腹地的农民联系在一起。胡续冬在选译时，没有放过"石头"的跨文本关联。在《腹地农民在说话》里，"但在话音的底层，石头的内核/ 依旧尖利，来自岩石之树的石头杏仁/ 落回了

被石头教育：胡续冬与葡语诗

他的家乡：/它只能在石头中表达自己"；"正因此，从腹地来的农民很少说话。/词语的石块磨烂了嘴，/用石头的语言说话是疼痛的"。在《拣豆子》里，石头是"结实的豆子之间""难以咀嚼的颗粒，会把牙齿崩裂"，但同时又是那使"顺流直下的阅读"受阻的，从而成为阅读中"最有活力的"、最"刺激"的诱饵。腹地石头是那前智性的老师，是那旱地上的疼痛史，也是那路中间的不可名状。

可比较胡续冬回忆巴西片段的《犰狳》(2005)一诗里印第安人的喑哑：

> 他们露宿在街头，出售做工笨拙的
> 木雕、草编和饰羽。他们不叫卖，
> 像茧皮一样硬生生地长在黑夜的喉咙里，就连
> 不得已说出的几个关于价格的葡萄牙语数词，
> 也像龟裂的茧皮一样，生疼、粗粝。
> 他们眼神里的警惕连成一道五百年前的防线，
> 从防线那一边，我们小心翼翼地买来
> 一只木雕的犰狳。嗯，犰狳。
> 性格温顺的贫齿目动物，浑身披甲，
> 像他们的祖先，在丛林里逐安全感而居。
> 嗯，巴拉奇。我刚刚被精英们沉痛地普及：
> 此地的印第安人原本盛大而有序，说灵巧的
> 图比—瓜拉尼语，后来被捕杀无遗。
> 精英们不愿提及那些黑夜的喉结上
> 一小片茧皮一样喑哑的，不可见的后裔。[①]

与那磨嘴崩牙、不善言谈的腹地石头一样，印第安后裔成为黑夜的喉咙上生硬的茧皮，沉默地回应着十里之外精英们的"学术绕口令"；与

[①] 胡续冬：《犰狳》，载《白猫脱脱迷失》，第86—87页。

什么都不教的腹地石头一样,这暗哑的茧皮也成为最具穿透力的一课,雄辩过十里之外的"学术绕口令";而一首《犰狳》里的社会文本观察,如胡续冬另一些在小情境中作世界史的诗,或也犀利过诸多"学术绕口令"。这些诗里的静默时刻,或是安娜·保拉大妈的"诗歌中的三秒钟的寂静"(《安娜·保拉大妈也写诗》),又或是风向贝壳和树叶借来的"沉默,每小时17英里的沉默"(《一个在海滩上朗诵的男人》)。

胡续冬一直很骄傲于一点:他的葡语习得不是来自书本,不是来自语法烦冗的书面体和学术体葡语,而是来自巴西的街头巷尾,他的葡语老师正是各色天然的巴西人民,他平日里碰面的清洁工、店员、办公人员、邻居、学生、同事……语言中蕴含着各种民间生活的秘密和智慧①。他会炫耀自己掌握的巴葡俚语和勾搭术语,也会谦逊地承认自己的葡语能力仍然有限,对葡语诗的研究仍待深入。如何使用民间的语言打开诗歌的天性,这是胡续冬从早年起便抱有的写作意识的另一面,也是巴西现代诗的一个出发点,其背后还有一个意识:如何直面诗歌的天性和人的天性。在胡续冬多年对世界诗歌的思考和于全球各地的诗歌交流中,诗歌何以呈现为愈渐小众化、辖域化、各自孤绝的小圈子行话,一直是他非常关注并保持观察的一个问题;同时进入他视野的,还有各种诗歌民众化在精英文化层引发的争议,比如他对"诗歌角斗"(poetry slam)的思考。相较而言,诗人在巴西社会一直受尊敬,能更多地进入公众视野,还有着各行各业的文学爱好者皆出诗集的传统(胡续冬重新体验了毕肖普40多年前对此的惊奇和羡慕,"在场和普通人闲谈的一个诗人居然是巴西财政部的副部长"②)。胡续冬也谈到过,在巴西的生活提高了他对诗歌的"力度"和"情感强度"的要求③,与此同时,他最初接触和翻译的激情"小诗人"(O poetinha)维尼休斯(Vinicius de Moraes)修正了他对主体高强度抒情的看法,而"国民诗人"德鲁蒙德(Carlos Drummond

---

① 胡续冬曾在不同场合聊及这一点;可参考胡续冬与谢韦尔斯基的访谈,第81—82页。
② 胡续冬:《巴西诗歌不免费》,载《去他的巴西》,南京大学出版社,2012年,第274页。
③ 胡续冬:《胡续冬回答明迪十问》,《诗东西》2012年第5期。

de Andrade）简短直白随性、冷诮又时而迸出浓烈情绪的力道在诗歌风格的开辟和阅读的公众影响力上都是最为经典的案例。其中尤为特别的是，胡续冬极其重视并译介却始终无法在中文世界正式出版的德鲁蒙德晚年创作、身后出版的情色小调《自然之爱》①。在胡续冬看来，这些小诗对性爱的直面，对性爱自身的创造力而非在其他隐喻维度的书写（哪怕是以"色眯眯"对抗生活的抑郁②），都是中文写作缺乏的方面③；而这也是德鲁蒙德国民性和民间生活秘密的一部分。同时，无论德鲁蒙德、卡布拉尔，巴西的大小诗人都不回避调性"油滑"的诗，会作依循巴西葡语响亮音色的突出尾韵和节律的小调诗谣。在体验"低调炫技"时，胡续冬的诗同时也是"高调低逼格"的，会大胆使用亮韵甚至一韵到底，语调明快敞亮，也会故意油滑，题材生活气且对各类读者友好，深谙学院派讲究却总率先烂俗，以打通门槛破除词汇禁忌为乐，而非加固自己在精英行话里的象征资本。这些放心地对诗语言的再敞开，以胡续冬对人间友爱、真挚、天真之物的情感为基底，有他对诗坦诚于生活的态度，对自我在世间地位的开放，对民间本色的有意识书写，还有他对诗背后的政治观的觉察。

市级诗人
和州级诗人在讨论
他俩谁有能力打败联邦级诗人。

---

① *O Amor Natural*（1992）.《花与恶心：安德拉德诗选》（译林出版社，2018 年）只收录了其中较为"洁净"的四首。胡续冬也尝试过将其在台湾地区出版，但也未实现。此外，中文选集的诗主要来自德鲁蒙德早年的第一本诗集《一些诗》（*Alguma Poesia*，1930），无法代表诗人此后的很多面向。
② 见胡续冬译德鲁蒙德《直面近况》（"Em Face dos Últimos Acontecimentos"，*Brejo das Almas*，1934）一诗，"他们原本以为/ 惟有自杀才能最终破局。/ 可怜的家伙们，他们不懂得/ 最好的活法就是色眯眯"，可见《巴西的左翼诗人和现代主义运动（二）》《澎湃新闻》2016 年 10 月 04 日，https://www.thepaper.cn/newsDetail_forward_1538564，登陆时间 2022 年 3 月 17 日）。
③ 胡续冬：《翻译巴西诗歌》，第 149 页。

与此同时，联邦级诗人
从鼻孔里挖出一坨金鼻屎。①

（德鲁蒙德《文学政治》）

把一百个副教授关进笼子里，
扔给他们矿泉水、心肌炎，扔给他们
长满蛆虫的熏腊课题和刚刚剥皮的新鲜的
研究生，让他们互相撕咬。
……
一百个教授……
……戴着红袖箍，
观察讲师把讲师的胳膊咬断、
副教授把副教授的大腿吞下，并负责
维护撕咬的秩序。②

（胡续冬《藏獒大学》）

上面两首诗由德鲁蒙德和去巴西之前的胡续冬在相似的年纪写下，并未有阅读交集，却有着相契的对体制话语的漫画，背面联系着对非等级去辖域的真实生成的语言的理解。将他对世界诗歌的关注收回到中国当代诗歌，在2009年的《近十年来的诗歌场域：孤绝的二次方》③里，胡续冬分析了当代诗系统/体制本身的结构性缺陷，在文末提出打破内外孤绝场域的几个向度（纵向抓新诗史中的强力问题、横向找当代诗各群落的通约点、跨语际扩展参照系、跨界汲取文化经验），探索"跨界"的视野和诗歌"游牧化"的可能性；而他本人也在其中不少方面亲力实践。其中，既作为实践也作为视野的"跨界"，正是巴西诗歌的另一典型特征，

---

① "Política Literária", *Alguma Poesia*（1930）;《花与恶心》，第43页。
② 胡续冬:《藏獒》，载《日历之力》，作家出版社，2007年，第95—96页。
③ 胡续冬:《近十年来的诗歌场域：孤绝的二次方》,《南方文坛》2009年第4期。

从波萨诺瓦教父维尼休斯到以希科·布阿尔克（Chico Buarque）[①]的音乐诗剧流传的卡布拉尔，到将音形意结合的具体诗带至各地现场巡演和当代美术馆展览的奥古斯多·德·冈波斯（Augusto de Campos），巴西诗人与巴西现代艺术、音乐、建筑等领域的紧密关联，持续将诗作渗入了更广泛的大众文化。在巴西旅居时，"小于诗人"（poetamenos）奥古斯多在巴西利亚的一次诗歌"巡朗"对那时的胡续冬造成了"巨大的冲击"，当时大剧场的演出一票难求，观众超过同时期巴西电影节的人数，音乐、影像和诗人个人魅力的朗诵结合为极强的现场感染力，朗诵结束后，他还与奥古斯多短聊了几句东方诗歌[②]。在被当作"跨界"典型外，巴西具体诗自1950年代起已成为巴西诗歌真正逆向影响了欧美和国际诗歌生态的运动，同时以他们多语系的诗歌翻译和多维度的作品深刻影响了巴西当代诗歌的感受力。胡续冬一直将自己开放给有趣之物，这些亦都是他不会放过的话题。在本硕诗歌课堂和其他场合，他一直将具体诗作为世界诗歌创造性的一面引介，同时从国内诗人对其冷淡的反应中分析原因，思索着中外对诗的观念差异和中文意识里严格的边界感和领域感[③]。从一个角度看，具体诗是推向极致的卡布拉尔反抒情工程学，同时反线性叙事寻求词体的一石多鸟，其中亦存在许多内嵌于中西语言和整个现代哲理思潮的语境沟隙。在各方面，卡布拉尔也是那个默默打通场域的"外交官"，他的诗作联系起绘画、音乐、建筑，深度现代主义与民谣，汲取了大量英、西、法语诗歌，在巴西现当代诗史中承上启下，《工程师》一集题献给了德鲁蒙德，他即兴的好友；《野土》以一首开篇诗作题献给了奥古斯多，会审视他的变革目光。

2003年，巴西劳工党开始新政，胡续冬也在各种契机下去到了巴西。

[①] 希科·布阿尔克，巴西现代音乐巨星，有许多广为传唱的以人文关注书写现实的歌词，同时创作小说和戏剧，三获巴西雅布提文学奖，2019年获得葡语文学最高奖项卡蒙斯文学奖。此外，巴西现代音乐另一巨星卡耶塔诺·维诺索（Caetano Veloso）也与奥古斯多有着经典合作。

[②] 胡续冬：《老诗人的新鲜show》，载《去他的巴西》，第269—270页。

[③] 胡续冬的具体讨论可见《翻译巴西诗歌》（第150页）。

2004年，他近距离体验了无地农民运动在全国掀起的"红色四月"，5月，与卡布拉尔一样出身于东北伯南布哥州的卢拉访华，其间为北大巴西文化中心揭牌。那块牌匾在此后一直护佑了那片胡续冬教学、工作、聚友玩乐的空间，他的第二个小窝，不少学生在校园里的异托邦。2016年，劳工党下台，结束了14年的领导。2018年春，卢拉入狱，从那时起，我和胡师的日常聊天话题几乎都转向了巴西政治，年近九旬的奥古斯多依然活跃在社交媒体诗歌的前线为左翼党派呐喊。那年8月，胡续冬远赴巴伊亚州腹地小镇阿拉戈伊尼亚斯（Alagoinhias）客座讲学，恰逢呼吁狱中卢拉参加大选的声音高涨之际，一晚他被巴伊亚州立大学的老师们带进了长长的游行车队，穿街走巷，记录下许多那夜与他热情招呼握手的街坊、工友、农友。两天后，他去往巴西腹地深处的卡奴杜斯（Canudos）镇，那片因19世纪壮烈农民起义而成为腹地象征和拉美文学符号的土地，依然干旱贫瘠，在劳工党的惠民政策中断后依然"略显凄苦"。

> 在遍布巨大仙人掌的龟裂土地上，偶尔碰见个把人，表情都有一种腹地深处特有的严峻感，我数次礼貌地和他们打招呼，都起不到任何社交的效果。后来我发现，只要我对他们打招呼时说"释放卢拉！"（Lula Livre！）而不是"下午好"，他们就会微笑着走过来跟我聊天，甚至带我去他们的家里小坐、去村里的小教堂参加弥撒。
> 在那十几天的客座讲学期间，我用万能的"释放卢拉"和大学师生、的士司机、民宿老板、餐厅跑堂、石油工人、基层神父等各种社会身份的人建立了融洽的搭讪关系……①

那次访古之行中，他给巴西朋友们讲述《腹地》作者达·库尼亚在1950年代北京"清河翻译组"出品的监狱犯人集体译本里不同于巴西版的传记结局；那次讲学期间，他分享了对"中国文学中的巴西"这一主题在四百多年近代史中从传教士到康有为的详尽文本；当然这些都没有被

---

① 胡续冬：《"释放卢拉"》，《能源评论》2018年第12期。

他捏作论文状物体或制成熏腊课题，他在翻译中的同样以腹地题材著称的文学大师吉玛朗埃斯·罗萨（Guimarães Rosa）的短篇，也还没等到付梓。2019年末，卢拉出狱；2020年夏，胡续冬送一身英特纳雄耐尔的老友福特返回巴西，作下一首洁净、坦荡的送别诗①；2021年春，卢拉的所有指控被撤销。后来，胡续冬那次巴伊亚之旅留下的与街头民众一起高呼"释放卢拉"的影像，被阿拉戈伊尼亚斯的朋友制成了纪念视频，并在这年末一个主题为"文化网络里的巴西：庶民化认识论"的学术大会下为他筹办了一连四场的线上纪念小组会。

最后还有一个故事，且当它为一个隐喻：胡续冬从来没去过葡萄牙。他多次去西班牙旅行，到过卡布拉尔的第二故乡塞维利亚。离葡萄牙最近的一次在2017年10月，他去往葡语诗歌的摇篮地——中世纪加利西亚-葡萄牙语歌谣胜地加利西亚圣西蒙岛——参加国际诗歌翻译工作坊②。以葡语为作坊译入语的六位诗人以葡语外六种不同的语言写作，他们在交谈中发现各自人生经历里贯穿的人民立场，一起唱起了七种语言的国际歌和七种语言的 Bella Ciao（《啊，朋友再见》）。

---

① 作于2020年8月10日的《送老友福特返回巴西》是胡续冬公开的最后的诗之一。诗中福特为弗朗西斯科·福特·哈德曼（Francisco Foot Hardman），在2019—2020学年客座北大葡语系的巴西坎皮纳斯州立大学文学教授。2021年末，福特·哈德曼在新冠疫情期间写下的日记的中文版出版，《中国日记：一个巴西人眼里的真实中国》（北京大学出版社，2021年），并将此书题献给了胡续冬。巴伊亚州立大学在阿拉戈伊尼亚斯主要接待胡续冬的是奥斯玛·莫雷拉（Osmar Moreira）教授，他与福特共同组织了在巴西的胡续冬纪念活动（Simpósio: "Hu Xudong, Tradutor e Amigo do Brasil: Homenagem e Continuidade da Obra", II Congresso Internacional Brasil in Teias Culturais: Epistemologias Subalternizadas, Nov.–Dec., 2021）。

② Con Barqueira e Remador: VI Obradoiro Internacional de Tradución Poética, Ilha de San Simón, Redondela, Oct. 16—21, 2017.

向生活敞开胸怀
——胡续冬诗作阅读札记

刘 寅

胡子（胡续冬的江湖诨名之一）旅居巴西期间写过一首短诗，较少被人谈论。诗名叫做《穿堂风》：

穿堂风让我明快，让我
不会为那些不曾出现的事物
感到恍惚。从一个庞大的国家
到另一个庞大的国家，生活
依旧渺小，如同窗外五十米的虫鸣
被夜归的汽车带回他人的家。
那归家的老实人耳朵里装着这
听不见的虫鸣，洗澡、做爱，
枕在妻子皮肤上听不见的虫鸣里睡去，
而我，也将在虫鸣中分享所有
虫子们的劫数里听不见的人。
穿堂风吹开我身体里
那些渺小而鲜活的门窗，
令我快慰于那些遥远的树叶的拂动；
那是我年迈时种下的一棵树，
它的名字可能叫柳树，也可能

叫近似无限透明的 30 岁的巴西梦乡。①

  独处异乡寓所的诗人因一阵拂面而来的风忽然心下敞亮，摆脱孤寂和疏离的心绪，搭乘窗外的虫鸣吸纳自然的无限视野，拥抱异国人间。风打开了诗人的感官，洞穿了时空，应和着诗人在另一首诗中的金句："我不是我的瘦身躯，/ 巴西也不是巴蜀以西。"（《科里纳》）诗的亢奋和加速感在最后三行放缓，岁月的流逝感和怀乡的怅然（所谓"曾栽杨柳江南岸"）再度升起。但最后一行中的"透明"回应了首行的"明快"，暗示诗人似乎通过这次诗歌历程实现了一定程度的精神安顿。

  胡子的另一首诗作《埃库勒斯塔》（作于 2017—2018 年）暂时没有收录在其个人诗集中，我索性也在此引用全诗：

1

  埃库勒斯塔，公元二世纪
  罗马人在西班牙拉科鲁尼亚的海边
  留下来的灯塔，是另一片
  闭锁在石头里的海。在塔里
  能听见海水的手掌击打着
  石块的内壁，你附耳过去，
  就会有一小滴被囚禁的海
  挣脱了物理学的诅咒，溅到
  你的眼中。当你登上塔顶，看见
  腋下夹着大半个天空的大西洋
  从远处呼啸而来，丝毫感觉不到
  你眼中有细小的急切之物
  纵身跳进了塔下的巨浪。

---

① 胡续冬：《穿堂风》，载《日历之力》，作家出版社，2007 年，第 38 页。

你或许能听见石头深处传来
海水的鼓掌声,像一群狱中志士
在庆贺又一滴狱友重返骄傲的蓝。

2

我登上埃库勒斯塔是在
十月里一个稀松平常的日子。
城市、原野、礁石
在大海面前相互推搡,轻易地
把视野让给了一个巨型的远方。
塔顶有三三两两的白人观光客,
我能从他们对远方的赞叹里
识别出法语、德语和波兰语。
然后我注意到了站在护栏尽头的
那个孤零零的老人。
他一直在哭。
对着远方,张开嘴,闭着眼哭。
他努力不弄出任何声响,肩背颤动得
像暴风中一副快要散架的农具。
他长着一副东亚面孔,衣着
不似任何一类观光客。我小心翼翼地
用汉语问他是不是中国人,
他点了点头,试图用磨损的衣角
擦去满脸的泪水。我递给他一张纸巾,
慢慢问起他为何独自在这里、
在这个中国游客罕至的地方默默哭泣。
语言不通受了委屈?跟丢了旅行团?
他感激了我的善意,但并没有

替我解谜,只是告诉我,他来自
河南南阳,这是他第一次离开他的村庄。
突然间,我想起:埃库勒斯塔就在
去往圣地亚哥的朝圣之路上。
我问他:"您是天主教徒,
要徒步去圣地亚哥?"
他那双哭红了的眼睛骤然一亮,
想要说话,却又犹豫了一下,手画十字
朝我礼貌地笑了笑,而后跟跟跄跄地
走下了楼梯。我站在他刚才站过的地方
想看看他到底看到了什么:
那巨型的远方会幻化出怎样的悲伤?
我看见腋下夹着全部天空的大西洋
从海平线呼啸而来,我猛然感觉到
眼中有海量的急切之物
想要纵身加入塔下无边而骄傲的蓝。①

    诗人别出心裁地为同一次登塔经验提供了两种写法。从第一节到第二节,叙述口吻从第二人称变为第一人称,"腋下夹着大半个天空的大西洋"变为"腋下夹着全部天空的大西洋","眼中有细小的急切之物"变为"眼中有海量的急切之物",诗歌的篇幅和叙述语气从紧致到舒展。诗人留下这些线索,暗示着诗的两节之间微妙的递进关系。第一节是一首观景之诗。诗歌叙事在塔、"你"(抽象的登塔者)和海三者之间,围绕塔"是另一片/闭锁在石头里的海"这个基础意象展开,诗歌的情感推进表现为从塔的凝固(年代与质地)切换到海的涌动的心灵解放感。第二节是一首关于人的诗。"我"的登塔和思维活动被放置在一个日常色彩很浓

---

① 胡续冬:《埃库勒斯塔》,载潘洗尘编《读诗·虚构的平静》,长江文艺出版社,2019年,第124—126页。

的人世情境中。诗歌叙事在"我"、河南老人和远方三者之间,围绕两个人之间的交流(与交流中断)展开,人世间可以共情与不可共情的悲欢相互缠绕、交织,制造出很有感染力的诗歌效果。第一节铺垫了第二节的部分主题(解放—朝圣),但第二节对诗歌经验的完成度无疑远高于第一节。这应该也是胡子希望读者获得的阅读感受。

胡子的很多优秀诗作(当然并非全部)与这首诗具有一些共同特征:围绕诗人的一个情绪事件和经验事件充分展开第一人称抒情性叙述;饱满鲜活的修辞群和想象群一浪浪地推动叙述和抒情有节奏的同步铺陈;语言的晦涩度和阅读阻力被刻意降低;某种古典质地的整饬感(例如《穿堂风》中暗含的情绪推进的"正反合")。这是一种开诚布公、不扣底牌的诗歌方式。从读者的角度看,胡子的这些诗作是不设防的,即便是非专业读者也不会存在入门的困难。若是想深入,当然需要更大的心力投入。胡子的诗是耐读的。

我们大可做"诗如其人"的感慨,尽管这种说法不足以体现诗人探索自新风格的持之以恒的努力和美学决断。20世纪90年代末,胡子所在的"偏移"团体尝试提倡用风格的诗学取代形形色色的本体论诗学。所谓"风格"不是美学图章,而是接近一种在同时保持开放性和高强度的写作实践中结晶的不可预期的"诗歌自我"。胡子很著名地将之称为"发展癖性"(据说化用自时髦学者福柯,但好像查无实据)。很有意思的是,在1999年一篇名为《北大诗歌在九十年代》的长文中,时值25岁(遭受艾略特施咒的一个年龄)的胡子对自己的写作有"胡续冬的诗显得较为拘束"这样的判断。除了自谦和严以律己的因素外,这或许体现了胡子对于诗歌之道的较真立场。事实上,那时的胡子已经写出一批相当成熟的诗作,包括修辞磅礴的《特快列车回旋曲》(1994年)、高蹈的《给友人的十四行》(1995年)、反讽精确的《在臧棣的课上》(1997年)、喜剧方言诗名篇《太太留客》(1998年)。如果有当代汉语诗歌写作技术的闭卷考试,彼时的胡子大概已然是科科高分的尖子生了。我妄自揣测,拘束感或许来自向眼前越来越开阔的经验更充分地打开诗歌自我的追求。

胡子在1990年代所经历的校园诗歌成长经历具有很强的传奇色彩。

在早早确立的职业感驱动下勤恳的自我训练之外，诗歌生活是一种热烈、亲密但又不失竞技感的同辈集体事业。胡子有首戏谑色彩较重的名作叫《风之乳》，题献给他的诗歌战友姜涛。胡子以强大的叙事能力铺陈了一个略显古怪的意象，三个人在宿舍间的风口合伙打劫了受伤的风，啜饮风的乳汁。这分明是一首元诗，漫画化了当时校园诗歌青年以生吞活剥的热情吸收诗歌养分的愣劲儿。这个主题后来在《写给那些在写诗的道路上消失的朋友》中以更伤感一点的腔调被重写（在那首诗里，不幸遭遇诗人们黑手的是星星和月亮）。《风之乳》的结尾有画龙点睛的效果："直到散伙/ 他们谁也没问对方/ 是谁，是怎样得知/ 风在昨晚的伤势。"这句诗舒缓了前几段诗节中的暴力气息，使整首诗平稳着陆，更重要的是，它传神地表达了同道之间的默契感。这样心照不宣的成长感，以一种非常不同的（向内的）方式在冷霜的名作《我们年龄的雾》中获得了表达。这里不妨过度阐释一下：《风之乳》（2001年）和《我们年龄的雾》（2000年）是这两位挚友在同样的年龄写出的。

包括《风之乳》在内，胡子开始读博（1999年）之后的不少诗作较之前更加生龙活虎，题材和语言风格上荤素不忌、精粗杂糅。《九马画山》中引自麦兜的题记"大包整多两笼大包整多两笼唔怕滞"，大概是诗人彼时诗歌胃口的自况；用诗去折腾风俗业的折腾（《冰火两重天》）；打嗝也有诗歌生产力（《打嗝》）；用二十多行诗"有理有据地"把诗人自己的身体一步步拆了（《我曾想剁掉右手以戒烟》）。胡子的诗歌写作在一些流俗观点中被不公正地窄化为"语言的狂欢"等，这批诗想必功不可没（西渡已对这些标签做过足够有力的反驳）。但是，胡子在这一时期确实追求"把一种顽劣的想象力注入诗中"，自诩是"十足的文字的享乐主义者"[①]。这是一种自我解放，充分地享受诗歌自我的小白狐上蹿下跳。但也未尝不是一种自我纪律，和自己较劲儿，逼迫自己去完成各色各样的诗歌动机。

但胡子这一时期的诗歌方式其实也是非常多样的。比如，《月坛北街

[①] 姜涛等：《姜涛、胡续冬、冷霜、蒋浩四人谈录》，载西渡、王家新编《访问中国诗歌》，汕头大学出版社，2008年，第305、302页。

观雪》就是一首工整的叙事诗,有些句子让人感觉到臧棣的影响。任何关于当代诗歌的伦理维度的讨论都不该忽视《爱在瘟疫蔓延时》(与他钟爱的乐队达明一派一样,胡子有时会用著名的书名或电影名来命名自己的作品,这也反映了胡子强大的文化转化能力的一个侧面),不仅仅是因为这首诗处理的主题是重大公共事件("非典"),而且在于它探索了在死亡和失序的阴霾下,诗在何种意义上还能滋养我们感受生的力量的勇气、保持爱的能力的心智。诗中"未曾打开的卷册之中的孤独的腺体"(或者说诗本身)赋予了自然疗愈人世的雄浑的魔力。

胡子在 2000 年前后还写过一些短小的生活抒怀,很有点经验胶囊的感觉。比如有一首叫《毕业》,写的是诗人在打印作坊装订博士毕业论文的所见所感。这首诗没有奇绝的修辞和情节,显得特别放松,十分贴合每一位不幸有过博士毕业论文写作经历的人在完成时刻的那种心境。和胡子的很多诗一样,风再次承担打开经验时空的功能:

我的性感的论文就要在这
春天的院子里诞生。我就要
忘了它。一阵风,把我吹送到
十年前的某夜,也是在
这个校园里踱步,我的鼻子
亢奋地在花香中抽动,很新鲜。①

诗人的生活体感(在这首诗里是十年高校学生生活的惊鸿一瞥),在诗作中直白地从修辞和叙事中坦露出来。这种写法胡子在巴西期间(2003—2005 年)用得更多。诗歌语言与生活之间的距离更小了,或者说,写作与经验之间的距离更小了。这或许与语言异乡的环境有关(诗人的葡萄牙语是在巴西期间自学的)。胡子的专栏写作也是从巴西时代开始的,想必很是满足了他的汉语表达需要。两种文体呈现出不一样的

---

① 胡续冬:《毕业》,载《日历之力》,第 114 页。

巴西生活。专栏文章里的巴西生活是兴味盎然的世界博览。诗里的巴西（或者说巴西利亚）生活弥漫着孤独在时空旷野中分泌出的甘苦味。但对异乡的自然和世俗的友爱维持了叙述的热情，使疏离感不至流为缺乏形状的感伤：

> 车开到山顶，不见了那一大片
> 懒散的楼群。路的尽头是慢吞吞的树，
> 小户人家支起了烤肉架，收音机
> 播放着啤酒和迷人的邻居。
>
> 转回去的时候开车的人喝多了，方向盘
> 陷进盘曲的夜里。乌鸦、蝙蝠和遥远的中国
> ——从车前飞过，我下车探路，
> 看见满城的灯火在山下美得蹉跎。①
>
> （《地图之南·索布拉吉尼奥》）
>
> 连湖面上的涟漪都说着葡萄牙语。
> 那些不规则的波纹的变位
> 弄皱了本地的倒影，对着它，
> 我练习"Eu te amo"。
> 我练习了整整一个上午。
>
> 没有人。今天，人是被水之美诱捕的
> 稀有动物。我困在波光的牢笼里
> 想起了秋水此刻不在南半球。②
>
> （《帕拉诺阿湖》）

---

① 胡续冬：《地图之南·索布拉吉尼奥》，载《日历之力》，第44页。
② 胡续冬：《帕拉诺阿湖》，载《旅行/诗》，海南出版社，2010年，第87页。

在《月亮》一诗中，胡式想象力操练（把月亮拆卸、变形）和胡式恶趣味（"有时候我也会剥下/月亮的皮，安上个气嘴，把它/加工成充气娃娃，然后苦练肺活量，给它/吹足了气，开始琢磨：是先奸后杀/还是先杀后奸？"）中道而止，诗人像是突然丧失了游戏兴致。诗作出人意料地转向古典的观月怀乡：

但始终有一丁点月亮
我无从把握。我戴眼镜的时候，它藏在
我左眼的镜片里，像凝结了的烟雾，
让一切快乐的事物显得模糊。我换上
隐形眼镜，它又变成右眼镜片上的
小小的褶皱，硌得我的眼睛生疼。
我决定什么都不戴，躺在床头
紧紧闭上双眼，它却从两只眼睛里同时
爬了出来，像毛毛虫爬过我的脸，最后
在我的枕头上尿出一片十五的月圆。①

这或许具有一定的症候性。从巴西时代开始，胡子似乎有意识地收敛了部分熟稔的套路，诗歌写作逐渐开始向有迹可循的现实经验和情绪倾斜。这种次航式的转向使另外一种诗歌的丰富性成为可能。胡子特别擅长从具体的事物入手打开宽阔的叙事和抒情空间。《槐花》《蟹壳黄》《江畔》写出了当代汉语诗歌里最深情的恩爱。《杜鹃》写出了在旅居台湾时"同了在地人的福祸"的温情。《小猫四章》《花灵灵》刨出了一个个友情的猫砂坑。一片尿布、一首催眠曲、一朵牵牛花中尽是舐犊情深（《片片诗》《小小少年》《清晨的荣耀》）。

在胡子旅美时期写作的一批以动物为题的诗中，有一首叫《蝗虫》的很是别开生面。在燥热的美利坚公路上呼啸而过的汽车旁，徒步的诗人

---

① 胡续冬：《月亮》，载《白猫脱脱迷失》，山东文艺出版社，2016年，第99页。

（相信很多在美国生活过的国人都有过类似的仓皇经历）感受到的生活方式的敌意，令他对路边的蝗虫产生了活泼的共情：

> 我看上去绝对不像一个
> 为远方的妻子四处挑选内衣的
> 购物者，我更像是一个可疑的
> 有色人种，背包里兴许是
> 毒奶粉、炸弹或者共产主义。
> 突然间，在马路边的荒草中
> 我的脚步唤起了另外一些
> 体内没有石油的物体：
> 那是一群蝗虫，灰头土脑地
> 在这个庞大的国度
> 过着它们渺小的直翅目生活。
> 它们是最棒的乡村乐手，
> 翅膀和后腿稍事摩擦，
> 就足以令我从北美大草原
> 回到四川盆地的稻田。
> 加油，蝗虫们！在我汗水滴落之前
> 快用你们的小声音
> 把所有的秋老虎统统催眠。①

对身份政治议题的触及，机智地不动声色同时又明智地适可而止。"加油，蝗虫们！"这五个字十分精彩，毫不做作地写出了某种生机勃勃的"阶级感情"。

胡子的诗大都有一副好心肠，与很多当代诗歌的恶疾（脆弱、矫情、自我沉溺、哗众取宠、伤害和自我伤害）绝缘。他会用恶趣味去整蛊月

---

① 胡续冬：《蝗虫》，载《白猫脱脱迷失》，第55—56页。

亮、云和风，但这更像是一种亲切的玩笑。他会用汉语恶狠狠地抽打权力（包括学术权力）、资本，他这么做时往往异常严肃。在写到人、植物、动物时，胡子总是不失敦厚，有时甚至不惜牺牲了深刻。他的诗与读者之间的关系首先是友爱性的，其次才是智性的和感官性的。用胡子诗中的说法就是："我的诗所到之处，清风明月/ 不用一分钱买，所有被映现的事物/ 都将获得开怀大笑的汉语的容颜。"（《雨季祈愿》）胡子让新鲜的汉语向新鲜的生活经验不分高低贵贱地敞开胸怀。他的诗忠诚于我们生活中最朴质的情感。这是值得永念的馈赠。

　　胡子热爱生活，同时也热爱用诗去经验生活、去激活生活、去反哺生活、去完成生活。他所作的追念逝者的诗，也不缺少生活的力量和温度。在《七年》中，物是人非的悲怀在对早市的烟火气和人情味富有深情和耐心的白描中结晶。在《六周年的六行诗》中，诗人决意唤出尘世生活的血肉为故友招魂："把羽毛变回羽毛球，把鹰嘴变回鹰嘴豆，把飞行重启为/ 一具年轻的身体里词语与勇气赛跑的飞行棋。"在《紫荆花》中，陌生都市中的一隅自然借力一股诗绪的冷风慰藉了无法释怀的诗人：

> 我揣着冷风走出来，
> 看它变着戏法
> 把路人纷纷隐去。
>
> 我说：停！它不听，
> 继续把这座城市
> 吹成了一小段迷途。
>
> 在一个陌生的街角，
> 它突然丢下我，
> 钻进了一树紫荆花。
>
> 像是早有准备，

它为树枝带去了
一大丛拂动的声带。

我明白，它是想让
每一朵花都和我说话。
我听见了时光的耳语。

但我不知如何通过这些花
把一两句语塞的问候
捎进黑暗的泥土。

我把冷风揣回了
羽绒服的口袋里。
路人重新熙攘，城市

也恢复了它冰冷的秩序。
而紫荆花依然在街角绽放，
温暖得像离去的友人。①

如今，肉身远走，空留好消息在人间。我权且把这些诗看作他在教我们如何追念他。

附 记

我大一时因旁听胡子的"20世纪欧美诗歌导读"课的机缘与他相识。此后数年中，与他以及他的爱人阿子结下了一些不会因聚散而消磨的情谊。遗憾的是，我于诗歌之道始终不曾真正窥到堂奥，早早就惭愧地加入了"在写诗道路上消失的朋友"之列。近些年的专业生活也似乎愈发把

---

① 胡续冬：《紫荆花》，载张尔主编《飞地·腾挪与戏谑》，海天出版社，2016年，第7页。

自己的心智推往另一个轨道。这些日子，受难以释怀的情绪驱使，我反复翻阅胡子的诗作，作此难成体统的札记一篇。愿胡子在云深不知处笑看我的错解和业余。

腾挪与游牧
——胡续冬诗美学初探

涂书玮

当你用咖啡香的葡萄牙语吟咏川味的杜甫,
便一扫诗的朦胧,顺便提醒道:怎么能只会咏物。
如今,你在仙境里吐雾,巧舌可别更毒。①

你驾驶过一辆方言,途经了字正腔圆的地球。
你走私过几吨快乐(镶着
恶作剧的花边),误闯了
新诗的海关。②

金钱是王八蛋,美女是王八蛋,诗歌则是
最大的王八蛋,但它孕育着尘世的全部璀璨。③

---

① 杨小滨:《往事与幻像(送别胡子)》,《联合报》(台北)2022 年 1 月 9 日。
② 胡亮:《小语种(挽胡续冬)》,同上注。
③ 胡续冬:《写给那些在写诗的道路上消失的朋友》,载《片片诗:胡续冬诗选》,秀威出版社(台北),2013 年,第 184 页。

一 前　言

2021年8月22日，当代中国大陆"70后"诗歌世代最重要的诗人之一、北京大学外国语学院副教授胡续冬（1974—2021）在北京去世，得年47岁。胡续冬逝世消息传开后，以同事、师友、读者等身份书写的纪念、评述文字，霎时间在微博、百度贴吧、微信等社群媒体上散布开来，为其时仍然犹是溽热气候的北京，提早覆盖上了一抹既惊诧又谜样的秋意。

胡续冬于1990年代初期此一中国大陆市场经济蓬勃发展、社会阶层流动剧烈的时间点进入北大中文系，曾与姜涛、冷霜、周伟驰等创办诗刊《偏移》，主持过北大五四文学社与社刊《天方》，以及自1993年起，或在每年春天海子祭日时组织"未名湖诗会"，或在市场洪涛步步进逼的书店沙龙与北大狭仄的博士生宿舍同爱诗之人"聚众"，这是胡续冬在诗歌活动上，进行文化个体之间横向跨度的"气场串联"，展现了非凡的组织能力。在写作上，这也是胡续冬的《水边书》时期，不断地在分行的句式中对雅正的汉语进行挑衅或冒犯，不停地在纷繁的诗歌技巧间，让自身生命的芜杂与不羁，尽情在诗行里摇晃或释放着。

而后，胡续冬又在世纪之交的网络时代来临时，创办了"北大在线新青年"网站，或诗歌，或电影，或摇滚，或民谣，这与其灵活权变、能跳脱传统框架、与时俱进的性格有关。因此，与其说胡续冬的诗歌理念引导着特定诗歌活动的开展，不如说是其混迹湖北十堰市街巷的成长岁月，斗殴、烟酒、情色书刊的"团伙"经验，与受到欧美现代主义启蒙的阅读历程，这样的成长过程使其诗歌写作体现出一种亚文化、非主流的性格底色，也正是这样的性格底色，使其诗歌除了与后朦胧诗世代"口语化""反崇高"的美学底蕴相呼应，但也解脱了后朦胧诗处处背向/对称于朦胧的精神结构。胡续冬的诗收容的正是1990年代市场经济大潮底下无声的大众与社会，幽默与尖刺的语言底下，有着对应于现实人群的悲悯。另外，曾在巴西国立巴西利亚大学（Universidade de Brasília，2003—2005）和台湾"中央大学"（2010）客座执教的生命经验，在和异文化世界与迥异社会形态接触、碰撞的同时，使其诗歌不论在题材、风格还是取材方式上，皆有所转化与变形①。

胡续冬是一位人格魅力强烈、能够在诗中持续创造自我、堆栈异质性诗意的诗人。胡续冬的早逝，促使"胡续冬研究"成为一个必然的诗歌问题点，因此，若依循"诗史—诗歌现场"的双螺旋结构往下推论，所谓"北大诗歌"——自海子与骆一禾以降的诗歌气场，胡续冬经由诗歌写作所接续的"九〇年代"诗歌，其形貌、特质、底气有何不同？另一个问题即是，胡续冬的写作，坐落在"九〇年代"此一历史空间的美学意义为何？为解决以上两个诗学问题，借由对胡续冬作品提出一个统整性的论述，突出胡续冬诗歌写作的美学价值，乃刻不容缓。

本文的"腾挪"与"游牧"两个诗学概念，是由胡续冬在《诗歌：自我的腾挪》以及《近十年来的诗歌场域：孤绝的二次方》两篇文章中所提出的观点。在两篇文章中，胡续冬分别提出这两个诗学命题，不但是对当代（尤其是"90年代诗歌"以降）此一诗学断代的观察，更是对自身诗观的初步揭露，也是自身诗歌写作的创造性阐释。本文认为，"腾挪"与"游牧"正是胡续冬诗歌写作的方法论，构成了其诗学方法的"双核"，致使其修辞具备了极大的异质跨度与思考动能。本文进一步针对以上两个诗学概念加以延伸、评价与再诠释，并在此对话式思维方法的前提之下，提出胡续冬的诗作以为举证，说明胡续冬诗歌的美学特点与整体价值。

二 腾挪：挪用方言、超现实与历史，实现高速心智转换

首先，是胡续冬在《诗歌：自我的腾挪》一文中提及的"腾挪"（移动或挪借）概念。对胡续冬来说，"腾挪"指的是当下的诗歌趋势或潜流，如何消化与征用诗歌"传统"的资源，将中文词语困缚在传统里的历

---

① 我认为这是胡续冬另一个重要的诗学问题点，由于本文的论述重心在"腾挪"与"游牧"两个诗学概念，落实于其写作文本的演绎与呈现，此点将存而不论，或留待来日另以专文论述。

史解放出来,"腾挪"除了必须是写作主体如何移动或借用古(传统)/今(现代)之间疆界的诗学命题,也是诗人的自我与世界的关系如何被创造/发明的问题。

诚如杨小滨在《中国当代诗典》诗丛的总序《朝向汉语的边陲》中勾勒的胡续冬诗歌美学特质,"胡续冬来自重庆(自然染上了川籍特色),时有将戏剧化的方言土语(以及时兴的网络语言或亚文化语言)混入诗歌语汇"①,胡续冬首先选择利用"方言"作为其创造/发明自我的工具,"方言"此一源远流长又备受主流诗史压抑的"小传统",与现有汉语语言、语法规则或是继承的风格模型对撞,进而创造出繁复变化的语言星丛。

因此,包括从"方言写作"中提取方言的语/音基因与肌理,胡续冬将之置放在更宏观的诗歌行为——历史意识、文化政治、身份认同等多维度的想象过程,以达至"通过书写互不通约的诗歌发明出无限多的自我,以使被特定的时空所束缚的自我获得诡谲的复数性"②。以此来看,胡续冬提取"方言"此一"法外语言"(相较于普通话而言),除了是一个展现松动常态、颠覆雅正、重构秩序的话语策略,也是个人化的"自我"风格或认同,透过诗歌对着汉语进行"化外秩序"式的铭记,重构一个诗化的自我身份。

胡续冬最常被征引的方言诗,是《太太留客》,以四川方言(重庆话)调侃电影《泰坦尼克》(*Titanic*):

> 我们坐在两个学生妹崽后头
> 听她们说这是外国得了啥子
> "茅司卡"奖的大片,好看得很。
> 我心头说你们这些小姑娘
> 哪懂得起太太留客这些龌龊事情,

---

① 杨小滨:《朝向汉语的边陲——〈中国当代诗典〉总序》,载胡续冬《片片诗:胡续冬诗选》,第8页。
② 胡续冬:《诗歌:自我的腾挪》,《文艺争鸣》2008年6期。

那几双破鞋怕还差不多。电影开始，
人人马马，东拉西扯，整了很半天
我这才晓得原来这个片子叫"泰坦尼克"①

以轻佻、口语化的叙事节奏，以及透过"太太留客"的方言/情色/民间的三重意涵，叙事者的方言及其内在思绪，显然无法被青少年男女那类洋派/罗曼史的集体氛围所整饬。从方言的异质性、口语的戏谑性，到叙事者感知对流行文化的滞后，现实被深刻地扰动了。如同姜涛指称：

> 为了反拨80年代高蹈、纯粹的诗风，90年代的诗人一度以写"不纯"的诗为风尚，喜欢用"异质混成"的语言去搅拌现实。《偏移》同人受到感染，也有意推波助澜，纷纷进入写作的"加速期"，……像《太太留客》《关关抓阄》等名作，吸纳方言、口语的活力，又充分施展戏谑模仿的手段，具有一种凶悍的社会写真性。②

我亦认为，若将《泰坦尼克》视为西方文化资本对中国本土电影的入侵与殖民，胡续冬在《太太留客》中的"腾挪"（移动或挪借）方言，意在修辞的局部创造一种戏谑此一全球资本秩序的精神之"力"，但又迥异于1980年代以降主流诗坛带有启蒙或批判等道德姿态的诗风，这股精神之"力"正是胡续冬借助方言的筋斗云，阻滞了普通话汉语对民族集体记忆的铭刻霸权，以及跨国电影工业的次文化殖民。

另一首《回乡偶书》亦是以重庆话写成：

我搭了一辆摩托，从罗汉寺
到两路口，要往滨江路走怨路。

---

① 胡续冬：《太太留客》，载《片片诗：胡续冬诗选》，第204页。
② 姜涛：《有关胡子和他的诗的一些片段》（修订版），见微信公众号"褶子FOLD"2021年9月9日，https://mp.weixin.qq.com/s/_3UFE_11EwNRLvNYSZvANw。

在江边飞驰的时候，凶猛的江水
拍打我的身世，我突然看到了
另一个我的一生：如果当年
我老汉没有当兵离开这里，
我肯定会是一个摩托仔儿，
叼着老山贼，决着交警，每天都
活在火爆而辛酸的公路片里。①

"腾挪"并不只是在技巧面"移动"或"挪借"方言，而是涉及一种新异的感知效果与价值转换。这一首《回乡偶书》中的叙事者当然是诗人的化身，回到家乡山城重庆，重庆作为中国内陆重要的工商重镇，城市景观变化剧烈："新盖的高楼完全是本地哥特，／像玉皇大帝在乌云里的包二奶／把穿着丝袜的玉腿从天上／伸到了地下。"② 这是典型的"胡氏"情色世俗想象，情色化向来是不少批评家眼中胡续冬诗歌"喜剧"风格的主要表现手法，更可以说，情色把重庆的资本高楼都"喜剧化"了，不但创造了主体情意结构的"腾挪"，也戏谑了现实。此外，贺知章回乡时是鬓毛斑白、乡音无改，只是家乡童稚未识，但乡容依旧。而胡续冬的回乡，自己仍是盛年但家乡的容貌骤变，那些城市资本文明照拂不到的"坡坡坎坎""黑漆麻孔""栀子花和黄角玉兰"遮蔽下的重庆"小生活"面临了存续的危机，于是，胡续冬从情色想象到"公路片"的自我追寻寓意，抽离时下的重庆城市地貌，实现了其"火爆而辛酸"的乡愁想象，创造了不同的感知效果与价值转换——腾挪。

当然，"腾挪"也有"橘逾淮而为枳"的异地转化过程，也历经了跨文化传译过程的调适与修正。执教于北京大学世界文学研究所、曾旅居巴西的胡续冬，对于葡语世界的诗学养分有所汲取更不在话下，通过阅读、译介惯用"异名"（heteronymy）的佩索阿（Fernando Pessoa），自我

---

① 胡续冬：《回乡偶书》，载《片片诗：胡续冬诗选》，第86页。

② 同上书，第85页。

不再是"同一"而是"无限裂变"的,胡续冬借助佩索阿,持续推进他的"腾挪"论:

> 我大概成为不了佩索阿,所以我将以往的抱负中对自我的发明收缩为一种高强度的"自我腾挪"。方言只是我在诗歌中修炼"乾坤大挪移"的一种路数而已。更多的时候,我所倾心的挪移状态体现在心智快速反应的其他层次上,譬如,让多维度的、琐碎不已的日常情境突然发生意想不到的短路。①

胡续冬既然无法如同佩索阿在不同的文学体裁(诗、散文、批评、翻译等)及不同的文化身份(诗人、批评家、翻译家)中创造不同层次的"腾挪",而且方言只是胡续冬实现高强度"自我腾挪"的路数之一,以此来看,"腾挪"不只是形式的、技巧移形换位,而是涉及"心智""感受"或"精神"上的"短路"。我认为,这样的"短路"涉及的是文化现代性启蒙、进步意识形态的中断与粉碎,胡续冬有意为之,目的在解放受到"现代性"统摄的日常生活,并捍卫诗歌置身于当代社会的基本尊严。

因此,胡续冬辨明的"让多维度的、琐碎不已的日常情境突然发生意想不到的短路",就是在琐碎无聊的生活里"刻意"酿造无数"短路"的火灾,让原本属性雷同的事物之间创造"不合理"的联结,实现心智的高速转换与腾挪。比如,在一首刻画民工生活的《午睡》:"午睡剔光了他们的骨头,把他们/挂在闹钟内部的衣帽钩上,晾着,/时间有一股椒盐味,越来越浓。"② 超现实的情境里,民工仅有的短暂午睡会剔骨,身体成为一篓瘫软的衣物挂在"闹钟内部的衣帽钩"上,这里则是颇有深意。因为,闹钟声可唤人、规制生活,但被"挂在闹钟内部",可见民工的身心早已被时间吞噬,成为制度/时间本身,而且是在"衣帽钩"上随取即用,直到自身成为整个制度/时间的佐料。此一讽喻"椒盐"属于味觉层

---

① 胡续冬:《诗歌:自我的腾挪》。

② 胡续冬:《午睡》,载《片片诗:胡续冬诗选》,第209页。

次，胡续冬将其置入"时间"此一抽象概念之后，某种感受与理智上的"短路"因此生成了。以上可见，胡续冬透过超现实主义变形现实的技巧，在实现心智的高速转换与腾挪的同时，也赋予"腾挪"一种诗歌的社会伦理责任，对民工阶层寄托了深刻的人道关怀。

另外，"腾挪"除了是一种高速的心智转换，亦涉及透过阅读行为所重构的历史经验与时间感知。简单来说，有形的地理空间、时间间距、知识疆界等，皆是胡续冬主体"腾挪"与创造诗意的来源：

> 有时候我喜欢用阅读的腾挪来激发写作的腾挪。比如，我酷爱阅读大航海时代的香料传播路径、酷爱阅读内陆亚洲草原帝国的兴亡、酷爱阅读民国时代川军混战的史料，但我坚持以一种极度不专业的读法来阅读它们：我阅读的是这些**驳杂事物之间的差异性本身**，是这种**差异性上洞开出来的感受力和认知力的黑洞**。一找到适当的机会，我就会将这一黑洞转移到诗歌行文的缝隙中。①

驳杂、脉络殊异的历史阅读（大航海时代香料传播路径、内陆亚洲草原帝国兴亡、民国时代川军混战史料），"不专业的读法"正是对"体制化"感受力与认知力的松绑，也是诗歌腾挪的生发之处，指向世间万物的差异、神秘与奥义（黑洞）。一首《白猫脱脱迷失》正是历史与现实两者之间，透过诗意的腾挪而绽开的黑洞：

它试图用流水一般的眼神
告诉我们什么，但最终它还是
像流水一样弃我们而去。
我们认定它去了公元 1382 年
的白帐汗国，我们管它叫
脱脱迷失，它要连夜赶过去

---

① 胡续冬：《诗歌：自我的腾挪》。粗体为笔者所加。

征服钦察汗、治理俄罗斯。①

  这首诗即使没有诗末批注辅助理解，以及对蒙古西征史及四大汗国演变过程的基本认识，仍可以瞥见胡续冬的腾挪之技。"历史"可视为胡续冬布置在现实物象秩序中的一道烟幕，胡续冬在这首诗里要示范的是对历史的感受与认知，如何从事物差异的缝隙中被捕捉。诗中，"脱脱迷失"是钦察汗国（金帐汗国）第三十任君主，致力向外扩张，数度与莫斯科公国与伊尔汗国交战。而"白猫"一下子是与粟特人（中亚地区以经商著称之民族）相遇的白猫，"像一片怛罗斯的雪，四周是／干净的草地和友善的黑暗"，一下子又成为流连于北大蔚秀园干涸池塘边的白猫，"像一个前朝的世子，穿过／灯影中的时空，回到故园／来巡视它模糊而高贵的记忆"，异时空的白猫呈现出古今交叠的形貌，胡续冬为猫编织身世、伪造历史，实现了历史感与时间感的腾挪，如其自述的："用压缩历史、错置历史乃至伪造历史的方式来平静地腾挪在大跨度的时间轴上。"②

  从上述《太太留客》《回乡偶书》两诗对"方言"的借用、对口语叙事的侧重，到《午睡》中借助超现实诗法与空间，胡续冬腾挪了一个诗化的自我，让不庄严的口语也有了感知及经验的反思深度，也让超现实主义不再只向梦与无意识敞开，胡续冬也赋予其一种穿透社会现实的批判能力；从《白猫脱脱迷失》，历史与现实受到多维度的压缩，主体对历史与时间的固化认知也被打散与重组，实现了历史感与时间感的腾挪。上述举证，皆是胡续冬腾挪方言、超现实及历史，实现高速的心智转换，创造全新的感知效果。

---

① 胡续冬：《白猫脱脱迷失》，载《片片诗：胡续冬诗选》，第88页。
② 胡续冬：《诗歌：自我的腾挪》。

三　游牧：诗歌与世界的多重机遇，重组主体与世界之间的想象关系

论及胡续冬的"游牧"概念，胡续冬在《近十年来的诗歌场域：孤绝的二次方》一文中，提出了诗歌写作与公共场域的关系如何调适与应对的论题。文中提及，中国当代诗歌在"九〇年代"以降已然与公众空间彻底脱节，诗歌失去了过去朦胧诗人那样的发言位置，也失去了1980年代中后期诗坛兴起的实验气度与生态气场，尤其到网络时代之后，诗歌越发小众，不是成为恶搞的代名词，就是成为一帮文人封闭取暖的小圈子，诗歌活动成了"强化内部情谊、对'象征资本'的再分配进行确认和微调的小规模联欢"[①]，形成以诗歌为名目的商业活动日益增多，严肃的诗歌精神却日益堕落的诡异现象。

胡续冬对中国1990年代以降当代诗歌场域的生态分析，采用的是布迪厄（Pierre Bourdieu）对于"象征资本"（symbolic capital）在场域中的权力的相关论述，既然布迪厄认知的"象征资本"是由特定的阶层与社会关系所给定，以及基于团体的信念所给予行动者同等的物质保证，而象征资本的"展示"（exhibition）功能亦是资本主义的运行机制[②]，那么，胡续冬对"作为一个场域的中国当代诗歌无论是在1980年代还是在近十年来都未能提供相应的场域'占位'和'象征资本'供参与者分配"的观察，实际上指的是诗歌场域被经济/资本权力关系网络边缘化的结果，造就吻合市场口味、媚俗取向诗歌品种的生成，并自行进行权力的衍化与复制、再生产并强化了原有社会空间结构的权力关系。此一现象也导致了中国诗坛内部生态更显得不稳定、缺少整合，导致了"诗歌共同体"的破碎，诗歌场域陷入了知识分子/民间、国际/本土、市场/独立等"孤绝的二次方"的尴尬窘境。

---

① 胡续冬：《近十年来的诗歌场域：孤绝的二次方》，《南方文坛》2009年4期。
② Pierre Bourdieu, *The Logic of Practice*, trans. Richard Nice, California: Stanford University Press, 1992, p.120.

于是，胡续冬的"游牧"概念是面对当代诗歌场域，尤其是面对市场机制下诗歌的存续问题而发的，尤其是其在另一篇文章所指的"从诗歌自身的组织调度、呈现方式等角度入手，调整诗歌与公众的关系"[①]。也就是说，当代诗歌历经了1990年代末知识分子/民间写作的"辖域化"论争之后，诗歌在内向层面失去了更新自身的艺术企图且创造力衰退，在外向层面失去了与当代文化的对话能力，与公众场域断裂。在此，胡续冬提出了"游牧"作为解方：

> 彻底突破三十年来诗歌场域的建构规则，把诗歌这个行当"游牧化"，让它以惊人的灵活性、高超的穿越能力和彪悍的体魄到其他"定居化"的行当中去打劫维持自由而强健的诗歌草原帝国所必需的文化资源。[②]

在这里，胡续冬指称的"游牧"，并非后结构主义者德勒兹/加塔利（Gilles Deleuze and Felix Guattari）的"游牧"（nomad），后者的"游牧"是反阶层化、反本源、反总体化的块/茎（rhizome），是一种反形而上学、反线性、非连续性的"差异的符号政权"（different regimes of signs）或"无符号的状态"（non-sign states）[③]，但胡续冬的"游牧"显然和德勒兹与加塔利那种主体不断分裂、生成性、无意识的后结构主义层次有着用法上的不同，因为前述胡续冬对"诗歌共同体"破碎之意向图式的陈述，仍带有某种文化想象共同体的整合意涵，以及，其对中国当代诗歌场域的"辖域"的理解，其实指向一种具现实批判意义的"壁垒"现象或"集团"主义，而非德勒兹/加塔利的后结构/无意识哲学概念。因此，胡续冬的"游牧"诗学只是想赋予诗歌语言与内在精神一种游牧民族般的——随

---

① 胡续冬：《"诗歌角斗"与跨界表演》，《世界博览》2006年9期。
② 胡续冬：《近十年来的诗歌场域：孤绝的二次方》。
③ Gilles Deleuze and Felix Guattari, *A Thousand Plateaus: Capitalism and Schizophrenia*, trans. Brian Massumi, Minneapolis: University of Minnesota Press, 1987, p.21.

季节与水草迁移的文化特性，这样的诗歌有"惊人的灵活性、高超的穿越能力和彪悍的体魄"，表现在胡续冬的诗中，就是在历史、现实、虚拟等不同维度的世界中四处"打家劫舍"，后文会再论证，胡续冬意欲以"游牧化"的诗歌不断扰动、打劫"定居化"的诗歌聚落，并调度异质维度的跨界与综合能力，以此刺激诗歌语言自身趋于沉寂的活力。

胡续冬的"游牧"诗学又再进一步延伸：

> 诗歌这个行当从文学经济学的角度来看属于既有广袤的参与规模又不能自给自足的经济生产模式，它和匈奴、突厥、蒙古等游牧社会形态非常相似，需要**和各种自给自足的定居社会形态发生剧烈的互动关系才能获取外来资源**。完全可以想象，"游牧化"的诗歌行当或许有一天会骑着便携的语言骏马再次改写各种艺术行当之间的疆界，拓宽文化创造力的版图。①

意图与"定居"的汉语保持着既依存又紧张的关系，而非事事皆"反"，可见其相较于朦胧—今天派的反思"文革"、反权威，和与第三代的反崇高、反抒情等趋于定型的"反"的意向性写作，出现了重要的诗歌观念的调整与修正。胡续冬《近十年来的诗歌场域：孤绝的二次方》一文对"游牧"概念的提出，虽然在 2009 年，且是基于诗歌场域问题而发的，但是对"游牧"技艺于诗中的应用与呈现，早在其进入北大的 1990 年代就已发生。

北大时期胡续冬的写作，也是姜涛所称的"癖性发明"时期："在个人独特的想象力质量中开掘出主题、风格、技巧的河道，顽劣也罢、繁复也罢、怪异也罢，不去理睬什么'有效性''合理性'的尺度。这也是一个自由的立场，呼吁的是写作对外部规范的解放。"② 姜涛所称的"外部规范"不仅是当代诗歌在 1990 年代以后先锋／实验精神如何开凿出新的

---

① 胡续冬：《近十年来的诗歌场域：孤绝的二次方》。粗体为笔者所加。
② 姜涛：《对癖性的发明》，《诗刊》2006 年 6 期。

"表现管道"的问题,也是骆一禾、海子、戈麦等诗人离世,"北大诗歌气场"由前述三人筑起诗歌灵启、神秘、沉思的神性祭坛之后,如何在市场经济的大潮之中持续走下去的问题。上述不论是内在的诗歌精神或外在的社会场域问题,都深深拉扯、影响着胡续冬所属世代的诗人(但亦不限于"70后")的写作方式、主题选择与风格形塑。

于是,对胡续冬来说,"游牧化"的诗歌是主体的居无定所,主体位置、移动的不确定性,亦带来主体精神、感知状态以及词语表现的不确定性。这样"游牧化"的主体,展现在语言的表现形态上,就是多层次异质维度的碰撞,想象力寄身在词语与句法之中,找寻着诗歌与世界的多重机遇(happening),经由如此游牧式的到处打劫,许多原本寻常、黯淡的事物瞬时被刷新、洗亮,词语的"游牧"其实是主体与世界之间想象关系的重新厘定与修正。其中,我认为胡续冬北大时期的写作,如《风之乳——为姜涛而作》,恰好是"游牧"诗学的极佳体现:

> 他们吹了声口哨截住了
> 风,短头发的一个喷嚏
> 抖落风身上的沙尘,个子高的
> 立刻出手,狠狠地揪住
> 风最柔软的部分,狠狠地
> 挤。胖子从耳朵里掏出
> 一个塑料袋,接得
> 出奇地满,像烦躁的气球。①

这首诗的诗题,如何与姜涛有关,无从判定。但就内容看,诗行里起首描述着"个子高的""短头发的""黑脸胖子"三人,在某个夜晚先后走到了"宿舍楼之间的风口",而后,诗想进入了三人与"风"的遭遇上,三人为了要啜饮风之"乳",各自使出了"游牧"技法:用喷嚏抖沙

---

① 胡续冬:《风之乳——为姜涛而作》,载《片片诗:胡续冬诗选》,第222—223页。

尘,用手揪住,用塑料袋接,三个行为人的喷嚏、手、塑料袋、风与乳等不同属性的词语,在此碰撞、发生了想象的"机遇",这就是词语的"游牧",创造了大跨度的感官组装,亦制造了相当突兀又个性化的情境配置。在此,我们不禁会问"风之乳"是何实指?校园内的青春舞会?情侣打情骂俏的游戏?或是某个前代的诗歌传统?不论作何推想,主体与词语在诗里的"游牧",要打劫的对象,正是挑战诗歌语言的不成文规范,打劫汉语语言"定居化"的能指—所指指涉系统,以及滋扰语言"定居化"的象征—深度的思维惯性。

《风之乳》再往下的诗行:

他们喝光了风乳里面的
大海、锕、元音和闪光的
电子邮件。直到散伙
他们谁也没问对方
是谁,是怎样得知
风在昨晚的伤势。①

读到这里,为何《风之乳》里有"大海、锕、元音和闪光的电子邮件"等异质词汇的原因昭然若揭,词语"游牧"到神性写作的"大海"、到放射性化学元素"锕"、到或许是葡语或方言的"元音"、到学院生活里回复不完的"电子邮件",到处劫掠、到处生成差异与奇想,主体与词语的"游牧化",造成主体意向的模糊与不确定,特定阶层化、辖域化的物理逻辑关系被打破,词语本身亦抽离了稳定的事实指涉,自行擘画情境、生成意义。

另一首《终身卧底》,是主体与词语在常态与魔幻之间的游牧:

我总担心有一天你会
挥动着缀满薯片的大翅膀飞回外星

---

① 胡续冬:《风之乳——为姜涛而作》,载《片片诗:胡续冬诗选》,第223页。

留下我孤独地破译
你写在一滴雨、一片雪里的宇宙日记
好在今天早上你在厨房做饭的时候
我偷偷地拉开了后脑勺的诗歌天线
截获了一段你那个星球的电波
一个很有爱的异次元声音
正向我们家阳台五米远处
一棵老槐树上的啄木鸟下达指令：
让她在他身边作终身卧底
千万不要试图把她唤醒①

诗的开始，"你"的"左耳里有一把外层空间的小提琴"，能够在地铁里"演奏出一团安静的星云"，能够"挥动着缀满薯片的大翅膀飞回外星"，在这里，主体与词语的"游牧"不断在理智与感性、纪实与虚构、悬想与叙事之间穿梭，再度制造出大跨度的词语"机遇"，诗行内关于异次元的"虚构性"涉及对部分事实的窜改，却能够引导读者打开日常生活的隐秘缝隙，而"你"与"她"的所指未明，却恰好是感受力与想象力洞开诗意之处。

其他，例如《在臧棣的课上》："诗歌课堂：它像一瓶产于灵薄狱的碳酸饮料，／高压密封着求知的欲望、小资产阶级的甜蜜和忧伤"②；《海魂衫》："1991年，她穿着我梦见过的大海／从我身边走过。她细溜溜的胳膊／汹涌地挥舞着美，搅得一路上都是／她十七岁的海水"；《川籍学人某某》："像当年从喻家公社到／卧石坪，一夜的工农兵抒情／走完了盆地苦闷"等诗，或连结神学与消费文化，或往返梦境与现实、历史与地理，皆在不同程度上有着主体与词语"游牧"的轨迹。归根结底，胡续冬的"游牧"诗学并非纯粹为艺术而艺术，亦落实到了对当代中国的生存情

---

① 胡续冬：《终身卧底》，载《片片诗：胡续冬诗选》，第68—69页。
② 胡续冬：《在臧棣的课上》，载《片片诗：胡续冬诗选》，第198页。

境进行反思。

简言之，胡续冬的"游牧"诗学并非只是描述诗歌场域象征资本与占位生态的词汇，而是从诗歌主体与语言的本质思考，落实在诗歌写作上的一次次的狂欢试验，如同苏奎所说："胡续冬诗歌给人最直观的感觉，就是充满了游戏化与狂欢性的语言表述。与其说他是在以文学的方式进行意义表达，还不如说他是在搞一场彻底的语言实验，在创作的实践中探究诗歌中的语言到底可以放纵到什么地步。"[①] 对语言进行实验的内在动机，在胡续冬的诗中无疑是极为强烈的。

另外，胡续冬的"游牧"显然与德勒兹与加塔利那类将解辖域化、解总体化、解阶层化推到极端的后结构主义不同，但在解放主体、词语及世界的既成关系与结构上，两者背后的思维方式其实是一致的。以《风之乳》与《终身卧底》这两首诗作为例证，胡续冬着力将"游牧"带到对事物本身认识的不定向的、偏移的轨道，劫掠稳定的、本质的、历史化的语言符号系统，破除特定事物阶层化、辖域化的物理逻辑关系，重构了主体与世界的想象关系。

四 结语：腾挪与游牧——胡续冬诗学双轴

胡续冬的诗市井气味浓厚，常使用诙谐、反讽的语调写尽各路风物、人马的跌宕悲欢，亦常"刻意"使用方言，利用种种碎片式的、松散的叙事口吻，刻意颠覆雅/俗的界线，并展现一种日常化的幽默与机智。胡续冬刻意与象征保持距离，频繁在方言、戏谑、反讽、调侃、色情、机智、反雅/正……等不同的材料与技术的区间，调度诗意与想象，惯于在日常的纪实性上做出大幅度的修辞腾跃，体现个体生存与时代风俗。

胡续冬对方言的腾挪，阻挡了普通话与资本文明对生活空间的铭记

---

① 苏奎：《胡续冬的诗歌：戏谑狂欢与现实关怀》，《文艺争鸣》2008年6期。

权力；对超现实的腾挪，使得民工被压迫的生活得到更深入的体现；对历史的腾挪，解散了历史投射在现实中的凝结状态，使个体对历史的感受与认知，从事物差异的缝隙中被捕捉。以上"腾挪"之技，除了实现高速的心智转换、创造全新的感知效果，亦使其诗歌写作创造了属于自身生活时空的诗歌身份。

胡续冬"游牧化"的诗歌展现了主体与词语的不定确性，这样"游牧化"的主体，展现在语言的表现形态上，就是多层次异质维度的碰撞，想象力寄身在词语与句法之中，寻找着诗歌与世界的多重机遇，创造了大跨度的感官组装，亦制造了相当突兀又个性化的情境配置。词语经由如此游牧式的到处打劫，许多原本寻常、黯淡的事物瞬时被刷新、洗亮；词语的"游牧"其实是主体与世界之间想象关系的重新厘定与修正。

"腾挪"与"游牧"正是胡续冬诗歌写作的方法论，构成了其诗学方法的"双核"，致使其修辞具备了极大的异质跨度与思考动能。臧棣曾言："胡子对诗歌文体的改造也树立起来一个典范，以前我们的诗歌文本往往是沉思的形态，到了胡子这里突然变成了一种过程性的东西，语言可以被一个生命所表演。"[①] 臧棣提出的"过程性"，意指胡续冬诗歌里的生命形态并非静态的思想载体，而是一次次赋予语言以当代经验、理智与想象的动态"过程"，此观点亦呼应了本文提出的"腾挪"与"游牧"诗学双核。透过"腾挪"，一个个诗化的自我身份展现出穿梭方言、超现实（无意识）与历史的"过程"，实现了高强度的心智转换；透过"游牧"，诗歌与世界经历了多重机遇的"过程"，重组了主体与世界之间的想象关系。

[①] 臧棣于"诗人胡续冬思忆会"的发言，见微信公众号"海螺Caracoles" 2021年11月3日，https://mp.weixin.qq.com/s/UHvS0O0h2QuEqB9x3jEaVg，登录时间2022年3月17日。

问题与事件

  基于对现当代诗歌研究与批评状况的不满足,"思想与历史视野下的诗歌批评与研究"工作坊,由本刊编辑部、北京大学中国诗歌研究院、北京大学中文系现代思想与文学研究平台于2021年8月发起,原计划12月下旬在北京大学举办。因新冠疫情在国内不同地区的阵发影响,工作坊计划几度推迟,至今一直未能在线下实现。本栏及其后的"诗人研究"与"新诗学"栏中的文章都是从工作坊提交论文中选出。

什么是"不合时宜"的"当代性"?
——重审当代诗歌的历史感思考

辛北北

一

正如"公共性"是此前十余年当代诗歌的热词,如今"当代性"也越来越密集地为人们谈论①。诗人、诗论家们心目中或多或少拥藏着一个"当代性"的形象,只是,倘若不细加辨察,其又往往流于空泛,甚或晦奥。或许这并不算奇怪,与其说,是"当代性"过于莫名、艰深,挑战了诗歌的智力,倒不如说,是近十余年的写作仍在承接(承受)始自1990年代的诗学遗产,是对于"历史意识"的热情不灭,而在当下依然搜寻着某种更为恰切的表现论框架之故。

过去一段时间,我断续完成了学位论文《"历史天使"的困惑:1990年代以来中国新诗的"当代性"问题意识》的写作,因此对"当代性"问题有了更全面、有机、清晰的辨知。笼统地讲,我选择把"当代性"作为

---

① "公共性"和"当代性"确有内在联系,比如江汀就说过:"从私人性的自我救赎,到敞开的日光下的见习,在写诗多年之后,我好像是进入了一个公共的广场。在这里,我遇到自己的朋友们,仿佛是被选定了似的,我与这些人成为同时代人。"江汀:《二十个站台》,漓江出版社,2017年,第1页。

一种新诗目下突出的问题意识来把握，而这个名词中的"当代"二字——有时它也被认作"同时代"——也确乎有其欲以对话的特定时段，并且毋宁说，它正在预告的是一个新的、类乎历史感议题方面的认识框架的形成。所谓认识框架，不是对既有种种历史感思考的概说，或——落位，而是不离其身的反思性重启，也只有这样，一种真正属于"当代""同时代"的珍贵诗心言说才会换来紧迫感并显影，而不是被我们错失——就如当一个诗人声称要"成为同时代人"，其铿锵语气的背后仍不免一丝底气不足的茫然所暗示的那样。

以"当代性"作为视角重审当代诗歌，一个困难点在于，不仅诸如"历史意识"、历史感会在话题的内中频现，其也和现今一部分当代诗人对于什么是"当代诗"，"当代诗"是否在成就上超越"现代诗"的论调、构想①取得了共谋。此类观念的汇入，无疑给整项探究增加了复杂性。然而，这又未尝不是在开启一扇方便之门，因为正是借着"当代—现代"的比对视野，此一时代的面貌，历史感吁求的理据、实质都将展示得更加清楚。

为避免再度陷入肤浅的、人云亦云的境地，我们需要为此番"当代性—历史感"探索确立一个合适的切入角度。在当前的流行说辞中，"成为同时代人"往往意味着去做一个"不合时宜"的人，此一说法的源头是尼采那篇启人心智的《历史的用途与滥用》（又译《历史学对于生活的利与弊》，收入《不合时宜的沉思》），而在自2010年首译入中文后，即在诗歌界倍有影响，充当了"当代性"话题催化剂的吉奥乔·阿甘本讲稿《何为同时代？》，也追溯了该观念的来源和要点：

---

① 构想、定义、推重"当代诗"，是近年诗歌界的一个主流趋势，也积攒了为数不少的诗学话语。孙文波在2010年开始主编名为《当代诗》的新刊物，清平则认为，"当代诗"已达到一种"高度"，是批评家的修养远难企及的。与之相关的诗人还有萧开愚、西川、欧阳江河、臧棣、森子、席亚兵、胡桑、秦三澍等。参见孙文波等：《当代诗的概念：范围、内涵与阐释——有关〈当代诗〉杂志》，载张桃洲、孙晓娅主编《内外之间：新诗研究的问题与方法》，社会科学文献出版社，2012年，第132—133页。

什么是"不合时宜"的"当代性"?

罗兰·巴特在法兰西学院讲座的一则笔记中总结了这个答案:"同时代就是不合时宜。"1874年,年轻的哲学家弗里德里希·尼采在希腊文本中逐渐发掘至此……并出版了《不合时宜的沉思》,在这部著作中,尼采试图与其时代达成协议并在与当下的关系中明确自己的立场。"这沉思本身就是不合时宜的",我们在第二沉思的开头读到,"因为它试图把这个时代引以为傲的东西,也即,这个时代的历史文化理解为一种疾病、无能和缺陷,因为我相信,我们都为历史的热病所损耗,而我们至少应该对它有所意识"。换言之,尼采以断裂、脱节(的风格)为"相关性",(为)他关于当下的"同时代性"作出了声明。真正同时代的人,真正属于其时代的人,是那些既不完美地与时代契合,也不调整自己以适应时代要求的人。因而在这个意义上,他们也就是不相关的。但正是因为这种境况,正是通过这种断裂与时代错误,他们才比其他人更有能力去感知和把握他们自己的时代。①

虽然阿甘本的意见甚为卓明地点出了此中的几个关键词,如"历史的热病""脱节""时代错误",但两位哲学家的谈论其实自有背景,回到新诗历史及当代诗歌的语境中考察,我们未必总是亦步亦趋。换句话说,倒不妨只将"不合时宜"四字抽取出来,以为一份特殊的精神气度,以及诗歌、诗人的创写品格,从而探察其在此视度之下,历史感思考本身涌起的那股张力。本文便是这样做的:当代诗歌是如何经由其理解的"不合时宜"姿态,达到对历史感问题的再认;这种再认所彰显的层次,又为整个认识框架构筑、填充了什么?

二

生活在每个时期的人都不难滋生出对周遭世界的格格不入感,假若这是一位诗人,感受又提升至一定强度,就会如茨维塔耶娃写给里尔克

---

① [意]吉奥乔·阿甘本:《何为同时代?》,王立秋译,《上海文化》2010年第4期。

的信里所说:"您的名字无法与当代生活押韵。"① 由此看来,"不合时宜"倒好像是一个永不过气的托词。除此之外,当我们决定从"不合时宜"的角度进入诗歌现场,也很快会遭遇一种吊诡印象:一方面,"不合时宜"从字面上听起来更像是对那种"无拘无束、毫无顾忌地诉说它从某个专断的幻想、某个延伸入无意识的内倾化、某次与空洞的超验性之间的游戏中获取的一切"② 的欠缺历史质地的书写的概语,换言之,一种更贴近现代主义文化或"现代诗"的特征和病征;另一方面,近年来的当代诗学——而不是诗歌——则似乎已重现某种历史感的自觉、饱满状态,从姜涛《巴枯宁的手》中要唤醒"诗歌语言内部沉睡的政治性"③,到张伟栋对"收编并恢复诗歌的主权"④ 的未来政治感的追求,再到近期,与诗界有涉的文化领域提出践行"新理想主义"⑤,概是如此——既然这样,"不合时宜"的话语魅力还有必要特地宣扬起来吗?可是,倘若它没有实际内涵,诸如此类的说法的流行又该如何解释?也许,这些疑惑需要放在"当代—现代"的比较视野中去重新梳理,才能得到答案。

正本地看,"不合时宜"的确依旧包含现代主义倾向于"否定性"的思想、诗学观念成分,而且,这向来还是一个历时更变的价值范畴。回顾新诗的接受史,至少有三种论调,曾于其时、其后引起人们的反思:

> 三十年前,公众世界是公众世界,私有世界是私有世界,这是真的;三十年前,诗就性质而论,与公众世界绝少交涉,也是真的。

---

① [俄]玛·伊·茨维塔耶娃:《茨维塔耶娃致里尔克(一九二六年五月九日、十日)》,载鲍·列·帕斯捷尔纳克等《抒情诗的呼吸——一九二六年书信》,刘文飞译,上海译文出版社,2011年,第101页。
② [德]胡戈·弗里德里希:《现代诗歌的结构:19世纪中期至20世纪中期的抒情诗》,李双志译,译林出版社,2010年,第6页。
③ 姜涛:《巴枯宁的手》,《天涯》,2010年第5期。
④ 张伟栋:《诗歌的政治性:总体性状态中的主权问题》,载谢冕、孙玉石、洪子诚主编《新诗评论》总第十四辑,北京大学出版社,2011年,第56页。
⑤ "新理想主义"是贺照田基于其陈映真研究所得,冷霜在加入讨论时表示,"理想主义的重建"和"当代诗歌的再出发"应结合起来看待。参见冷霜《理想主义的重建与当代诗歌的再出发》,《汉语言文学研究》2021年第3期。

但到了今天,这两种情形并不因此还靠得住。

这就是说,我们是活在一个革命的时代;在这时代,公众生活冲过了私有的生命的堤防,像春潮时海水冲进了淡水池塘将一切都弄咸了一样。私有经验的世界已经变成了群众、街市、都会、军队、暴众的世界。众人等于一人、一人等于众人的世界,已经代替了孤寂的行人、寻找自己的人、夜间独自呆看镜子和星星的人的世界。[①]（麦克里希,1939）

今天我们目睹了另一场突变:现代艺术开始失去了它否定的力量。这些年来它的否弃已经成为礼仪式的重复:反叛已经变成了程序,批判变成了修辞,侵犯变成了仪式。否定不再具有创造性。[②]（帕斯,1972）

很多诗人反对被锁在一座塔楼里进行反抗,而这往往把他们推向积极介入,站在革命这边,且通常被视为受马克思主义影响……然而,这个时候出现了一种矛盾,因为如同奥尔特加·加塞特所称的,它已经是"去人性化"的诗歌了——太过讲究了,难以吸引广大的群众。[③]（米沃什,1990）

把这些观点的时间标注出来是有必要的,这会让我们看到"否定"陷于内卷化、问题又是如何一步步加深至难以自拔的进程。麦克里希相信,"一人"应该等于"众人",私有经验应该覆盖公众经验,这契合的是20世纪30—40年代,西方现代诗学内部兴起的一股左翼潮流。应当说,

---

[①] [美]阿奇保德·麦克里希:《诗与公众世界》,朱自清译,载朱自清《新诗杂话》,上海作家书屋,1947年,第169、170页。

[②] [墨西哥]奥克塔维奥·帕斯:《泥淖之子:现代诗歌从浪漫主义到先锋派》（扩充版）,陈东飚译,广西人民出版社,2018年,第219页。

[③] [波兰]切斯瓦夫·米沃什:《反对不能理解的诗歌》,载《站在人这边:米沃什五十年文选》,黄灿然译,广西师范大学出版社,2019年,第406—407页。

麦克里希的建言相对明智和谨慎，因为在他眼里，"'文学的叛变'的诗"（以庞德、艾略特为代表）仅仅是过时，"不能使我们认识我们时代的我们的经验"，而只要承认诗是"处理我们现世界的经验"的艺术，"一人"与"众人"的身份转变就理所应当，而不会是很大的难题①。在此，"否定"指向的只是当时诗人们频仍于模仿、在写作技术上苦心孤诣的通病，并不猎及"否定性"的全部诗学意义。更何况，真正被左翼文化赞许的诗歌，当然也是否定、批判意味甚浓的诗歌。帕斯的决绝论断已经产自另一个时间点，其时一波又一波的先锋运动尽显疲态，先前流行的"'文学的叛变'的诗"不但没有被根除，还作为一股势力穷尽自身所有，发展到了无法转圜的极致状态。此时，"否定不再具有创造性"可谓是先锋主义的痛定思痛，但若用它来涵盖现代诗歌整体则未免有些牵强。先锋主义和现代主义素来是一对从属关系的概念，卡林内斯库在其研究中表明，先锋派乃是鉴取现代传统后的有意夸张、扩大举动，而"这么说并不意味着可以将先锋派同现代性或现代主义混为一谈，这种混淆是英美批评界屡有发生的"②。通过这两则澄清，我们就不难感到，米沃什的发言实则是对以上两方面疑虑的某种综合性指认：所谓"不合时宜"的诗人，不满足于把自己关在塔楼内，也梦想不再自怨自艾，而能写出在"群众、街市、都会、军队、暴众"间自如穿梭的启迪人心之作，可惜的是，手中那杆笔再怎么奋力，早已是被无节制反讽封印的游戏工具，从此唯有在词语晦涩的旋涡中打转，"造成'诗人与人类大家庭之间的分裂和误解'的永久化"③，而不能展现语言针刺般、宗教教化般的神奇和优雅。

几无疑义的是，上面这些观点的解读均已被当代诗学，尤其是近二十年来的诗学有效吸收。"否定"即便不是现代阶段新诗的全体特征，却也是其在中西互揭层面最无法忽视的特征之一。然而，值得我们留意的是，一旦本土诗学也想启动对该特性的反省，其总体的表现却很难跟

---

① 参见［美］阿奇保德·麦克里希：《诗与公众世界》，载朱自清《新诗杂话》，第161—182页。
② 参见［美］马泰·卡林内斯库：《现代性的五副面孔：现代主义、先锋派、颓废、媚俗艺术、后现代主义》，顾爱彬、李瑞华译，译林出版社，2019年，第105页。
③ ［波兰］切斯瓦夫·米沃什：《诗的见证》，黄灿然译，广西师范大学出版社，2016年，第44页。

域外的言论取得同调,细读一下今天那些谈及"现代诗"之局限、弊病的文章,会发现关联度更高的往往是在对其美学固化、严重经典化一面的不满上,譬如:

> 由新诗的文风起点可见,新诗是当代艺术。当代艺术的存在逻辑并非即生即灭,而是舍此时则无万古。当代艺术或者不妙,不是当代艺术则不是艺术;今人做旧艺术,是画墙纸。① (萧开愚)

> ……20世纪初的中国诗人们并没有把自己20世纪化,而是纷纷把自己19世纪化了。
> 这样的诗人形象及诗人观念,其影响,在中国,一直持续到现在……它使得自己变成了cliché(陈词滥调),而我们对于诗人观念的认识,所谓19世纪浪漫主义诗人观念的认识,的确是cliché。每个时代都需要有自己的花样,浪漫主义、现代主义、后现代主义,就是因为陈词滥调必须被清理掉。② (西川)

> 现代诗的趣味化、情调化,正配合了它的经典化,普通读者期待普遍人性,好在阅读中安放日常的失意感、挫败感,他们喜欢那些感受空阔但又能轻易转化为经验的诗歌。③ (姜涛)

> 就这样,庞德改过叶芝的诗后,叶芝的诗变得更加伟大,因为他放弃了维多利亚时代的、爱德华时代的抒情腔。④ (欧阳江河)

---

① 萧开愚:《姑妄言之》,载谢冕、孙玉石、洪子诚主编《新诗评论》第1辑,北京大学出版社,2005年,第61页。
② 西川:《诗人观念与诗歌观念的历史性落差》,载《大河拐大弯:一种探求可能性的诗歌思想》,北京大学出版社,2012年,第50、53—54页。
③ 姜涛:《巴枯宁的手》。
④ 欧阳江河、张光昕:《深入"坚硬的内核",走向"25岁"——欧阳江河访谈录》,《草堂》2020年第6期。

我们据此能收获一连串的关键词：陈旧、陈词滥调、浪漫、抒情、趣味、情调……它们或一或众地，组合为"现代诗"理应被超越的根底。同时，这亦是在为"当代诗"的设想赢得某种写作方向和理论空间。当然，陈词滥调与庞大读者基础间的并行不悖，是与当下诗歌的某种无能、无措紧密联系在一起的，毋宁也可以说，批判美学固化只是一个表象，若要追其根本，诗人和诗歌的"否定"立场仍然是无法回避的一条主要线索。以姜涛为例，他一方面指证中国现代诗歌"就此告一段落"①，另一方面又将当代诗歌的困境剖示为相互掣肘的三类症况：对"消极主体"的迷恋（"所谓'消极主体'是相对'积极主体'提出的……但无论消极颓废，还是积极进取，二者均在现代性构造之中，分享了同一个主体的'内面'"②），对历史"风景化"写法的承袭（"无论怎样，在芜杂流变的历史当中，诗歌的想象作为一种造型与抽象的能力，总是能脱颖而出，又将一切作为'风景'容纳"，"历史的'风景化'成为更突出的当代宿命"③），对"元诗"式语言本体论的大面积沉浸（"当代诗人也普遍信任将万物化为词语，让它们翩然飞舞的观念，这隐隐然已经是当代诗一种主要的'意识形态'"④），而这无疑是跟米沃什对西方诗歌过分重视主客对峙——在米沃什看来，也是"否定性"的哲学背景——的分析有明显的对应关系⑤。而需要特别提请注意的是，在上文引用的三则有深远影响的域外言论中，只有麦克里希堪属当前性质的表态，另外那两者，则已从容地将

---

① 姜涛：《巴枯宁的手》。
② 姜涛：《当代诗的"笼子"与友人近作》，载《从催眠的世界中不断醒来：当代诗的限度及可能》，华东师范大学出版社，2020年，第62页。
③ 姜涛：《巴枯宁的手》。
④ 姜涛：《从"蝴蝶""天狗"说到当代诗的"笼子"》，《诗刊》2018年第16期。
⑤ "西方诗歌近期已经在主观性的小道上走得如此远，以致不再承认客体的法则。……在这种情况下，你想说什么都可以，因为已经完全失控了。"[波兰]切斯瓦夫·米沃什：《反对不能理解的诗歌》，载《站在人这边：米沃什五十年文选》，第410页；"'内面'预设了人我、主客的对峙，消极抑或积极，无非现代二元构造'投下了旧得簇新的影子'。"姜涛：《由当代诗的"笼子"说到友人近作》，载哑石编《诗蜀志》（诗镌，2016卷），成都时代出版社，2016年，第221页。

现代诗歌/"否定"，或曰问题的纠集对象化——这正好是与中国当代诗歌反省"否定"的整体格局迥然有别之处：事实上，在当代诗歌的当前境况里，"否定"始终是随处弥漫、未获破解的疑难（所以姜涛经常以"当代"名之），而绝非美学传统的纵向式、静态化观审，换句话来说，对自身残留的——也许是富余的——种种"现代"元素的问诊和否弃，才是"当代诗""当代性"得以被微弱倡议的原因。如果说"当代性"意味着向诸种令人陷于胶着的诗歌范式告别，这种告别眼下也仍处于艰辛的自我剥离阶段，乃至首轮剥离换回的只是无效的尴尬。萧开愚相信新诗是"当代艺术"，与之相伴，他在不同时间点和语境下都曾表现出对建构新诗"政治性"视野的浓厚兴趣[1]，这固然可以看成"当代诗"的某种新的端倪，可是，不啻又更接近于某类修补的举措，随时还要面临"否定"强大的绞合、搏杀。再换句话来总结，所谓美学固化、严重经典化——或曰中、西批判信息的不对等——并不只是要让这种批判在纯审美的意义上生效，实际上，它也携带了一个至为隐蔽的认知区间：此二者仍旧是分布于当下的、没有被完全摒弃的诗歌主体本身的"陈词滥调"。

　　这就可以帮助我们解释，为什么经阿甘本重申的"不合时宜"说会在近年的诗歌界引来既多且杂的认同。"不合时宜"虽然依旧兼有"否定性"姿态，其意涵剖解开来，却远比前述的种种"否定"更广，落实到当代诗歌，张光昕的描述颇具启发性："一个因时代错误而得以准确观察时代的良机"[2]——所谓"因时代错误而得以"，不再是简单地和时代相疏远，也

---

[1] "在我们这个提倡人人讲政治的国度，诗人不把政治毫不犹豫地圈定为写作材料，就公共事业发表最初运载其蓝图的语言的意见，犹如拒领数额高于工资的奖金。政治作为写作材料存在时拥有的信息量和语意辐射面不是预示了未来作品的活力？"肖（萧）开愚：《九十年代诗歌：抱负、特征和资料》，载赵汀阳、贺照田主编《学术思想评论》第一辑，辽宁大学出版社，1997年，第232—233页；"此政治，不只关于权利，尤关心性、人际、人与社会（和国际）、人与自然等棘手关系，乃是根本政治。"肖（萧）开愚：《我看"新诗的传统"》，《读书》2004年第12期。

[2] 张光昕：《2015年第二届北京青年诗会诗歌主题活动：成为同时代人》，http://site.douban.com/246933/room/3661238/，登录时间2022年3月17日。

不是如伯林所说，舍弃"当时的一般特征"并变得"不合拍"①，而是在一番猛醒之后，下意识地重又回到时代的纷繁里去，在一种"关于诗人与其时代联系的思考"（阿甘本语）的催促下，对已难遣退的多种症候——比如"否定"意识的泛滥——进行纠偏，以此谋求启动诗学新气象、新发展的可能；"良机"也是一个经过精心挑选的用语，它在此处指向的是一种"凯若斯时间"——这是希腊文里指示时机之质量的概念，保罗用它来指代基督降临的救赎性时刻②——也是阿甘本泛化以后的"同时代"的前身。所以，不妨认为，"不合时宜"导向的是在一种清明、正确的意识下，对"否定"的再否定，这也是新诗"当代性"欲从自身困境里挣脱出来，获得合法化的一种必需。由此看来，萧开愚由其"政治性"伸延得出的对"合乎时宜的语言性格"③的追求，与"不合时宜"的命意也并不矛盾，二者都特别着力于对当代诗歌疑杂局面的审视。

三

"对'否定'的再否定"，并不是"不合时宜"抑或"当代性—历史感"探究的终点。事实上，在当代诗人中，也还有珠结于别样理路的新的声音闪出。相比于前文的总体概观，在这一节，我将把目光集中在个案王炜身上，以他的"试论诗神"课程讲稿为例，考察其带来的新理解，及其与前面大部分内容之间的内在联动。

如前所述，尼采是"不合时宜"和"同时代人"的初代阐释者，而今来看，这种先行者的思想印记在王炜处也不可谓不鲜明，只是，当他决

---

① 参见［英］以赛亚·柏林：《现实感》，载《现实感：观念及其历史研究》，潘荣荣、林茂译，译林出版社，2011年，第5页。

② 对本概念的解释，可参考［美］保罗·蒂利希：《基督教思想史——从其犹太和希腊发端到存在主义》，尹大贻译，东方出版社，2008年，第9页；刘小枫编修：《凯若斯：古希腊语文教程》，华东师范大学出版社，2005年。

③ 萧开愚：《回避》，《文学界》2006年第7期。

定再次循此轨迹,展开个人思辨,为符合某种有紧急且尖锐之感的"当下"需求,便又多出一份清醒而谨慎的心思:

> 当我写下"不合时宜的沉思"这一词组时,不能仅因有过尼采、别尔嘉耶夫这些前人的先例而自动成立——此种理由或已消逝。如今,有一种声音要求我,具体化"不合时宜的沉思"这一词组所指,而非仰仗某种笼统的理由。①

如果读者能够尽快适应王炜喜好挪借概念词汇、侧重思辨严整性的文风,从全部的讲稿信息里(共计十六篇),我们确能筛选出其最中心的几项意图,也包括与这些意图相辅相成的几条开展线路。笼统来说,它们是被几个关键词——"文学主流""积极意义体系""法利赛性""反应"——所穿织和统摄,由之最终形成了一整套的——基于反思汉语"现代性"诗学,进而构想"当代性"新图景的——层叠说法。无妨借助一张简要图表,对照阐析如下:

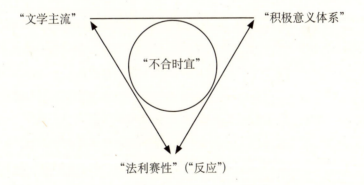

简单来讲,位于这一稳定三角图式上半区的"文学主流"和"积极意义体系",就是王炜最想正面倡导的诗歌/文学价值观念,二者虽不能算

---

① 王炜:《何为"不合时宜的沉思"》,见微信公众号"比希摩斯的话语"2020年3月10日,https://mp.weixin.qq.com/s/GSsN3G6MWHSJ1X4JyjcH8g,登陆时间2022年3月17日。

同一回事,却可以相互打通;位于下半区的"法利赛性"①或"反应",则是针对以上两种价值的沉降式表现,换言之,是导致后者无法在当代诗歌、文化领域顺利布行的背后原因("反应"不等于"法利赛性",却是其主要的投现方式,后文将以引文说明);而在一种价值的明晰性——王炜也声称其是来自"诗神"的启迪,或曰,"诗人首先必须是一个被照亮者"(《灭点时代的诗》)——不减灭的前提下,写作者若对此在状态展开全方位的自救行动,就会换来圆圈之内的"不合时宜"品性的出场。在这里,引用王炜自己对它们已然很是详尽的解说,或许要比我专程换述一番效果更好,同时,他的一些诗作可以拿来与之对读:

> "主流",与一个时期的在文化创造领域中起作用的社会化的、政治的强势逻辑之间,常常是对抗关系。而且,恰好正是"主流"最具有开放性和变革意识,而一个时期在文化创造领域中起作用的社会化的、政治的强势逻辑,往往会压抑"主流"——这里,我们专指"文学主流"。"正统的""有地位的",不等于"主流"。
>
> ············
>
> ……文学和诗中,最具转变意志的东西,可能就是我们用"主流"来称呼的创造史。我们可以把"主流"视为一种本质性的结构力量,由一系列使本质之物得以显现的精神事件所构成。②("文学主流")

我想,可以把"肯定的火"[指奥登《1939 年 9 月 1 日》诗句"愿我亮起肯定的火"——引者],理解为一种"积极意义体系"。所

---

① "法利赛"是带宗教色彩的用词,王炜的讲稿没有专做解释。通俗地说,其原意是指一个犹太族内部的宗派——法利赛人,在希伯来语里也有"分离"之意,特点是强化对摩西律法的追随,以致对耶稣基督的福音信息有所悖逆。换言之,这是一种类似于以纯洁、正义之名行非义之事,且并不自知的行为方式。
② 王炜:《"试论诗神"第三节课讲稿:在中文里,谈论"诗神"时我们是在说什么?》,见微信公众号"比希摩斯的话语",2020 年 8 月 29 日,https://mp.weixin.qq.com/s/xlhfhoeiUNkpSFTuAxL3OQ,登录时间 2022 年 3 月 17 日。

谓"积极意义体系",是我杜撰的命名,为了对比那种常常基于否定性的现代意义体系。

……………

……我们常常说,像"真理""希望""爱"等这样的"大词",没有"可读性"。我们认为,这些词语不提供美学细节。但是,这是因为,这些词语所产生的细节,可能与我们在视觉性或物质性的美学中认识到的细节,不在同一维度。

……………

……然而,如果我们失去更新这些词语的能力——由此失去把握这些词语所标志的"积极意义体系"的能力,可能是一种难以估量的精神退化和提前死亡。①("积极意义体系")

"光明"是汉语中——也是我们的文学中——最不合时宜的词。不仅我们中少有人用好过它——如同德拉克洛瓦用好了"引导"一词——而且,我们的心灵被什么封禁了。②("积极意义体系")

我们并没有产生感受力,而是用"反应"代替了感受力。我们的感知,是一种原地不动的,被一个我们无法逾越、无能改变的主体所配置给我们的"反应"。……正是因为只能成为反应者,而并不具有主体性,这是对我们的"奴性"——对我们的被现实内化了的"奴性"——的一种不那么明显,所以是"温和"的报复。[这是对荷尔德林《我们审视古典所应取的视角》一文中,"我们梦想教养、虔诚等等,却一无所获,只是假设——我们梦想原创性和独立性,我们相信说出新意,而所有这一切却是反应,宛如对奴性的一种温

---

① 王炜:《"诗论诗神"第十二节课讲稿:"肯定性"刍议》,见微信公众号"比希摩斯的话语"2021年2月18日,https://mp.weixin.qq.com/s/aiD9k_lXFyNXUd48K9l4MQ,登录时间2022年3月17日。

② 王炜:《灭点时代的诗》,见微信公众号"比希摩斯的话语"2019年4月12日,https://mp.weixin.qq.com/s/t36NknInz4c9BGFmv0sQkQ,登录时间2022年3月17日。

和的报复"一句的评述——引者〕

....

……精神生命的成熟,首先是从自身再次打开的不成熟性。精神生命的成熟性,是一种我们可以从自身反复打开自己的不成熟性的能力。

....

……也就是荷尔德林意义上的,非奴性的学习。①("法利赛性"与"反法利赛性")

与其分辨不同的,不如停止所有的夸夸其谈。
你做不到,你认为,你的这一种是与众不同的。
尽管你表现得,并不把与众不同当作目标
认为它只是一个粗糙和早期的自我要求。可为什么
这一定就不是夸夸其谈内化于你了的表现呢?
当你认为,你朝着你的目标,睁开了内心的眼睛
可是夸夸其谈就是你的第一眼之见
……
所以,四十年来
在中国,你们已经实现的那种
毫无裂缝可言的专业追求
只是你们无法摆脱的简单的共同面具。
好比即使你们还在写,但正是继续写作
使你们都做了写作的叛徒②
("法利赛性")

---

① 王炜:《"诗论诗神"第二节课讲稿:荷尔德林问题》,见微信公众号"比希摩斯的话语"2020年4月12日,https://mp.weixin.qq.com/s/cZxU1H39rVDP393TxcuZAg,登录时间2022年3月17日。

② 王炜:《最后一站》(修订版),见微信公众号"比希摩斯的话语"2020年4月26日,https://mp.weixin.qq.com/s/JspyasKX24n_MyCX8eULDg,登录时间2022年3月17日。

> 诗人不要成为那种人,尽管他们为自己的历史化费尽心机,却是真正非历史的。他们是一些虔诚的法利赛人。① ("法利赛性")

作为这份讲稿的首要概念,"文学主流"方提出就很有"不合时宜"色彩("'正统的''有地位的',不等于'主流'"),这不仅如王炜所说,是一种跟"刻板现代主义"拉开了距离的认识②,实际上,也要经过其定义里对于"本质性的结构力量""精神事件"等在当代诗歌图纸上一向稀缺又陌生的元素的提点,这种"不合时宜"的感受才能最有说服力地建立起来。正是在对"文学主流"的偏移现状进行揭发、梳理、举证的过程中,王炜进一步给出他相当严厉的一项判视:"其实'文学性'并没有被我们抵达。"③ 至于"积极意义体系",作者也在讲稿里挑选大量诗案对其展开论证,大体上说,是与"文学主流"的倡导本意处在同一维度,亦可谓构成了其心目中真确的"当代性"文化所应有的样子(要是我们熟悉米沃什反省现代主义诗歌痼患的步调,则不难发觉王炜的理由与之很是吻合。米沃什认为,现代诗多带有秘教化、语言符号化的"末世"倾向,而他更称现实是一个"客观存在的世界","也许就是上帝眼里所见的世界",此间的"所有善与恶"都应"一起被接受"——就如王炜也激赏卡瓦菲斯从不避讳"大词"的做法④,米沃什相信这正是诗歌的"希望进入之处"⑤)。对比之下,"法利赛性""反应"的内涵却不能因为其是价值沉降的、赢

---

① 王炜:《光明备忘录》。未正式出版。
② 参见王炜:《〈试论诗神〉前言》,见微信公众号"比希摩斯的话语"2021年8月17日,https://mp.weixin.qq.com/s/6ClweuxklhAlrMd0rBHnAg,登录时间2022年3月17日。
③ 王炜:《〈试论诗神〉前言》。
④ "卡瓦菲斯这样的诗人,我们容易认为他不使用'大词',但是他恰好就是用好了一个'隐形'大词:希腊","如果没有对这些词语的主动担负和使之新生的意识,如果不能重新激活这些词语,为它成为美学事实再次提供直接性,诗就没有未来了"。王炜:《"试论诗神"第一节课讲稿:一个熟识而复合的灵魂的眼睛,既亲近又不可辨认》,见微信公众号"比希摩斯的话语"2020年2月20日,https://mp.weixin.qq.com/s/-ve5Dt-0Glmm_p32UvKZyg,登录时间2022年3月17日。
⑤ 参见[波兰]切斯瓦夫·米沃什:《诗的见证》,第194、195页。

弱的，就被我们有一星半点的忽视，不夸张地说，这恰恰才是推动整份讲稿的中央线索所在，也是王炜这次思考里最有价值含量的部分，如《光明备忘录1》那段诗告知的，"虔诚""法利赛"两种品格往往会被人们自动黏贴到一起，并造成一种类似自我催眠的可怖反面效果，而对于旁观者来说（或许真的稀少），这除去是一把可用在现下审判的利器，不啻也是那些有诚意的诗人心想重返"文学主流"所必得跨越的一道门槛。从王炜的描述来看，"法利赛性"目下已渗透进当代诗歌——包括其历史感诉求——这项大型装置的角角落落，就连"睁开了内心的眼睛"，也只能意味着复次的"夸夸其谈"，因而，一种提示当代诗人须来一次伤筋动骨式彻底反思的命意紧迫性，在此处也就昭然若揭。

有鉴于王炜的探问在批评维度上十分重视"法利赛性"这样一种负面行为方式，反过来讲，王炜之"不合时宜"，某种程度上也可阐释为一种"反法利赛性"的立场凸显。上文所给的图式，实质就是一种"反法利赛性"图式。一旦认清楚这一点，前文仔细论析，并好似已给得答案的隶属于多数人的"不合时宜"观念、行为，在王炜的这一番比对下，也就有了某种堪可怀疑的性质。仍可以王炜的几句原话为讨论的基点：

> 那被称为"不合时宜"的，往往就是可被纳入功利范围的合乎时宜。
>
> ……………
>
> "不合时宜的沉思"，正是一个写作者在破碎时代，把勃兰兑斯意义上的"文学主流"置入他自身之中。①

这儿王炜区分了两种"不合时宜"的模态。在前文，我将"不合时宜"主要解释为"对'否定'的再否定"，客观而论，这种想法本身在立意或展望的层面并没有出错，可是倘若再把王炜犀利的"法利赛性"引入以做测定标准，这其中潜藏的"功利"成分，抑或某种仅仅是"合乎时

---

① 王炜：《何为"不合时宜的沉思"》。

宜"——贬义，如同"为傀儡而战的傀儡军队"(《灭点时代的诗》)——的内质就会开始在时下的范畴间得到披露。换句话来讲，倘使说那种相对俗格的"不合时宜"是"对'否定'的再否定"，王炜这里亟要倡举的却是一种堪为直接、猛烈的"肯定性"（对应于其"积极意义体系"），一方面，这种"肯定性"不会再像前文提到的萧开愚等人那样，是在已经习惯将文学内在地社会、官僚化的中国20世纪大势的驱动下，方才言称"写诗是以主流自任"①，其转而倡议起的乃是另一种以"诗神"的护佑为本、更加康健，也更不易为人察晓的"文学主流"（"主流是无形的，但是，它是经典成为经典的第一原因"②）；另一方面，这种受到"肯定"主义带动的诗风、诗艺，也不会过分强化"不合时宜"号称者的个人特质，相反，它最吁求的是平常性视野在一个诗人言、行中的复归，令其首先甘愿去成为一个"正直的人"，乃至一个要求仿佛很低的"好人"（"兄长，写不好诗不算什么，在这个/新的旧世界，神找到了你，对你说/做一个好人吧"，《致一位中国之星》）——"好人"之"好"，起首并不指向道德高尚之义，而是某种热情又良稳的工作心态③，就如晚年的穆旦在《冥想》中写道，"这才知道我的全部努力/不过完成了普通的生活"④，其情、其义，皆是扎实的，充盈着还原历史脉动、与之并肩的常识；毋宁说，这会很奏效地缔结成伦理或诗性正义不甚明朗的时代感人至深的品格（不能忘记的是，新世纪以来，有关诗歌伦理的论争旷日持久，然而却未曾根本修缮目前的诗歌写作状况）；同时，这亦是在指示一种与典型的现代写者遥然相对的诗人形象。——从"对'否定'的再否定"，到绝对"肯定性"，这中间充塞的是一份深深忧虑"法利赛性"反作用的用心。

---

① 萧开愚：《回避》。
② 王炜：《"试论诗神"第三节课讲稿：在中文里，谈论"诗神"时我们是在说什么？》。
③ 参见王炜：《"诗论诗神"第十二节课讲稿："肯定性"刍议》。
④ 穆旦：《冥想》，载《穆旦诗文集》，人民文学出版社，2018年，第328页。

四

通过长篇的辨析,我们收获了两种环绕于当下的——但未必皆占主要的——"不合时宜"的"沉思"内容。有意思的是,这两类取向之间似乎还存有若干龃龉,王炜本人最看重的视点,或许正会随时对前者的立论基础形成撬动。不过,与其把它们问解作一种针锋相对的情状,倒不如看成位于历史感认识框架内里的深度层叠,在这里,涌动着的正是历史感思考本身的张力。

我们诚然需要对这张力做进一步的把握。假如是凭借前述王炜对当代作者普遍的精神病症的质疑,而展开多一轮审察,则可以认为,前种"不合时宜"因其只是基于现状的自我调适,并带有将文学本体过于轻捷地社会化的渴求,而留下诸多疑点。用王炜的话说,这可能仅是一种"反应"的结果。若要继续对这种"反应"的嫌疑有所开释,以我之见,要点则主要是落在巴迪欧曾经区分的"独特的历史真实性"和"历史真实性的平庸时刻"上。何为"历史真实性"——诗歌的必要历史感——呢?巴迪欧把它定义为"形式化的不可能之点",他的解释是:"到达真实并非通过形式化的应用(因为它的应用正是真实的绝境),而是当我们探索对于这个形式化来说不可能的某物时,才能到达真实"①——显然,此中巴迪欧想交出的乃是一份先行将见证、语言、行动推到极致之后,再经"不能"而迈出至"能"的特殊逻辑,而实际上,这也会与王炜笔下那类避免"夸夸其谈"(相当不易,属挣脱后的再挣脱)、避免"真正非历史的"、首先立誓去成为一个"正直的人"的看法、做法形成协奏。再换句话说,以萧开愚、姜涛等人为代表的当代诗歌历史观念,并不一定就是不可实践之物(更何况,以姜涛的例子看,当其言称想弄清"卡在何种旋涡状的社会结构里,并致力于身心的壮大"②,或"重建主体'触着'的努力"③

---

① [法]阿兰·巴迪欧:《追寻消失的真实》,宋德超译,广西人民出版社,2020年,第44、62、31、32页。
② 姜涛:《当代诗的"笼子"与友人近作》,第70页。
③ 姜涛:《巴枯宁的手》。

时，亦是颇富"肯定性""正直的人"的色彩，姜涛自己的诗也一直努力想达成此点），关键在于，它最好是得经过"当代之子"们，譬如——或许——王炜这般持有强力"不合时宜"诗学光片的、对有无"法利赛性"的再度审断之后，方才施行。否则，它便有极大概率会遭逢上一种入迷情况：事物由于自身在特定期间的历史、社会际遇，而无形间愿把该类思潮、思绪——不管是文学的，还是其他的——予以自我合证化。此即好比当人们诚心在20世纪的场域内部探寻问题时，20世纪却多次朝他们的心沟投射出某类魅惑"主体"：据巴迪欧描述，一种"在否定这个或那个真实的片段时是有效的""操作性效果"[1]；也可以再想想王炜的话，"我们的感知，是一种原地不动的，被一个我们无法逾越、无能改变的主体所配置给我们的'反应'"——此"主体"，即与巴迪欧之"主体"同义，而它只是会导致"成为反应者，而并不具有主体性"[2]的遗憾结果。要是再把这整项命题摆回今下诸如余旸呼吁建设"具有社会连带感的自我主体"[3]，或带着类左翼色彩的"新理想主义"的维度去盘问，其犯险的意味无疑只会有增无减。

　　行文到此，读者不会觉察不出我对王炜思路的偏爱（前引《最后一站》一段诗，我不仅个人喜欢，也建议当代诗人都来阅读）。毋宁说，这当中牵涉的是一个当代人能否仍对20世纪的文化潜能保留信心、耐心的判断（其实我对此也没有很确切的答案[4]；但是可以注意到，当代文学研究基本只在应答"是"的前提下展开，而这于生态的多样化、洞见性来说，未免是一种缺憾），再具体至新诗写作，则是一份愿在历史感的潮涌面前更为审慎和勉力的心态。但是，经得本文研究，我更想表明的到

---

[1]　[法]阿兰·巴迪欧：《世纪》，蓝江译，南京大学出版社，2017年，第8页。
[2]　王炜：《"诗论诗神"第二节课讲稿：荷尔德林问题》。
[3]　余旸：《诗歌与伦理的诠释性关系》，载谢冕、孙玉石、洪子诚主编《新诗评论》总第十五辑，北京大学出版社，2012年，第11页。
[4]　至少这不意味着对"20世纪"的探索已经完成，事实上，它远未或永不可能完成，只是这种"潜能"或许应从话语自觉的意义上转变为"能量"。另外，一种属于"21世纪"的文化视点或许正在生成，它能带来一个外围的且能更清晰重审"20世纪"的活力丰足的角度。

底还在于，也许我的立场是什么本身并不要紧，事实是，如果我们依然在意对"当代性"的讨论，那么这种种倾向理应率先被收纳至整个认识框架的内部，由此，我们——新"不合时宜者"——方能先甩脱了历史感的直观纠缠，而至一个方便透视其层叠感的第三方位置，进而朝向那之于整个问题而言真正的居于"不可能之点"上的"凯若斯时间"。换而言之，所谓"不合时宜"，可以既不只是"对'否定'的再否定"，也不是经受住"法利赛性"考验的"肯定性"（毕竟这是一家之言），此时，它们悉数作为思想的财富而被我们收进囊中；在"凯若斯"时刻，我们将迎来的更多是一种类似于"新天使"（本雅明语）救赎式的，但又更加摇摆不定、犹豫难决的情味杂陈的感受。这种特别的感受若再往前推进一步，则会通向巴迪欧在解析曼德尔施塔姆名诗《世纪》——也是阿甘本《何为同时代？》的核心依据文本——时提到的那种敢与"野兽—世纪"相对视的"主体性能力"，并且，这种能力俨然是要基于认知时间的停顿（用阿甘本从语言学家纪尧姆那里借来的概念讲，一种"运作时间"①），"远非那些简单地在其时代中存在的人的能力所能企及"。② 兴许，就是这样的"主体性能力"，让人领会到"世纪"之物——亦是名为"当代诗歌"之物——可以在某种程度上意喻着、揭示着一个关乎历史感之积重的"彻底的新的结束和开端"③。——经此，绕过了尼采历史学说中的精英成分，我们发现自己仍然有机会同尼采当初的善意醒示取得会合。

---

① ［意］吉奥乔·阿甘本：《剩余的时间：解读〈罗马书〉》，钱立卿译，中央编译出版社，2016年，第90—95页。
② ［法］阿兰·巴迪欧：《世纪》，第24—25页。
③ 这句话来自巴迪欧对《世纪》（1923）一诗的提炼。须备注的是，曼德尔施塔姆作此诗，并不是出于对20世纪文化的回看、总结，而是一番有力预言，这也意味着，当它被我使用到这里，表明的是我对该种"结束—开端"视野的认可，或曰将一世纪前的文化审看方式再度挪用至当下的效仿用心。可是，这未免也是一种冒险，正如巴迪欧曾问，"新的世界什么时候会到来？如果新的世界已经开启，我们能够看到它的生成吗？或者难道我们抓住的不过是新的陈旧形式的幻影吗"，并视之为一个20世纪的"典型问题"，本用法也仍在商讨之列。唯能明确的是，这正是在"当代性"意识的引导下才催生。［法］阿兰·巴迪欧：《世纪》，第27、65页。

宽泛的"不合时宜"之声，不会让当代诗歌参与者即刻就做成"同时代人"、完好掌握充满诗性正义感——而非历史正义感——的"当代性"。然而，当这种声音越发密集地敞开在四围，我们也要尽量为此重审时机的降临调整好一副观候的姿势，并且自问上一句：语言才能、思想才能，是否皆已准备好了？

诗歌写作与批评的能源
——21世纪

范 雪

现在，从许多角度说，20世纪看上去都是古典的。

古典，用classical解释，脱不了一种优越的品位或风格的等级的意思；用中文来解释，古字是加上去的，造成典范只在过去的意思。我用这个词来形容现在去看20世纪的感觉，毫无疑问是褒扬20世纪，它的性格、注意力、事件和风格，今天看上去令人敬佩，尽管它的内部有许多冲突。21世纪已经进展了20多年，它在形象上给我的一个直观的惊讶是，原来人不是越有钱就越好看的。

这个感觉，也许只对全球现代史里的一部分地区有效：比如西欧、北美、东北亚。有一次，我跟刘寅说，我请你去做个讲座，讲下西欧、中国和伊斯兰文明的比较，这个话题我蛮感兴趣。他说讲不了，全世界没人讲得了。我说，亨廷顿不是讲得了嘛。他说，进入现代还有可能讲讲"历史大势"，之前的三个文明都讲清楚，那不可能。这是一个很好的意识上的提醒，即便今天，可能我上面说的对20世纪、21世纪的感觉，对不少国家是无效的，它们的21世纪也许充满类似20世纪的壮志，也可能它们从来就没有过壮志。我肯定讲不了它们的故事，我顶多能揣摩中国，带上一点点欧美粗疏的知识。但有这个意识是重要的，它会让我非议21世纪的时候，还留有一些缝隙，缝隙里没有什么可以逆转的神力，但至少是不一样的光景。

一

　　燃烧矿石的现代化发动至今，能得到的一个结论是，世界上不是所有群体都有工业化的命的，大部分群体，或者说国家没这个命。这一点在21世纪表现得更直白——不少地方已经很多年不"发展"了，这对熟悉1840年以来中国经验的人来说，不可思议，因为我们会认为不发展=灭亡。

　　一定要发展，并且踏出了快200年一件大事接一件大事轰动的节奏，中国的20世纪有一个极其奇特的现象：文学在这个轰动的节奏里特别重要。如果康梁一代的文学活动并不是他们对时代发力的主体，开启了文学改良序幕的，只是附带在他们政治活动能力之中的文学的功能的话，新文化运动肯定是直接把"文学"作为能量，要以之扭转现状。20世纪三四十年代，大众文艺实践的是前所未有的理想主义，而且真的运行了，改变作家，改变眼光，改变性格的底气，改变容貌与风俗。大众文艺的运行，是把文艺当文化。"文艺"和"文化"这两个词，虽只有一字不同，意思相差却很远。文艺，这种产品一样的东西，如何可能是过程里的东西，如何可能是渐渐填满并形塑时光的东西，如何可能是被称为文化的东西？文化又是什么？文化不是学文化，文化是春风化雨，是病了求助巫婆，是下班了要回家，是工厂没有一点文化生活，是21世纪大学女生都穿超大号的衣服……把文艺当文化，是我看过的对文艺的最高期待。高得可能高估文艺了。1950年代开始，新中国精英教育的主调，是理工科，赶英超美、工业化，靠的也是理工科。文艺呢？一边是从中央、部委、高校到地方风起云涌的政治运动，一边是在全国撒开的采风、锻炼、深入、慰问、旅行——两者关乎的是社会和人心的风气。所以，现在回过头来看梁启超的小说与群治的关系；胡适和陈独秀要用文学改变人，继而改变国运；左翼的文艺既要用故事，也要用形式实践理想；毛泽东时代种种动荡的举动里，暗含的是文学与人心世风牵一发动全局的假设，乃至1980年代文学真实地引领过风尚……这些都会让我们觉得，在文艺的大的定位上，20世纪更接近之前，而不是现在。不少前辈学者总结过这样的特征：文以载道的传统，或感时忧国的传统。我想可以更精准一点说，文学，而不是"文""文字""语言""知识"，是这个20世纪与之前更加相似的落脚点。

这是独特的。如果说现代化都有启蒙大众的议题，那么，比如英国，就不是相似的道路。"古典学的素材大量出现在英国工人阶级群体的身份建构和心理体验中。异议学会、非国教主日学校和卫理公会传教士培训计划都鼓励参与者广泛阅读古代史、思想和修辞手册。相互促进协会、成人学校、机械学院、大学推广计划、工人教育协会、工会和早期劳工学院的课程都包含古典学主题。"① 除此之外，E. P. 汤普森也告诉我们，宗教的经典如何在英国工人阶级兴起的意识中起到巨大作用②。在这两条现代化道路的比较里，可说的点还有不少。例如，为什么工业化的英国，工业小说那么重要，而工业化的新中国，农业题材才是最主流和最有成绩的。答案是什么？我想说的答案，不着重在中国后发，中国是传统农业国，现代文学小说的传统使然等之类，我想提出的是，也许这意味着我们的现代化理想，曾经不是全能由工业化诠释的。

这几乎只能从当时的文学和艺术里读出来（从后来的文艺里读不出来），从政策、历史类材料或历史研究里无法直接看到，但反过来以文艺再关照进政策和史料，又会发现星星点点俨然存在。这也是我现在对"文艺"这类产品抱有极高价值判断的原因。这一点，本文的最后再说。

20世纪中国的文学，好像并没有断掉传统的那条线，教化人心与风俗。传统中国，这条关于"诗"的高调，大约没有真的在民间落实。或者说它混合在礼治宗法等实在且强大的制度里，把诗教的风吹到过民间。20世纪，从新文化运动到新中国，领导人、文艺干部和文艺工作者，居然真诚地去落实这个。当然，我不是说这是20世纪中国文学的唯一特

---

① 参见Edith Hall 在aeon.co 的《人民的经典》，黎文编译，载《文汇学人》，https://baijiahao.baidu.com/s?id=1723098730042649197&wfr=spider&for=pc, 2022 年 1 月 28 日访问。

② 参见E.P.汤普森：《英国工人阶级的形成》，钱乘旦、杨豫、潘兴明、何高藻译，译林出版社，2001年。

征,也不是说现代文学的伟大之处在于落实了古典风教,更不是说现代文学的核心观念与古代一致。但是,就文学在人间的位置这条线而言,它在20世纪中国文学的主流里是清楚的。再加上它的历史背景里种种为人类、为国家、为集体、为公平、为命运、为他人、为共识的正确,也为自己的意志与奋斗,20世纪文学的重量彰显无遗。

我没有忘记还有通俗小说,没有忘记非常个人化私人化的作品,也没有忘记正因为关乎人心与世风,所以动用强力规范文学。我不是在以文以载道挑选作品。在所有类型的作品里,我想我们有能力以文学性挑选出好的那些作品。什么是文学性?什么是好?还是出不了人心与世风吧。

所以,如果让我划一条现当代的线,不会在1949年,而会在世纪末。1990年代,以及以2014短视频元年代表的互联网思维弥漫、数字化凯歌高奏、文艺上的"上面"和"下面"各搞各的也能无缝对接。

可以看看音乐领域经历了什么。毛泽东时代,音乐跟文学一样,处在自上而下的制度的布阵之中。它取得了优异的成就:既表现在《我的祖国》这样的新中国的"经"上,也表现在《彝族舞曲》《瑶族舞曲》这样的多元与创造力上。1990年代开始,大陆进入音乐工业+市场时代,香港和台湾有更成熟的音乐工业的积累和体系,也在成绩上更出彩。2004年到2014年大致是网络歌曲时代,《求佛》和《富士山下》各占各的市场份额。2014年,短视频平台兴起,直到现在。短视频音乐在这段时间里逐渐出现了碾压性流行度(一首短视频歌曲的传播度,超过流行歌手所有专辑加在一起的播放量)。①

在上述毛泽东时代到2021年的过程里,革命性的变化发生在哪?在2014年。为什么?因为听歌的方式变了。这种变化,不是崔健代替郭兰英、周杰伦代替罗大佑的变化,而是在新的听歌方式里,音乐已经不再

---

① 关于1990年代到2000年之后流行音乐发展趋势的研究,参见范超然发表在B站上的讨论:范超然:《短视频歌曲泛滥时,主流专业歌手在干嘛?》(音乐市场筒观察Vol.3),https://www.bilibili.com/video/BV1Ki4y1N764?spm_id_from=333.999.0.0,2022年1月28日访问。

是独立的艺术形式了,是附属品。所谓独立的艺术形式,就是人们愿意不受打扰地去听歌,而不是当作BGM。在20世纪,好作品+大量听众为作品投入大量时间=经典化;在21世纪,大众娱乐的时间总量就那么一点,他为什么还要专门地欣赏音乐。短视频歌曲又是什么样的音乐呢?在这里,我想大量引用范超然的研究,他的研究发表在B站上。"短视频歌曲是依托于短视频的,这就决定了它不能写得太有门槛,必须第一句就让人上头,歌词要特别通俗,甚至制作都不能太精良,否则用户可能会觉得有距离感。举个例子,抖音2019年、2020年、2021年的26首热门歌曲的和声进行只有最普通的三种类型。这些歌曲的创作者,基本都是非专业人士或半专业人士。主流专业歌手的作品,或多或少还是有一些门槛的,写对听众耳朵没有任何挑战性的作品,对他们来说其实也挺难受的。这两类音乐在写作方式上是不同的。稍微有点复杂结构和旋律的作品,就不可能成为神曲。运营方面,现在短视频神曲后面的公司,没有一家是传统的唱片公司,都是一些中小工作室,他们每月要按套路做无数首歌,迅速发布到平台,找中等流量的博主拍同款,有反响了就加大投入做更多二创,去音乐平台买排行榜继续发酵,没有反响果断放弃,周而复始打造这种动辄几十亿播放的歌。不追求制作质量,要短平快,把能用的方法用完,之后交给市场,交给运气,其实成功率很低的,但只要有一个成功,就是极大的流量和可观的收入。相较而言,传统唱片公司代表的还是一种精英文化,是一种相对封闭的做法。在当下的音乐市场上,他们更像是版权中间商。"范超然把希望寄托在老牌唱片公司改变运营模式,多少拿回一些新媒体市场;专业流行歌手,也多多生产,不指望出现罗大佑那样的人物,但至少也平衡一下生态①。

对比音乐,文学因为在新媒体平台与市场上的有用程度比较低,所以情形可能稍微好一点。小说已经出现了完全以IP、网络剧节奏主导写作而取得成功的情况;诗歌目前还没有出现明显的能够投放市场的投资价

---

① 同上。另见范超然:《为什么流量歌手很少有大众流行作品》(音乐市场简观察Vol.2),https://www.bilibili.com/video/BV1cz4y1U74R?spm_id_from=333.999.0.0,2022年1月28日访问。

值，所以写作其实是稳固的。但我想说的是，这就是发展，发展在往这个方向走。许多国际的竞争都在数字化的方向上，许多影响力和话语权的竞争都在新媒体和更新的媒体上，大量的官方的、非官方的投资也都在这两个方向上。也正是在这些平台上，"上面"和新一代的"下面"在无缝对接，彼此都绕开了很多中介，彼此都用对方容易听懂的语言与形式。许多新的形象代言人在这个过程中出现。我不是要质疑这种沟通形式，也不是要质疑这些新的形象代言人，而是想说这些代言人能够一下子就建立起双方沟通心意的真情，这种真情并不一定需要建立在探索之上，短时快速有效的机制也出现在了这个领域里。所以，可以看到，一方面，我们的国家和世界领导集团国家的支柱，比之前更加毫无疑问地在理工科领域；另一方面，人心和世风，影响这两者的方式，已经慢慢地从印刷媒介乃至文字媒介的港湾离航了。

在这个时候，我相信文学特别是诗歌，它们所谓的社会意义，应该是彻底断弦（从国家层面来说，治理者还是在意风教，不然不会出《山海情》《功勋》这样的作品，相关的最高文件也有这种意识，但这类作品以基于文字的文学形式出现，也是罕见的）。但文学依然富有精英文化的意义，而恰恰，20世纪没给我们多少文学的精英文化的传统。我们又如何能在此时此刻建立起一个有社会位置的文学的精英文化？更何况，现在以研究性大学为代表的精英教育，也在以知识教育排斥文学教育。我们回首自己的求学历程，会发现这一点；我们在自己身上，可能也会发现这一点；我们在此时此刻有理想、有主张的大学的人文社科的课程安排里，更会清楚地看到这一点。

这可能就是诗歌现在的环境。在这样的环境里，20世纪许多激励人心的诗歌抱负的例子，依然会激励人心，但世纪转折，文教断弦，媒介更张，文学本身在精英知识界中亦无地位，当年的例子可能已属古典时代的人事了。

但还是有人想写、在写、在关注和讨论诗歌的写作；文学性的标准，依然在我们心里称得上标准；读中国和西方的文学，会有感觉到致命的吸引的时候；从传统到20世纪，笼统而言的教化在文学上寄托的那些要素、特质，比如"气之动物，物之感人"那些东西，也依然是有效的、打动人的诗歌的方式……我们面前还有很多优秀的、具体的、文学的例子，但也许要排除掉过去从文学出发得到的文学与社会的关系的那种认识。这大概也说明，现在是在废墟里建设的时候。

到现在，我都没讲"能源"两个字。写出一首漂亮诗，抒发一下情感，谈一些认识，讽刺某个现象，批判一点儿什么，其实用不着"能源"这么重的词，但建设真正是需要"能源"的。中国的局势和世界的方向如果没有大的变化，国内的文化、媒体、学院知识、人们的生活方式都还会在现在的方向，或更变本加厉的方向上，发展前进。过去的能源，还是不是能源？在史料里洞悉过去经验的能源，还是不是能源？都可再思考。历史上，能称得上"能源"的东西，没有很多，从一些粗疏的归纳中，也许只有太阳光和矿石两种。真正能够作为诗歌写作和批评的能源的，我想至少得在这样的量级上去思考，由此选择出来的东西，大概才真是能源。我们可以试着分析。

二

诗歌投入数字媒体的市场，与众多类型的娱乐竞争，与用户形成闭环生产与消费，这条路我不懂。文学在这条路上，网络故事、小说、类型作品的作者、受众、写作方式、投资方式，是可以与上述抖音神曲的制作和成功相比较的领域。这个领域的运作里，还看不到诗歌有价值的例子。

诗歌可以在精英的路上走，也许 21 世纪它只能走这条路了。

我不相信劳工阶层和市民阶层中的大部分人，在他们的业余时间会看文学，特别是诗。他们中的女性，大多是看剧，他们中的男性大多打游戏，男性女性都会看短视频。那么，当代精英看重当下中文或任何什么语言的诗歌吗？不看重。政治精英、社会精英、商界精英、知识精英，都不看重。在我们最熟悉的——也是新文学新诗历来最主流的阵地——

高校校园里，诗歌依然流动。但我前面也说了，跟20世纪比，文学教育越来越被排斥在一流高校越来越精英的知识教育之外。

对我们的身份来说，问题似乎转向为：诗歌与大众发生关系，这样的事我们早已不抱真正的希望；校园里，诗歌仍是可以自娱自乐的，只不过不太风生水起——我们真正关心的，是写一首诗达到了怎样的好！牛！是研究一些诗和它的历史，我们能如何更复杂地认识历史、认识新诗，这种认识多么深邃！多么重要（"重要"这个词，已经成了非常不重要的一个词了）！多么富有洞察力！回到了自己，回到了诗歌，回到了诗歌研究与其作者的友好互动，回到了行业内部的过密化生产。但我不是批判这些。因为，当我现在因为备课，回过头来重听、重看我在大学二年级学习过的现代文学史的教材与课程视频时，我才惊讶地发现，其实只有入了行，你才能在这些东西里真的听出兴味、意思和价值。按韦伯的说法，专业化的学术研究宿命如此。

但，诗/文学不用管这种命。

闻一多在《唐诗杂论》的《类书与诗》一文中，讲到了诗歌与学术关系互相影响的一段历史。"这时期如果在文学史上占有任何位置，不是因为它在文学本身上有多少价值，而是因为它对于文学的研究特别热心，一方面把文学当作学术来研究，同时又用一种偏向于文学的观点来研究其余的学术。"[1] 闻一多不喜欢这时候的诗，他说大家在作一种"类书式"的诗，由此造成的是"文学的皮肤病"，没人参透诗的真谛，直到唐初四位"年少而才高，官小而名大，行为都相当浪漫，遭遇尤其悲惨"的男青年，以他们的人生参透了这层泡沫膜：

> 卢骆的歌行，是用铺张扬厉的赋法膨胀过了的乐府新曲，而乐府新曲又是宫体诗的一种新发展，所以卢骆实际上是宫体诗的改造者。他们都曾经是两京和成都市中的轻薄子，他们的使命是以市井的放纵改造宫廷的堕落，以大胆代替羞怯，以自由代替局缩，所以

---

[1] 闻一多：《类书与诗》，载《唐诗杂论》，上海古籍出版社，2006年，第1页。

他们的歌声需要大开大阖的节奏，他们必需以赋为诗。正如宫体诗在卢骆手里是由宫廷走到市井，五律到王杨的时代是从台阁移至江山与塞漠。台阁上只有仪式的应制，有"缔句绘章，揣合低昂"。到了江山与塞漠，才有低徊与怅惘、严肃与激昂……①

一切都是类似的，如果我们很严肃地评估当下诗歌和诗歌批评的一些显著倾向。参悟的希望不能寄托于再有"行为都相当浪漫，遭遇尤其悲惨"的男青年开出一片决然新鲜的天地，因为现在的男青年和唐初的男青年不是类似的了。

诗歌或文学，在精英的道路上有效果，能源不会是靠知识或学术。比如，历史学者说，文学史是他们没空做的东西，他们有更重要的世界，的确，全球史、海洋史、环境史，都更要紧；但他诗没我写得好，文章没我写得好，修辞没我用得好，词汇没有我神奇；我虽年纪略小又是女子，但由语言抵达的地方，他却未必比我多。这是我们学院里的诗歌作者，跟其他人文社科学者都不同的地方——你语言好，你能说漂亮话，你说话迷人，你有感受力，你的感受力在某些时刻充满魔力，让天昏让地暗；你可以追逐无数经验，可以一万遍地恋爱，可以在一个个经验背后进入一个个陌生、新鲜又难解的世界，你可以这样可以那样，可以完全拒绝行业繁殖，你能追求终极和价值。

上面这些，关于语言的部分，对一个得体、富强、雍容的文明来说，是重要的。这也就是胡适在1917—1918年提出的那个逻辑：现代中国得有足够得体、丰饶的语言的系统，来支撑自身作为文明体与列强比试。谁能支撑和发展这个系统？不是学术、不是知识、不是科学、不是技术，是国语的文学。再造文明，靠的是文学。当然，影响国家语言绝非只有文学语言，当代中国，可能政治语言是影响全民现代汉语的最瞩目的元素。不好吗？不一定。如果我们感受一下大陆汉语与港台汉语的区别，这或更加能说明，胡适说的是真问题：文明体的语言是变动的，它最精

---

① 闻一多：《四杰》，载《唐诗杂论》，第23页。

英精华的那层应该有所建设，什么能建设它？向全部经验敞开的、个性化的国语的文学。这听起来很玄妙，证无可证。但我可以提出一个其他语言文学的明证：米尔斯基的《俄国文学史》。

经验的部分，我在一篇讲自己的阅读史[①]，以及另一篇讨论卞之琳和纪德的文章里[②]，有更充分的展开。其实也不用看我的文章，看纪德，看《爱与正义》，看《包法利夫人》，都能感受到"经验"是一个多么诱人的深渊，值得以文学一入再入（以我浅见，曾经有社会学、人类学的作品，在这个层面上，与文学完全是互通的；现在这两个"学"的大部分研究也摸不到当年程度的边儿了）。

下面，具体谈四点。

1. 文学的精英之路，不会因为我们是博士就好走，甚至可能相反。并且，就像前面说的，我们缺乏文化上的精英的稳定传统，更别说今天仍能在文化的整体生态里具有吸引力的精英的文化。而且，可能首先要问问做怎样的精英，既然自己不可能做自己的精英，也不便在夫妻关系和大家庭里做那个让人讨厌的精英。

在身、经验、意识和情感上建立主流状态，我认为是重要的。这个主流不是指旋律或认识上的主流，是指社会群体的主流，所以也许不唯一。奥登在《小说家》一诗里写到了这种文学的人格状态。或也可借用一个数学上的概念：公约数。这对学院经验、身份以及文学作者的惯性，是很大的挑战。过去和现在的诗歌比较强调的代际差异、亚文化特色、先锋感觉，以及性别意识，我隐约觉得它们对文学而言的重要性，并不是它们本身。为什么这么说？我年轻的时候读文学为了什么？为了荒唐的故事？也许是。为了学文学？为了学那种牛哄哄地被称为"文学"的各种元素？也许更是。那我后来还读文学是为了什么？我真诚地感受到自己对文学的需要越来越清晰了。为什么？为了荒唐的故事和学"文学"？

[①] 范雪：《这一切的世界的感觉》，载谢冕、孙玉石、洪子诚《新诗评论》总第 24 辑，北京大学出版社，2021，第 151—163 页。

[②] 范雪：《卞之琳的"爱""文学"与"主义"：从他的译介读入》，未刊稿。

我很清楚，我想看到的是模拟了我的情境的东西——女人生孩子的境况、人寻欢作乐的境况、人不能寻欢作乐的境况、婚姻的境况、制度的境况、数字化的境况、劳工的境况、内向的境况、沉默的境况、边界的境况、幻想的境况，以及也许最重要的你的境况……以此为底色，我想我真正对文学发生了兴趣，也能筛选出与自己完全有关的（而非是以知识为依据挑选的）作品，并且渴望读它们。渴望的来由，很简单，因为它们模拟了我的处境，我要再三地揣摩我的处境，它们保存（save）了我。

这不是什么高级的智力活动。许多不看书的人，也有这样的诉求，在电视剧里，在八卦新闻里，在别人嘴里流传出的故事里。从这个角度看，我们这个时代也许特别需要这些东西，特别缺乏这些产品，所以微博、知乎、论坛到处是这样表现"故事"的，刺探隐私的——一些总体上十分不高级的文字段落。我不是说，文学或诗歌要向这个领域进军，但能否展现出种种人与事的处境，并可以被读懂，大概是文学仍可是条宽路的机会。

更重要的是，我认为这种对人的境况的模拟，大学诸学科知识中，只有文学管理这个领域。这个领域重不重要？模拟重不重要？就像你生活在人群里一样重要。

2. 过度知识化的写作和批评，是祛主流的。首先，讨论诗歌的文章，或者扩大一点，文学研究的文章，真的应该考虑重塑语言和写作风格。文学研究的对象如果是迷人的，文学研究本身的写作不能让这种迷人变得令人望而生厌。我在北大新诗所的一次颁奖会上，听获奖的人说过类似诗歌批评文章语言的晦涩正是其揭示模糊玄妙之处的话，我觉得这是不对的。如果中外历史上最伟大的说事的文本，行文本身都不晦涩缠绕的话，我们便没理由认为晦涩缠绕是优点。其次，知识或者理论，只是文学处理的一小块，就像它们只是世界的一小块。人文学者，最好感受力能控制知识，而不是被束缚。最后文学研究，或者说现当代文学研究，会在人文社科诸学科中，越来越不重要，这是一定的。要尝试重要，至少需要从业者能防守住（defense）文学重要在哪儿？好在哪儿？像一个王家卫或周杰伦的粉丝，能输出无数论点为王家卫或周杰伦辩护到底。

一切的出发点，还是我们觉得文学是什么，而不是在现在的学科体系、知识系统、研究范式里，文学是什么。这样言说文学，我们说的很多话，文学的读者不会懂，其他的读者懒得懂；诗歌这种文本研究本身就已十分无话可说的东西，会更加无话可说。诸位不是只对文学研究有激情的人，而是对文学特别是诗歌本身有激情的人，所以应该懂我在说什么。

3. 尽管现在富有理想主义的大学教育，一方面重视精英博雅人文社科知识教育，另一方面却都出现排斥文学教育的情形——我想这也不能完全怪人家，但是，在人生的第一现场，开放本身是一个开放的问题。孔子搞的是通识教育，孔子的通识教育里，文学艺术是什么位置？又为什么是那样的位置？我们觉得现在的高中教育逼仄，语数外政史地；那上了大学就在高数、政治、大英之外，上一大堆各种文科理论知识的课，你觉得是更逼仄，还是有海洋的开阔感呢？我见过非常熟练掌握量表、数据分析工具、理论，提出学术问题，并得出学术结论的社会学、伦理学高才生。我觉得他经过高等教育后，反而已经没机会真正提出"社会的"和"伦理的"学术问题了。未来也许有可能，那要看他经验和觉悟的造化。所以问题是整体的，在整体里，文学尽管边缘了，但由此指向的问题，反而是关键的。

4. 我们这个会的题目叫"思想与历史视野下的诗歌研究与批评"。史外无学。你觉得文学（诗歌）还有凌驾于认识历史之上的价值吗？

三

文学有它自娱自乐的部分，有它想自我突破的部分，这些很可能就只让作者一个人或同好者爽到，这部分要了解而且接受它的存在。文学也有纯语言文字修辞的快乐，漂亮、神秘、蛊惑、哀愁、精准的快乐，这些不是用来认识历史的，但对人来说，这些就像吃喝、旅游、恋爱的快乐一样，是比较好的人生的成分。在另一个方向上，一个时代的光芒，终究只有好的、有运气的文学和艺术能接得住。这是我目前看法的终点，虽然它未经论证。

　　上面种种，说了不少能源了。但第一步，还是你得相信文学本身是自然的能源（natural energy）。这很不容易，因为"相信"本身不容易，信了就是能量；而且它还得是自然的，在最大公约数的意义上，是自然的。

新诗的文化政治
——漫谈诗歌语言的"革命""不革命"或"反革命"
（作为发言草稿的一组片段）

王 璞

一

"希望，希望，用这希望的盾，抗拒那空虚中的暗夜的袭来，虽然盾后面也依然是空虚中的暗夜。然而就是如此，陆续地耗尽了我的青春。"（鲁迅《野草·希望》）我的这一组算不上发言稿的片段，所围绕的中心题目，还是新诗的文化政治。"新诗现代性"的命题，若从1990年代算起，一路讨论下来，不妨说，现代性及其全部矛盾也即新诗的文化政治。对新诗一世纪的回顾，自然要早于五四百周年和中国共产党成立百周年的纪念，毕竟，新诗发文学革命之端。今天，再由2021年望去，新诗究竟在何种意义上是一场"革命"？甚或，究竟是不是"革命的"？至少，算一场"诗歌语言的革命"（借用克里斯蒂娃的理论）吧？揆诸古代，比于近世外国，这样激烈的语言革新并不多见，以至于谴责新诗之"误"、判定新诗为20世纪激进之一脉，一度成了文化保守主义的标准动作。以"诗歌语言的革命"为视野，书写新诗之为文化、之为政治，似乎大体可行。但是——若从以中国共产党历史实践为主轴的政治革命、社会革命以及文化思想巨变这一侧看过去，那么，新诗似乎又显得"不革命"，乃至有时"反革命"了。从尝试者胡适之到形式美的新月派，从象征主义到南北现代派，从北平的"前线诗人"到沪上的城市诗人再到西南联大的教授诗人、学生诗人，从《现代》到《中国新诗》，以及冷战时期的港台诗歌，大陆"朦胧诗"以来的种种求索……我想要说的，却还不是诗人、诗歌流派、诗歌运动的组织关系（最杰出的党员诗人应该是艾青和郭小川，但他们都不幸曾在党内遭到"不公正对待"），甚至也不能仅仅限定在精神面貌、思想倾向、主题、风格等方面；而是说，至少在中国共产党的文化变革的构想中，新诗的语言本身，作为白话文学运动的试验性成果，作为一种在探索中曲折展开的可能性，不仅无处安放，而且颇为可疑，有待"超克"。在严重的时候，新诗的语言也成为政治革命所攻击的目标，正如它常是保守势力攻击的目标一样。具体来看，攻击的逻辑和保守主义当然不同，语言问题连带着阶级问题、政治属性问题和民族形式问题：新诗是（小）布尔乔亚的、脱离人民的、不那么"喜闻乐见"的、"颓加荡"的。而结论却还是有些殊途同归：这场诗歌语言变革要么是"反革命"的，要么是"非中国"的，要么"既非中国又反革命"。"新时期文学"以降，从中国激进左翼而来的审判，当然早已式微，但或许出于一种既是预防性的又是补偿性的文化机制，当代新诗作为全球现代主义"夕照红"之一种，时而倔强地疏离于政治，时而不情不愿地扮演文化英雄，又在卸妆后迎来"去政治化"的时代，却捍卫着（福柯意义上的？）"微观政治"，还得在国际文学领域中配合文艺独立性的派对……由此，中国的当代诗歌语言留下了精神探索乃至历史批判的闪电般痕迹，却在社会句法上又急于从先锋位置回撤（"历史"已经"个人化"，言语行动也私人化，虽则还有公共象征意义）。当语言的可能性成为最基本的诗学律令，得到后现代式的庆祝，社会革命的潜能像遭受了提前屏蔽，淹没在想象力的泡沫中，只能等待苦心孤诣的辨认秘仪。总之，诗歌语言的革命和诗歌语言在中国激进政治中的"不革命"性质，诗艺的全面再探索和诗歌语言在当代社会变迁中、在"告别革命"的日子中的"政治虚无主义"（或许我言重了，但我如此命名也并无贬义，而是一种描述），这样一组辩证反差在我看来构成了新诗的文化政治的核心（并非中国新诗所独有，但在它身上别具戏剧性）。如果说，现代诗歌语言是"盾"，保持着抗拒的姿态，那么，具体到新诗，我们不禁要问：那抗拒之盾的两侧，各是怎样的政治？难道只是同一片暗夜？那抗拒中的语言，是否归于"空虚"？

二

"必须绝对现代！"（兰波《告别》）既然现代性问题仍是我们讨论的必要脚手架，那还是在方法论上先略做交待。我在张枣博士论文中译的书评中谈到诗歌研究中"现代性vs文学史"的问题，这里索性直接引用——在批评理论的意义上，现代性和文学史实为一对难分难解的矛盾。德国犹太裔批评家瓦尔特·本雅明先有揭示："文学史"（Literaturgeschichte，一种编纂、叙事）本质上并不等于"文学之学"（Literaturwissenschaft，一种文学内在价值的"科学"批评）。而后，由欧陆移居美国的文学理论家、解构理论大师保罗·德曼正式提出"文学史和文学现代性"这一"无解的悖论"。《文学史和文学现代性》（"Literary History and Literary Modernity"，1970）一文作于"现代性"概念在二战后欧美文学研究界跃起为"正面价值的强调点"之际，但其含义一遇到文学史就愈发暧昧不清：现代性意指文学语言内部的"现在"（兰波的名言"必须绝对现代"在此回响），只能等待伟大的文学批评作为其姗姗来迟的"后世生命"；而文学史却意味着作品的族谱式"绵延"，需要的是客观的史家眼光。在《抒情诗和现代性》（"Lyric and Modernity"）中，德曼又借评论胡戈·弗里德里希《现代抒情诗的结构》（*Struktur der modernen Lyrik*，张枣对该书有征引）之机，进一步暗示，现代诗正是这一悖论的焦点，因为它既是文学现代性的极端例证，又对文学史写作提出极端挑战。今天，学者们也尽可以说荷尔德林和华兹华斯是"现代诗"的起源，但这一回溯也提醒着我们，这两位已经是两百多年前的"古人"，而当德曼解读时，他们18世纪末、19世纪初的杰作却又和20世纪后期的解构理论成了"同代"。一个半世纪前的"古人"、法兰西第二帝国的诗人夏尔·波德莱尔提供了现代性的著名定义："短暂、隐蔽、偶然"（le transitoire, le fugitif, le contingent）。但一旦历史化，他诗中的"短暂"还是如今我们体验到的"短暂"吗？又如何理解他所说的现代性的另一半是"永恒不移之物"（l'éternel et l'immuable）？德曼的一锤定音也像是一种不确定："现代性和历史关联着彼此，是以一种令人惊奇的矛盾方式，它超出了反题或对立的关系"。说到底，"现代性"的本义是此时此刻的生命、书写和"行动"，也即"反历史"。这样推到极致，结论便是：用"起承转合"讲故事的方法，无法为诗歌现代性写"史"。德曼"卒章显志"，他的底牌决绝有力："文学史"只能是"文学阐释"，只能消弭于文学阐释。——以上引述完毕，那再具体到新诗"史"，我想，它不应仅仅写成现代主义的中国身世、作品编年的流水账或诗人代际的英雄谱，而更应是诗歌语言的新鲜而灿烂的星辰构造。新诗之"新"，即不断自我更新、自我差异化的驱动力，使得21世纪的人们在新诗已经形成自己的"百年"传统时仍然感激这最初的冠名——新诗；这有时也让人联想到庞德对"日日新"的创造性翻译（make it new; renew thyself daily）。一方面，"诗歌之新"代表一种追求突破和变化的历史意识，绝不局限于艾略特《传统与个人才能》中的态度，而来源于现代性中对历史时间的不断强化的体验（柯塞勒克在这方面的概念史阐述仍然是经典性的）。另一方面，这种突破性和差异性，又是"反历史"的，至少是反历史主义的，因为"现代"要"绝对"，历史只能在"可辨认的此刻时间"（本雅明语）的振动频率中得到理解，所以，"诗歌之新"又包含了一种"创造性的历史虚无主义"（这相通于张旭东对五四的自我阐释精神的揭示）。于是，新诗史指向语言奇迹的来临，以及每一次来临之际隐秘的联系。而"奇迹的来临"（闻一多语）又总是未完成或不可完成，它既是重重张力之中的"现在"和危机，又是未竟的事业和朝向未来的契机。我们的批评工作，一方面要让新诗史不断向思想史、文化史、社会史、政治史充分展开，探求"实在历史内容"，另一方面要穿过形式史的美学废墟，从"历史内容"走向"真理内容"，而我理解的真理内容的范畴，不离于"诗歌语言之新"。

三

"请把我作为你的瑶琴如像树林般样：/ 我纵使如败叶飘飞也是无妨！"（郭沫若译雪莱《西风颂》）诗歌现代性和革命现代性，在我看来，至少有两大交点。第一个交点是抒情主体性（尤其是浪漫主义自我）和革命主体性（包括政党政治人格）的局部同构。从雪莱的"西风"到高尔基的"海燕"，抒情机制要求语言主体成为"时代精神"与历史变革的预言者和化身，又使得这一主体完全消弭于历史必然性的崇高之中。在对郭沫若的研读中，我接续程凯的讨论，认为：自我强化和自我取消的抒情辩证法，类同于革命政党政治或至少是革命政党宣传的主体性构造，"历史的瑶琴"也就是"留声机器"和"党的喇叭"。创造社成员入党后都成了可靠的干部，这或许会出乎鲁迅和茅盾早先的意料，但却不是偶然的。何其芳一到延安就决定留下，也不是偶然的。从雪莱的译者到国家领导人，郭沫若在1950年代《女神》英译本序言中，仍使用雪莱的诗歌语言观，"...poetry is the music invoked from men's hearts by the age they live in"（序言中文底稿我尚未找到）。诗歌语言又一次被定为"时代"和历史的乐器，这种"乐器化／工具化"的处理，反过来却又像政治诗学的强化。

四

"这是东方的微光，是林中的响箭，是冬末的萌芽，是进军的第一步，是对于前驱者的爱的大纛，也是对于摧残者的憎的丰碑。"（鲁迅《白莽作〈孩儿塔〉序》）诗歌现代性和革命现代性的第二个交点，则较为疏阔，涉及审美和政治的同构，也即"先锋文艺"和"先锋政党"的问题。不论先锋文艺的实践还是先锋政党的组织模式，其"先锋"（avant-garde）意向都最早出现于法国19世纪乌托邦社会主义团体生活（参见《现代性的五副面孔》）。比格尔的《先锋派理论》则强调，先锋派艺术的美学自我革命，始终包含着对自身社会功能的反思，包含着对既有社会体制的批判和对社会变革可能性的寻求。这和一般意义上的"高峰现代主义"的形式自律构成显著对照。历史还原一下：欧陆和俄罗斯的先锋派大体"左倾"，而英美的现代主义在政治上经常滑向右翼。雅克·朗西埃认为，先锋文艺和先锋政党形成了20世纪美学—政治体制的一次大"混淆"，甚至可以追溯到席勒的审美乌托邦。但是，这一历史和理论视野，却并不适用于我们手上的案例，因为，在新诗和中国革命的具体关联中，这种同构或"混淆"没有多少存在强度。新诗的先锋性和中国革命政党的先锋性，如果有重合，那么也像是切线和圆，只有一点点相交。从世界文学的图景来看，中国新诗和"左倾"的国际先锋派联系不多（戴望舒和第三种人所看到的更多是"人民阵线"；艾青和聂鲁达的友谊是个例外，却只是迟至冷战时期的昙花一现）。而反过来说，中国先锋政党并不能接受一种先锋文艺的"同路"关系，转向对先锋派的持续质疑和规训，在批判中也经常不区分"左倾"的先锋派和"高峰现代主义"。茅盾《夜读偶记》中，这样的区分还若隐若现，但他所要求的，却已经是从"延安文艺座谈会上的讲话"以来所确定的知识分子改造原则。他举例说明先锋派人士可以通过改造成为共产主义文艺工作者，其中包括一位诗人，那便是阿拉贡，1950年代当选法国共产党中央委员。先锋派—党员—诗人合成一体，中国新诗史—革命史上的确找不到。作为党员的阿拉贡，文学成就无半点消退，不过也要注意到，他在形式上向法国诗歌传统靠拢，而从超现实主义的语言实验大幅后撤。总之，预言了"东方的微光"的，是《星星之火，可以燎原》的作者，而革命"进军"中，新诗并不是"前驱"。

五

"唯有共同的美梦，共同的劳动/才能把人们紧密地联合在一起，/创造出的幸福不只是属于个人，/而是属于巨大的劳动者全体。"（何其芳《回答》）我对新诗史的粗疏看法，是不是遗漏了左翼传统中诗歌的多样性?让我们转向"十七年"。21世纪初,我进入现当代文学领域学习,也亲见了从那时起"十七年"文学持续受到学界关注,相关研究结出了丰硕果实。不过,据我有限的观察,这其中,"十七年"诗歌并不在大家讨论的中心。当然,有一些重要的例外。比如,贺桂梅老师关于民族形式的宏论中,专门研究了毛泽东诗词,而毛泽东诗词在新中国成立后的系统发表,正开始于1957年《诗刊》创刊号。革命诗词可以说是新诗吗?(一种新旧诗?)朱羽在对社会主义文艺的全面阐释中,也论及新民歌。其实,我自硕士学习期间也一直在思考,新民歌应该看成一种怎样的新诗?(一种"新新诗"?)这就要说到1950年代末的"诗歌发展道路"的大讨论。在给《诗刊》的信中,毛泽东强调了旧体诗词和新诗在语言形式上的区别;在掀起新民歌运动的一系列讲话中,毛泽东也指向了新诗语言的问题,寄希望于民歌体。发源于新文化运动的现代白话新诗、从南社到毛泽东的革命诗词、朗诵诗和鼓动诗、延安时期以来的民歌体、"大跃进"新民歌,这些当然都是20世纪中国诗歌语言和形式的有机部分,但严格审察起来,社会主义新诗词和新民歌,还是不好归入新诗。要害在诗歌语言,而未必在于思想内容。如果按照当时"中国的形式+革命的内容"的二分公式,那么,新诗完全可以同样表达革命内容(何其芳的作品不好吗?1956年郭沫若化身为"写诗机",其中新诗"百花"兼"白话",也不缺少所谓"思想性"和"知识性"……),但新诗却有难以救赎的弱点:民族形式的要求背后,说到底是诗歌语言问题。这就是为什么,在"诗歌发展道路"讨论中,何其芳和卞之琳要全力捍卫新诗语言形成新格律的可能性。格律成为问题的触发点,呈现为一种文化政治焦虑,这在新诗的历史上早已不是第一次。这一回,何其芳和卞之琳的烦琐论证,强调"日常的语言""谈话的调子""新诗格律的多样",等等,是要通过语言格律这一看似形式化乃至技术化的环节,在旧体诗词和新民歌面前为新诗语言保留文化政治合法性。

六

"那窒息着我们的／是甜蜜的未生即死的言语……"（穆旦《诗八首》）小说中的"十七年",《繁花》中的社会主义上海。小毛初见姝华,带着自己抄旧词牌的本子,却未入姝华的"法眼",但小毛预备要走时,姝华看到了他带来的一册旧书,立刻改口说,"再坐一歇"。那本旧书是闻一多1940年代编的《现代诗抄》。该选本在新诗史上地位殊胜,其中一个原因便是它对一位青年诗人的特别推重——穆旦。姝华翻开这本"卢湾区图书馆也看不到"的诗选,读了穆旦的《诗八首》。小毛说,"这等于外国诗"。在这一点上,小毛和不少批评家"英雄所见略同",指点着穆旦的"非中国性"。不过,在小说中,恰恰是这首"等于外国诗"的新诗——也连同那些旧词牌——促媒了一段跨越阶级的青春友谊,成为社会主义沪上伙伴们分享的语言秘密。这也让我联想到1950年代诗人穆旦短暂复出所引起的批评。社会主义时期,对文学史作品的思想倾向做出政治批判,这样的例子,所在多有。一涉及新诗,却又多出对语言本身的指斥。邵荃麟批评穆旦,带有"反右"的整体语境,但在细节处,可以读出这位重要批评家对诗歌语言的敏感拒斥。如果我没有记错的话,"平衡使我变成一棵树"这一句,尤其令邵荃麟不满。语言探索本身成了"反动"。这类对新诗语言的批判,也常以"晦涩"为攻击点。人们都记得,"朦胧诗"这一命名,其实来自1979年过渡期文章《令人气闷的"朦胧"》（章明、晓鸣）中对晦涩语言的不满,这样的抱怨延续的也还是邵荃麟的语言感觉,甚至更显僵硬,但已不再具有"政治批判"的火力。而人们或许已经不再注意,《令人气闷的"朦胧"》一文中所指的"朦胧",首先还不是后来我们所说的"朦胧诗人"的诗句,而是一位老诗人的新作,这位诗人也是穆旦的同学、好友——杜运燮。

七

"连鸽哨也发出成熟的音调……"（杜运燮《秋》）《令人气闷的"朦胧"》的作者说，"这样的句子读起来也觉得别扭，不像是中国话，仿佛作者是先用外文写出来，然后再把它译成汉语似的"。"晦涩"的话语史也是一部文化政治争辩史。即便不是"政治反动"的标识，那它也"令人气闷"。连胡适也生过晦涩的闷气，而周作人（以及废名）不生气。如果摆脱风格学而上升到语言本体论的层面，那么，晦涩本包含着诗歌本身的政治能量，但这样的语言政治，在现实政治实践中很难得到确认。

八

"一切政策必须落实，/一切冤案必须昭雪，/即使已经长眠地下的，/也要恢复他们的荣誉！"（艾青《在浪尖上》）同为"文革"后作品，不晦涩，或者说，不那么晦涩。这是艾青不那么成功的诗句，但也必须承认，这是他晚年最成功的言语行动……

九

"我要的是……/比这一切更神奇得万倍的一个奇迹……/我要的是整个的，正面的美"。（闻一多《奇迹》）一切似乎又回到了"形式的意识形态"（伊格尔顿语）这一命题，诗歌语言恰等于"形式的内容"（詹明信语）。那么，在"诗歌语言的革命"和新诗在20世纪政治实践中的"不革命"地位这两极之间，我们能否试着提出某种"合题"呢？法国批评理论家克里斯蒂娃的"诗歌语言的革命"论述不失为借镜一种。"诗歌语言的革命"也即她讨论19世纪后半期法国诗歌文本实验（尤其是洛特雷阿蒙和马拉美的作品）的总题。这引导我们进入另一段诗歌史。通常所谓的现代主义诗歌也和革命有历史关联？同为《太凯尔》(Tel quel) 作者的普雷奈就认为，法国大革命（以"革命恐怖"为极点）和人民共和史观（以米什莱的作品为代表）决定了一场漫长的"风格革命"，笼罩着雨果的共和主义诗篇、波德莱尔的恶之花、洛特雷阿蒙的"变态"修辞乃至20世纪的超现实主义（参见 Poésie et "Révolution"）。这样的粗线条论述当然难以令人满意。而克里斯蒂娃的讨论则要细致得多。她认为，现代诗歌文本既限定于它所处的历史条件，又总是以"否定性之运动"，"先于或晚于"它的"时代"（La révolution du langage poétique, p.364）。"否定性"起源于大革命，但在资本主义确立了自身政体、象征体系、意识形态和社会构成的条件下，革命来到了语言意指过程内部——巴黎公社之后的第三共和国，马拉美的秘仪和兰波的消隐都应作如是观。现代诗可能越来越缺少历史指涉或政治内容，但语言主体的不断重新开始的过程就保证了"革命进程"的"未关闭"。所以，在克里斯蒂娃看来，现代诗代表了一种否定、拒绝和启动，一种新的"革命文学"，甚至代表了不断质疑意识形态和主体身份的"诗之时代"，从惠特曼直到马雅可夫斯基和庞德，乃至未来（参见 La révolution du langage poétique）。显然，革命政治在这里泛化了，成为一种根本性、参照性的历史条件，"九三年"依旧存活在一个世纪后的法国诗歌之中；而诗歌语言被确认为现代历史变革的重要而隐在的战域。我们也处在一种后革命的氛围之中，从今天回望，我们也的确可以通过相对长时段更清晰地看见，诗歌语言是中国革命世纪一个紧张、薄弱而又敏感的环节。新诗在语言的基线上承受着20世纪中国的全部断裂性。如果按照耶鲁批评大师哈罗德·布鲁姆的说法，英语世界中的"强力诗人"的任务是"生出自己的父亲"，那么中国新诗的"不可能任务"则是"生出自己的母语"。穿过这一百年，新诗也证明了不断自我革新的能力和指向。在这母语的不断发明中，新诗的政治终究要在语言的内部意指过程中去寻求。我们也必须从欧洲浪漫主义和法国大革命到"短二十世纪"的更大语境和复杂源流中去重新理解诗歌和政治的对位与错位，重新发掘现代诗和革命的内在关联及其难题性。而今天，"瑶琴"式抒情已经息声，历史时间迂回重叠，"而我的面前又竟至于并且没有真的暗夜","盾"的抗拒还有无必要,又如何可能?诗歌在处理当下经验时所保留的历史想象力,或许便是最后的政治及物性?只有落实为一种诗歌语言,革命史和中国当代经验才算真正得到有效书写。也只有在诗歌语言的内部,我们才能建立新诗和社会变革的联系。这种联系是困难的、稀少的,但又是必然的,因为正如巴丢所论,诗歌语言的开放性、公共性正应和着人性之更新乃至"共产主义理念"。这种联系是极为具体的"奇迹"。

不为诗辩护
——从"技艺"观念反思当代诗与批评的立场

娄燕京

从诞生的那一刻起,新诗的合法性焦虑就与新诗相伴始终。百年新诗史,也是一部自我辩护史。社会进程的诸多曲折与顿挫,来自内外部的压力与干扰,新诗不断与之抗辩的同时,也逐渐将合法性的辩护姿态内化,形成建构自我的装置,久而久之,更转化为一种普遍共享的立场——为诗辩护。尤其在当代,基于当代先锋诗歌的特殊境遇,"为诗辩护"也获得了某种仪式感,既借用传统的诗歌观念,又内在于当代的知识与感觉结构,成为遴选新人,维护共同体内部稳定的身份证明。然而,随着历史的流转,"为诗辩护"越发强势之际,又显现出内里的脆弱与感伤,慢慢显影为时代危机的症候。假如,从新诗史看来,为诗辩护"从来如此",在当下,或许到了从头细说的时候。

一

既然"为诗辩护"是一种先天烙印,那么,为诗的"什么"而辩护?针对不同的历史语境,也内在于"辩护"的对抗性立场,中国当代诗歌的从业人员,或者征引,或者发明了"承担""见证""纠正"等诸多经典命题,以为诗歌保驾护航。然而,扭扭捏捏、兜兜转转中,当代诗人和批评家们,或许并不十分在意诗歌那些似有若无的外部功用,虽然隐而不宣、表述各异，他们真正念兹在兹的，大概还是一种特殊的语言能力。在诗歌这一古老的行当中，语言的技艺从来都是一种未经解释、也无需解释的"官方认证"，"因为那种在用字方面的精确遵守音律、韵律和那种为诗人所特有的高翔的想象自由，确实似乎有点神力在其中"①。正是这份拥有"神力"的底气，也让诗人从辩护的被告席一跃成为"世间未经公认的立法者"②。

当代诗歌的"技艺"观念无疑隶属于这一传统。在1990年代后的诗歌创作与批评中，"技艺""手艺""写作"等成为频频亮相的关键词，既规定着当代先锋诗歌的内在同一性，也由于概念和立场的歧义而引发诗歌界的纷争。如果稍加梳理，往前追溯，"技艺"的前史可以延伸到"令人气闷的'朦胧'"，在当代诗歌的起源时刻，代表着一些新的美学原则，一种语言反叛的激情；而置身于1990年代的历史现场，"技艺"则在社会、学科的分化趋势中，宣告了诗歌特殊的"工作伦理"，从而转向节制、减速、开阔的"中年"写作方式。"技艺"在对峙于匿名性的总体现实的同时，也为诗人在世事纷纭中保留了一块语言的"飞地"，其最形象化的阐述，出自诗人张枣：

诗，干着活儿，如手艺，其结果
是一件件静物，对称于人之境，
或许可用？但其分寸不会超过
两端影子恋爱的括弧。③

张枣的相关表述，恰切地把握着"手艺"的"分寸"。"干着活儿"，不仅建构了诗人"居于幽暗而自己努力"的劳作性质，也暗中设置了行业规范，即一种沉浸于语言本体的"元诗"体制，最终赋予诗歌"静物"

---

① [英]锡德尼：《为诗辩护》，钱学熙译，人民文学出版社，1964年，第7页。
② [英]雪莱：《为诗辩护》，缪灵珠译，转引自刘若端编《十九世纪英国诗人论诗》，人民文学出版社，1984年，第160页。
③ 张枣：《跟茨维塔伊娃的对话》，载《春秋来信》，北京十月文艺出版社，2017年，第154页。

般的神秘光泽。经过种种繁难工序烧造而成的诗歌之釉,亮丽,精致,折射着芜杂的历史现实,不动声色地"对称于人之境"。争议也由此而起,一种被普遍认可的指责是,所谓"手艺""元诗",不过是语言的自我空转,诗歌在与语言的游戏、享乐中,失去了批判社会的能力,而为诗辩护者,则坚持"诗歌自由主义"的立场,反复申诉诗歌之于社会的独立性。双方你来我往,借助历次公共议题和重大事件,"伦理与诗歌伦理""诗学与社会学的内心纷争"总会间歇性发作,仿佛诗歌范畴真的不会超过他们双方"两端影子恋爱的括弧"。

究其原因,或许在于对立双方皆误认了"技艺"观念的伸缩性。从"元诗"的视野看,诗与史、词与物并非二元对立,反而被囊括在一种包容性的综合立场中,预设了一个开放的位置,正如张枣所写的:

我是我的一对花样滑冰者

轻月虚照着体内的荆棘之途:
那女的,表达的急先锋,脱身于
身畔的伟构,佯媚,反目又返回

掷落的红飘巾暗示的他方世界。
那男的,拾起这非人的轻盈,亮相
滑向那无法取消虚无的最终造型。①

"我是我的一对花样滑冰者",这是张枣所心心念念的现代主义写者姿态的完美呈现,也是"技艺"观念的道成肉身。"那女的"作为"语言"的暗喻,是"表达的急先锋",以其先锋性在"身畔的伟构"与"他方世界",也即在主体与历史之间,"脱身""佯媚,反目又返回",建立起隐喻性的、风格化的联系。经过"技艺"的中介,历史、现实就变成语言的

---

① 张枣:《空白练习曲》,载《春秋来信》,第119页。

风景、创作的材料，显示出"非人的轻盈"，不再对主体构成压力，"那男的"，现代主义的写者只要轻而易举地"拾起"，而无需挣扎、抵抗。正如诗人臧棣所总结的，"九十年代诗歌"的主题虽然有两个——"历史的个人化和语言的欢乐"，但是，"在少数优秀的诗人那里，这两个主题总是交织在一起出现的"。因为，"历史的个人化"，无论指向的是个人讲述宏大历史的权利，还是凸显个人经验的历史化，"历史"总是首先被兑换成语言的外在客体，处理历史就是处理语言，反之亦然，所以"对语言的态度，归根结底也就是对历史或现实的态度"①。词与物，语言与历史，经过"技艺"的改造，成为诗歌这枚硬币的两面，一体同构。

从外在姿态看，"技艺"观念既满足了对诗歌专业化、特殊性因而是"神力"般的想象，也"对称于人之境"，与政治、历史构成实体化对峙，"成为当代最为主要的诗歌意识形态"②。但实际上，"技艺"内部布满"荆棘之途"，具有极大的延展度与柔韧性，可以化解任何对其脱离现实的指责，因为"技艺"不仅对抗"政治"，"技艺"同时也在处理"政治"。这一"技艺"观念在1990年代及其后的蔚然壮大，则内在于诗人身份认同的转变。按照某种流行叙述，"九十年代诗歌"诞生于那一特殊的历史时刻，随着这一时刻的到来，某种传统的"有机知识分子"销声匿迹，诗人被抛到历史之外，纷纷告别广场，回到"内心生活"。这一漂浮于历史之外的个人，如何重建与历史的有效联系，是诗人们必须处理的"娜拉走后怎样"的问题。在那种普遍的"浑然无告"的状态下，诗人们纷纷抓住语言/技艺这根稻草，在"转变"中稳住自身，也的确在1990年代初期保证了清新且悲壮的历史感。不过，随着改革进程的进一步加快，诗歌边缘化，诗人靠边儿站，"技艺"也从对抗式的辩护转向建设式的自我说明。在汹涌的市场经济大潮中，"技艺"似乎相当顺手地征用了消费逻辑，将一切外部现实奇观化、风景化、语言化，诗人可以不在历史现场之内，但一切都在诗歌之中，可以随时定制，送货上门。

---

① 臧棣：《90年代诗歌：从情感转向意识》，《郑州大学学报》1998年第1期。
② 余旸：《"技艺"的当代政治性维度——有关诗人多多批评的批评》，《"九十年代诗歌"的内在分歧：以功能建构为视角》，人民出版社，2016年，第299页。

在"技艺"近乎诡辩的逻辑之下，诗人既是1980年代的"文化英雄"，也是1990年代的"手艺人"，既可以保持行业的神秘感，把持官方解释权，发放专业许可证，点拨新手，傲视读者，更可以以语词介入历史，以写作代替行动，不必参与实践，却能随时随地指点江山，自诩为民族的良心。这当然是一个安全的位置，一个优越的位置。然而，这也是一个太过于舒服的位置。如果不惮以最坏的恶意来揣测一下，所谓以"技艺"为底牌的"为诗辩护"立场，在为了"伦理与诗歌的伦理"之外，或许更是为了这一可以攫取资本与象征资本的"舒服"的位置。太舒服了，以至于不能去反思这一位置，以至于何乐而不为诗辩护。

二

"技艺"观念承诺的自我想象，如张枣所写，"我是我的一对花样滑冰者"，虽然呈现出主体的多元化与戏剧性，但这种多元仍然保持了内在的单一性，多元是由语言的介入而生成的，单一"写者"的最终"亮相"，必然是"无法取消虚无的最终造型"。这也是张枣所指认的"诗歌写作的寰球后现代性"的危机，"说到底，就是用封闭的能指方式来命名所造成的生活与艺术脱节的危机"①，就是生活与写作的二分法。主体只需运用"技艺"与包容万物又惠及万物的语言结构周旋、搏斗，而不必顾及个人的实际。不管主体所处的历史如何混乱、生活怎样失败，总会被"技艺"所征服，显现出语言结构的静物感。这一危机，大概可以称之为"主体与结构的辩证法"，主体只为结构服务，结构又征用了主体，两者相互建构，吸纳万物以应万变，显得辩证综合，但万变又不离基本的二元框架，形成无限循环之境。如何应对危机，自然应该从拆解这一自我循环开始。

一种方案是，在诗歌写作中引入历史意识。所谓历史意识，既指

---

① 张枣：《朝向语言风景的危险旅行——中国当代诗歌的元诗结构和写者姿态》，载《张枣随笔选》，人民文学出版社，2012，第191页。

在诗歌题材的层面上，加入历史内容，不管是大历史，还是个人的小历史，以使诗歌具有生活感、现实感、历史感，同时，历史意识更指向诗人的历史洞察力、理解力。不过，这可能正中"技艺"观念的下怀，因为历史的风景化恰是"技艺"的基本操作原理和认知前提，再真诚的认知历史的冲动也会被扔进"技艺"的风景搅拌机中，而还原为"追求诗歌风格创新的可能性"①。那么，进一步的思路，或许在于打破生活与写作的二分状态，重塑被"技艺"所承诺的个人想象，将个体放置于具体的人情、事理、政经关系中，"更广泛的读书、穷理、交谈、写作、阅历社会人事"②，或者进入"实有性关系"，占据一个"实务"的位置③，于在地联动中，为诗歌培植"社会学的想象力"。相关思考，真诚且充满实干精神，再造个人的冲动也联结了中国新诗的初心，具有建设性的远景视野。不过，看似"激进"的思考，可能仍然是一种诗歌改良主义的方案。

某种程度上，"九十年代诗歌"之后的诗歌可以称为"后九十年代诗歌"，虽然作为一种诗歌类型和一个诗歌史时段，"九十年代诗歌"已经完结，但是它所形塑的诗歌装置——结构与主体的辩证法、个人和语言的相互生成，却成为后续诗歌创作先验性的内在因素，任何创新或反思的尝试，或许应该从多大幅度上摆荡出这一装置来评判。重塑个人的方式，虽然勘破了个人的局限，但似乎仍处在个人的延长线上，是从个人向外破壁，冲出狭小的圈子，但又在内里相当稳健地保存了个人的自我想象，就像那只伸出去的"巴枯宁的手"，"与其说是现实性的，不如说是概念性的、思辨性的"，隐隐约约"还是落回内心挣扎的自我戏剧"④。对"个人可能性"的一往情深，也就容易被现代主义的深度个人模式重新收编，缺乏某种"个人之不可能性"的反思向度，个体重塑也会失去纵深视野。同时，改造主体也不单是为了个人的在地成长，隐含的意图还在于将个人

---

① 余旸：《历史意识的可能性及其限度——"90年代诗歌"现象再检讨》，《文艺研究》2016年第11期。
② 姜涛：《"历史想象力"如何可能：几部长诗的阅读札记》，《文艺研究》2013年第6期。
③ 姜涛：《"羞耻"之后又该如何"实务"——读余旸〈还乡〉及近作》，《文艺争鸣》2019年第11期。
④ 姜涛：《巴枯宁的手》，载《巴枯宁的手》，北京大学出版社，2010，第10页。

从单一的写作装置中拯救出来，重建生活与写作的关联，增强诗歌的历史认知水平和对现实的容纳力。这是对"主体与结构"的双向出击，改造主体，打破风格，然而，风格的打破，似乎并不能等同于"技艺"观念的扭转，反而更像是"技艺考验真诚"的升级版，因为在这一过程中，围绕着"技艺"的种种话语、装置被拆除、剥落，但"技艺"本身并没有被否定，技艺连同诗歌仍然在一种可能性的期待视野中被赋予了重重想象，诗歌本身作为未经反思的"结构"携带着种种传统再次形塑了试图有所改变的主体。而如果"诗歌""技艺"仍然是自明的，"结构"自然无法打破，重塑个人的努力也只能像在笼子里跳来跳去的鸟儿，保持"系统内的警觉"，但笼子依然如故。

　　基于一种诗歌史的断裂叙述，"九十年代诗歌"是在打破1980年代"纯诗主义"的立场上建构自我的。为了显示诗歌可以容纳"不纯"的外部因素，1990年代的诗歌参与者们发明了"叙事性""及物性""中国话语场"等一系列子概念，以接收芜杂的历史现实。但种种缘由之下，经由诗歌、语言、技艺的中介，最终走向了"元诗"，把"现实的语言"兑换成"语言的现实"①，走向了自身的反面。因此，历史化的尝试形成了去历史化的写作装置，解决危机的方式本身构成了危机的一部分，这也许是应该避免的"历史的反复"。虽然改造主体和结构的努力并非姿态意义上的"为诗辩护"，不是生产关于诗歌的安全性知识，而是提供危机意识，但某种"为诗歌"的急切心态似乎隐含其间，如果不能称之为"辩护"，或许可以概括为"为诗操心"。也即，为了诗歌，必须做点什么。"技艺"观念最终形塑了一种"元诗主义"："世界驳杂万有可以被悉数吞下，终结于也是服务于一首诗的成立"②，从而产生了一种匪夷所思的"元诗心态"——任何事情的发生都是为了成就一首诗，以致必须发生乃至盼着

---

① 孙文波：《我理解的90年代：个人写作、叙事及其他》，《诗探索》1999年第2辑。
② 姜涛：《拉杂印象："十年的变速器"之朽坏？——为复刊后的〈中国诗歌评论〉而作》，载《从催眠的世界中不断醒来——当代诗的限度及可能》，华东师范大学出版社，2020年，第156页。

发生某些事情以让诗人完成一首伟大的诗。在重塑个人的尝试中，似乎也有一种"为了完成一首诗"的无意识：

> 如果说文学在当代中国曾有的理想主义实践中起到过重要的作用，今天，对一种新理想主义的思考、讨论以及相关的实践，是否能为更多有社会关怀也有意振拔的诗人在突破当代诗歌的困境、通向开阔的艺术境界的过程中提供观念的联动，或带来认识的资源呢？①

当代诗歌已经羸弱、反讽、感伤，无力介入社会、参与实践，因而需要实践的反哺，以便"再出发"。不过，其中更具症候性的意味，或许在于，当代诗歌如同一具弱不禁风的生命的空壳，需要人为的呵护，需要方方面面"爱的供养"，就像往衰老的躯体里不断注射营养液。假使在精心照料下，当代诗歌果真起死回生，成为一首完成的诗，而问题是，"完成之后又怎样"？

只是单向度地往当代诗里加"料"，或许并不能打破、规避"技艺"观念暗藏的种种关节，反而容易为"技艺"重新捕获，下意识地"为诗辩护"。近年来，有雄心抱负的诗人贡献了一批大体量制作，为现实的总体性赋形。这些诗作质地坚硬，风格厚实，融合了现实的实践、历史的观察、理论的思考，体现出一种综合判断力，对于碎片化但又不失整体性的社会现场，无疑"唤醒了诗歌语言内部沉睡的政治性"②。不过，来自内部的觉醒，也可能催眠了外部的公共性。阅读这些诗作，不仅需要加强知识储备，更需要借助一定"内部"的注释与评论，只知晓诗作涉及的相关话题还不够，也必须打通诗作得以成型的"技艺"关卡。尽管诉诸政治与公共性，但真正通关的大概还是少数诗歌知己，而知己诗学或许正是"技艺"幽灵般的显现。

---

① 冷霜：《理想主义的重建与当代诗歌的再出发》，《汉语言文学研究》2021年第3期。
② 姜涛：《巴枯宁的手》，载《巴枯宁的手》，北京大学出版社，2010年，第17页。

三

　　说到"为诗辩护",当代诗的批评更称得上"表达的急先锋",尽管"批评"为之辩护的未必是抽象的诗歌,而是具体诗人的创作。在当代,诗人与批评家混在一起成长,两者情同手足,仿佛恋人同志,创作与批评之间,因少了一段观察、省思的距离,批评往往会沦为朋友圈式的点赞,即使从直观感受出发,将当代诗歌批评家称为"诗歌表扬家",似乎并不为过。而且,圈子式的批评,已成常态,虽然在诗歌界内外多有不满,但又都明白此举属于人之常情,当不得真,言辞激烈之余,也不会指名道姓,针锋相对。除非是某种一眼即知的利益输送,引发众怒,还以"为诗辩护"的名义装无辜,才会引发自媒体时代的舆论群殴,但热闹也仅仅是一时的,舆情过后,批评仍一如往常。此种批评的"为诗辩护",就等于为诗人谋福利,骗骗不懂套路、急于成长的文艺青年,说不上有害无害、利不利于当代诗与批评的发展,玩玩而已,诗人已如此边缘,有些事情大家都不好拆穿。

　　如果上面的基本操作,是表演给外人看的,那么,对当代批评更大的不满,则来自"内部"。这个"内部"不是单指当代诗与批评的部分从业者,也指向范围更广的读书人群体,包括当代诗歌与批评所隶属的中国现当代文学学科,以及对诗歌有热情、试图有所接触的其他专业或普通读者。各种意见,林林总总,一个大致可以提取出来的普遍感受是,当代诗的批评没有满足大家的期待视野。简单地说,在强劲的"技艺"观念干预下,当代诗汲汲于建构现代主义的内在深度模式,而造成文本本身特别"难懂"的接受效果,但是在当代批评的解读视野中,并没有为这一"难懂"祛魅,没有体现出批评所应该有的专业化的"懂",反而是将"难懂"魅上加魅,不断以风格化的批评方式悬置"难"。在一些读者的感受中,自己已经懂的,批评反复陈说,慷慨陈词,自己不懂的,批评往往回避,干脆绕过,"听君一席话,如听一席话",除了一些唬人的学术黑话,往往收获不多。这似乎并不能直接归咎于读者,因为这些读者既不外行,更不普通,也因为这些气势凌人的指责,并不具有自反性,比如，在真诚的意义上，批评也羞于承认自身也没有看懂，只是忙不迭地为"难懂"找借口，为"诗"辩护。

当然，这不是妄指批评家不"懂"诗，其实，批评的"不懂"可能恰恰是懂行的表现，而批评之所以如此，则是内在于某种困境。这种困境与"技艺"观念有关。一个简单的问题在于，"技艺"究竟是什么？"技艺""手艺""技巧""写作"等词在诗人的阐述和批评家的再解读当中，使用起来均相当顺手，观念虽然明确，但含义却模棱两可，比如，"技巧永远就是主体和语言之间相互剧烈摩擦而后趋向和谐的一种针对存在的完整的观念及其表达"[1]，又如"对语言本体的沉浸"，"也就是在诗歌的程序中让语言的物质实体获得具体的空间感并将其本身作为富于诗意的质量来确立"[2]。科学化的定义方式，表达的却是玄之又玄的内容。稍加总结，"技艺"的内涵大体包括如下方面，它首先是从"写作"的、"作者"的角度做出的一种概括，代表着写作的难度，暗含着可操作性，是可以习得、模仿的修辞伎俩，但难度系数、达成的效果并没有可以量化的标准，因而是一种行业潜规则，围绕这些基本因素，最终形成"技艺"观念和话语。总之，"技艺"无法被明确地加以符号化，其结果只能是被指认为某种不言自明的风格，学习写诗的人，需要以各样手段模仿，批评家则负责外围阐释，两者互相配合，共同守护"技艺"的秘密。

"技艺"及其所形塑的"风格"，不能被有效地符号化，这是当代诗歌批评的深层困境，也即一种写作与批评之间的"错位"——从"技艺"、写作的立场呈现的难题，以阅读的、批评的方式能不能以及如何回答？犹如精神分析理论中，意识与无意识，象征界与实在界的关系，每一次批评对写作的回答，都是一次遮蔽，一种悬置，一种大致如此的阅读感受，也是一次深刻的共谋。但是，在"技艺"观念的笼罩性控制下，写

---

[1] 臧棣：《后朦胧诗：作为一种写作的诗歌》，载闵正道、沙光主编《中国诗选》，成都科技大学出版社，1994，第351页。

[2] 张枣：《朝向语言风景的危险旅行——中国当代诗歌的元诗结构和写者姿态》，载《张枣随笔选》，第174页。

作只能提出这样的问题，批评不得不如此回答。以时下流行的诗歌节奏、声音研究为例。从声音、节奏的角度进入诗歌内部，勘察"技艺"的内在运行机制，固然找准了诗歌与技艺的命门，但是如同更为普遍的文学语言研究，由于缺乏研究的工具和方法，或者受到专业化限制，无法以专业的语言学乃至自然科学的方式进行声音的物理性分析，导致相关研究缺乏实证化，而大体诉诸主观性的阅读赏析。况且，当研究者们试图从声音、节奏的方位界定诗歌的时候，实际上是想从"如何写"的角度把握一首诗，但"节奏""声音""音乐性"这些概念，本身却是从"如何读"的视野来命名诗歌呈现的难题性的，因此名实不符，概念不能涵盖问题，以致相关研究尽管雄心勃勃，立意高远，但最终奉献出的研究实践更像是一份高级读后感。一些批评家也尝试拆解"技艺"的某些可操作性因素，如比喻、句式、断行等修辞成分，条分缕析，但同样由于"写""读"角度的错位，由于无法复原此种技巧在诗人写作时被运用的那一瞬间，而只能反复申说某些文艺教条，被总结出来的创意技巧，更接近于一册无法用以实战的写作指南。如果批评要为"技艺"伸张，何以符号化是应该直面的难题，是辩护、绕过、承认，还是在与写作对话的前提下化解、改造这一困境，也如诗人眼中的"技艺"一样，考验着批评家的真诚。

  诗歌批评的危机，有自身的原因，如受制于某些特殊的知识和感觉结构，往往以西方现代主义的文艺规范和个人想象为依托，将诗歌放置于实体化的对峙逻辑中，反这儿、反那儿，唯独不"反"诗歌，无论批评的方法、武库如何更新换代，却径直陷入高水平的重复，如同诗歌创作本身，形成批评的风格化，"滑向那无法取消虚无的最终造型"。除此之外，归根结底，批评的困境更来源于诗歌本身的危机。由于"技艺"观念的流风所及，人与诗普遍地不参与当代思想进程，自外于社会现实实践，诗歌这一文体的外在风格虽然繁复、姿态尽管强硬，但内里却十分枯瘦、营养不良，不管批评如何面对诗歌，怎样将其放在思想与历史视野下，也是一首"空白练习曲"，在螺蛳壳里做道场，大抵只能"硬写"。无论是从自身的批评依据，还是就与诗歌的关系，当代诗歌批评汲汲于为诗辩护，丧失了设置议题、规划远景的主动性，因此，不妨调整角度，换个

"立场",从平等的与后设的视域看待诗歌,不为诗辩护,或者能解放批评的想象力。

四

虽然关于何谓"技艺",诗人与批评家皆莫衷一是,无法清晰有效地符号化,不过,在总体性的辩护立场中,却相当明确地意指某种特殊的语言运用能力,最终的辩护对象则因而转接到拥有这种能力的人——掌握了"技艺"的人、写诗的人。而在批评那里,大概由于能解说诗人的神乎其技,批评家的文字也会与有荣焉。

在古老的"为诗辩护"传统中,这是一条律令,也是一张底牌——诗是表示"语言"的,"尤其是具有韵律的语言的特殊配合","这些配合是无上威力所创造",由于诗人"表现了连自己也不解是甚么之文字",诗人就成为"不可领会的灵感之祭司"、被指认为"世间未经公认的立法者"[①]。在当代,经过诸种现代或后现代语言哲学的洗礼,浪漫主义诗人的神秘想象虽然得以在一定程度上祛魅,但浪漫主义的幽灵却始终潜伏在现代诗歌创作的内部。尽管当代诗人和批评家们一再将想象力的源泉让渡给"语言",纷纷强调"与语言搏斗"的悲壮感,但在结构内部,诗人仍然是立法者。即使从结构主义诗学的角度看,"主体可能不再是意义的起源,但是,意义却必须通过他",在"技艺"的使用、运行和创制过程中,虽然可能有"语言说我"的制约,但诗歌却必须通过诗人才能完成,"只有当你考虑他的判断和直觉时,你才能获得有关这一过程的证据"[②]。在"技艺"观念的巧妙掩护下,诗人似乎可以一劳永逸地维护诗歌写作过程的神秘性,一方面建立行业规范,保持内部稳定,接收不会泄密的门

[①] [英]雪莱:《为诗辩护》,缪灵珠译,转引自刘若端编《十九世纪英国诗人论诗》,第123页、第160页。

[②] [美]乔纳森·卡勒:《结构主义诗学》,盛宁译,中国社会科学出版社,1991年,第60页。

徒；另一方面，则借此维持着崇高浪漫的自我想象。当"技艺"被神秘化，拥有"技艺"的人自然获得特权，无需提供任何证明，诗人就是"灵感之祭司"，是语言的天才，更是思想的盗火者，简言之，一个自上而下的启蒙知识分子。为诗辩护，就是为诗人的自我形象辩护。

当然，诗歌写作过程、"技艺"的无法符号化，的确为诗歌和诗人蒙上了一层神秘的轻纱，体现出某种不可解释的天才般的能力。诗歌的"手艺"大抵如世间的其他手艺活儿一样，"师傅领进门，修行靠个人"，能够手把手传授的只是某些部分，更重要的则在于个人的领悟。在一个机械复制的时代，"技艺"观念无疑保留了诗歌作为传统手工艺术的灵晕。然而，问题却是，无法符号化的"技艺"被明快地指认为某种特殊风格，诗歌也就可以批量复制。无需写作主体本身具有多少经验、情感和思想的含量，只要将携带着大量话语成分的词语加工成特批的风格，制造一些语言假象，便是一首"先锋诗"。"技艺"在此时就等于"机械复制"。正因此，人工智能才可以写诗，将"技艺"的神秘性转化成代码的精确化、可计算化，诗人对AI没有情感、没有价值判断的轮番指责，更像是一种不自知的自我嘲讽。也因此，诗人们才会一代代接茬儿冒出，"90后"已经老了，"00后"也不够年轻，"10后"才称得上天才，诗人出场的年纪越来越小，诗歌却写得越来越成熟，风格的操练越来越圆润。当人工智能开始出版诗集，年轻的诗人如野草般疯长，诗人还有什么理由为诗辩护，并自诩甚高？无论在科幻的远景，还是现实的场域中，诗人所引以为傲、借以立身、欺人乃至自欺的那一特殊的语言技艺已经程序化、民主化了。暂且不说政治、经济等社会科学领域和生物、物理等自然科学领域所爆发出的思想与想象能量（诗歌大概无法与之等量齐观），单看由消费制造的大众文化热潮（诗歌同样更不是其对手）——电影、电视剧、流行音乐、电子游戏等都已经取代诗歌所曾经具有的情感教育、形塑新人的功能。因此，一个不难做出的判断是，在微博评论区和B站弹幕上，在说唱、脱口秀和德云社相声等表演节目中，所展现出来的凝结在语言作品（商品）中无差别的脑力劳动和语言能力，是否已经可以和诗歌的"技艺"等价交换？甚至技高一筹？

那么，诗歌何为，诗人又该如何自处？在一个极端技术主义的年代，一味地闷头从"技艺"的角度为诗辩护，又怎样定义一首诗？是后人类时代的数码商品，还是即将消逝，却又弃之可惜的代表手工艺传统的非物质文化遗产？就像动画片《猫和老鼠》中的桥段。走在半空的猫，由于没有意识到脚下已经无路，反而继续在空中行走，但是当它一旦意识到了这一点，就立刻掉了下去。那么，为诗辩护的诗人是不是如同行走在半空的猫，处在意识形态的幻觉中？是并没有意识到脚下已经无路，还是已经意识到了，却死活不承认，因为不敢直面实在界的面庞，从而不得不为诗辩护？

"技艺"的观念与"为诗辩护"的立场，如同精神胜利法，规避了诗歌在世界中的真实处境，不为诗辩护则至少意味着保持对困境的自觉。这种警觉，不仅包括对诗人现有生活样态、思维方式的全面梳理，似乎更应指向对"技艺"的再定义、对"诗歌"这一文体的本体论意义上的再审视。从"为诗辩护"的激情中挣脱出来，将"诗歌"外在化、客观化，重新思考诗歌的文体形式对个人身心的限制乃至异化，重新定位诗歌的公共性，也许是一个可以付诸行动的起点。只有深入理解诗歌的"可能性与不可能性""有所为与有所不为"，诗歌的悖论与危机才会在动态关联中浮现出来。

这些大概首先需要从"不为诗辩护"开始吧。不妨借用鲁迅的话。如果说，"为诗辩护"的立场，已经在技艺和道义的层面实现了鲁迅的教诲，"无穷的远方，无数的人们，都和我有关"[①]；那么，时移世易，"不为诗辩护"，就是大方地承认，新的历史、新的诗歌正在"无穷的远方"由"无数的人们"创造着。放下身段，走入人群，从自我否定中获取新生的勇气，当代诗与批评依然任重而道远。

---

① 鲁迅：《"这也是生活"》，载《鲁迅全集》第6卷，人民文学出版社，2005，第624页。

从"经验"联动的有效性看当代诗歌中的现实感与社会感（上）

余 旸

一

之所以再次重返"九十年代诗歌"，是因为在我看来，诗人批评家们在 1990 年代初中期那一关键历史节点提出的许多诗学观念，以及围绕这些诗学观念展开的具体而强劲的写作实践，影响至为深远，某种意义上，可以说，随后二三十年诗界展开的最有活力的部分，依然处在那些诗学观念的逻辑延长线上。与这一笼罩性的深远影响对比悬殊的是，尽管少数敏锐的批评家已经形成对"九十年代诗歌"的初步反思，但有关"九十年代诗歌"的研究与批评展开得仍不太充分，甚至"九十年代诗歌"已被视为过去式，无需回顾，或者成为学术生产线上一堆有待处理的僵尸材料，而不是关联到当下写作遭遇的问题的存在。由该现状引发出来的问题还在于：对当下较为敏锐的诗人（尤其年轻诗人）与诗人批评家来说，他们对"九十年代诗歌"的认知与理解的视野，就建基在上述那些对"九十年代诗歌"虽然敏锐但并不充分的反思上，换句话说，"九十年代诗歌"这片也曾开发过的冻土中仍然蕴藏着有待深入勘探的矿藏！

二

　　一种观念正当其时，流布很广，往往就会积蓄相对与相反的力量。如上所述，最近二三十年，是"九十年代诗歌"相关诗学逻辑强劲展开的历史过程。它的系列诗学观念，诸如"日常生活""叙事性""历史个人化""历史意识""中年写作"，在诗歌界之所以能够激荡起不断延展的阐释与实践，并向周边时刻放射其涟漪般的影响，是诸多因素的共力结果，而高校这一既作为堡垒又作为平台的因素起着至关重要的作用。实际上，随着1992年市场化迅猛地发展，社会格局与形势发生了巨大且是根本性的变化，但就像气候与空气的变化一样，虽隐隐被人觉察却少有人在诗歌界清楚明白地揭示出来。依照个人狭隘的视野，对于写诗这一群体的传承与更替来说，变化较大的就是诗人身份的变化：20世纪八九十年代，诗人们散落在社会各个层面、不同单位的缝隙与角落里游荡不定，进入1990年代后，越来越多的青年诗人们朝向中年的门槛迈进，大多寄身于越来越膨胀、臃肿的高校群落，而这一现象在"九十年代诗歌"的代表诗人们中更为突显。在时代学术门类的风潮升沉涨落中，诗歌写作与批评随着文学研究整体冷落的趋势更被挤到边缘角落，变成无法掩盖的赤裸事实，但与此同时，近三十多年来配合着当代经济的高歌猛进，高校海绵也源源不断地吸纳与更换着当代最为新鲜与青壮的血液。大树底下好乘凉，虽然诗歌相关产业冷落与窘迫不已，但配合着青春激荡的热血与诗歌魅惑的名声，从普遍高涨的高校时代形势中还是受惠不少。1990年代的诸多诗歌观念，主要就是通过高校——这一囊括了不同身份与时间阶段、时刻更换新血、隶属体制但又有相对自由的组织空间，潜滋暗长地影响了当代诗歌的基本进程。与此同时，正像本节一开始就表明的，也暗中积蓄与制造了众多歧异、反对的力量。因此，近三十年，可以说是"九十年代诗歌"系列诗学观念及周边意识进一步深入扩展相关意识的观念与实践过程，同时也是它的相对与反对力量一步步萌芽、发展与集结的过程。而在后"九十年代诗歌"的诸多乱象中，较为突出的表现之一，就是新浪漫主义因素的浮现。

往前回顾，近些年来，针对"九十年代诗歌"的重要批评，往往表现为两种有所区别但又共同分享的趋势。一个就是，强烈批评——我说的强烈批评，包括那些并非针锋相对地批驳，却有可能对"九十年代诗歌"不以为然的讨论——"九十年代诗歌"，倡导某种——粗而言之——新浪漫主义的因素。无论2010年前后诗人西川与王敖的新浪漫主义与现代主义之争，2009年前后年轻诗人王东东以"文革"后出生的这一共同时间标识来概括"80后"诗人，以他们的"纯洁"与"超越"区别于此前诗人①，诗人张伟栋借道张枣与荷尔德林提倡的"历史对位法"，还是诗人西渡——在接受"九十年代诗歌"深度洗礼后，转向对1980年代诗人戈麦、海子、骆一禾的阅读阐释——倡导"幸福诗学"，更不必说作为"九十年代诗歌"代表诗人中的异类臧棣自身诗学2000年后隐秘的变化等，甚至诗人王璞最近长诗中蕴含的某些观念要素②——上述诗歌诸般现象，背后自然都有诗人自身诸种具体的现实—历史因素，但抛开其中代际划分的自然冲动以及其他诗歌政治因素的干扰，从这些论点或诗歌作品透露出来的认知来看，可以视之为对"九十年代诗歌"诗歌逻辑或明或暗的反驳与超越。持另外一种批评趋势的研究者，有所不同而较为复杂，可以将他们的态度粗暴地概况为：作为一种诗歌现象与诗学实践，"九十年代诗歌"内部尚还存在着诸多有待进一步深入与打开的经验和意涵；与此同时，他们也清醒地意识到，"九十年代诗歌"诗学逻辑展开过程也出现了诸多糟糕的诗歌现象，并为此进行不遗余力的、深入具体实践过程

---

① 诗人王东东试图解构"九十年代诗歌"，指出其依靠经验写作的局限："要看到九十年代诗歌真正的问题，还要借助于后来的诗歌。先后相继产生的事物会相互修正。九十年代诗歌风尚在新世纪突然出现了'轻薄化'的危险。在表面上，'下半身''垃圾诗派'等诗歌运动像是对九十年代"小传统"的反抗，但在实质上却继承了其注重经验书写的方法论，对'经验的上升'（一行对'新世纪诗歌'的诊断）和超验事物的消极怠惰态度，是其自我限制，画地为牢（从而寻求突破？）的逻辑的内在延续。"具体可参见王东东：《下沉与飞翔：新世纪十年的诗歌写作——兼论1980年代出生的诗人》，载《低岸》第四期，2009年，第93页。《低岸》为非正式出版物。
② 王璞：《世纪初：走神或有待澄清的诸方面》，载蒋浩主编《新诗》总第24辑，第115—164页。《新诗》为非正式出版物。

的批评与研究。我想,诗人姜涛的诗学批评最为典型,他对"历史个人化"的反思、对"风景"诗学的检讨,可能都与这一批评趋势有很大关系。最近范雪在《这一切的世界的感觉》一文里,谈到她对世界采取的是迷醉而非疏离的态度①。在我看来,范雪的这一强调,批评针对的现象可能就是:在追求复杂与包容现实的过程中,当下诗歌写作者普遍表现出来的精神涣散、毫无生气、乱糟糟一团的诗歌现状。她试图为当代诗歌中的现实与生活的感受贯注激情和生气……

上述反思"九十年代诗歌"写作实践的诗人、批评家们,虽然彼此的批评态度有着微妙差别,但他们却都曾与"九十年代诗歌"的代表诗人们有着深浅不一的互动与关联。他们或者曾被视为"九十年代诗歌"的代表诗人之一,或者个人的诗歌写作成长期多少蒙受过"九十年代诗歌"的影响。也正是因为他们与"九十年代诗歌"产生这一具体的、带有实践与观念特征的双重关联,自然也最能深切地感受到"九十年代诗歌"写作的诗学逻辑面临的困境与危机。实际上,支撑并左右新世纪以来诗歌发展(尤其是高校群体以及与高校密切相关的知识群体)的基本诗学逻辑,沿袭并延展了"九十年代诗歌"的诸多观念,正是在它们持续扩展的过程中,"九十年代诗歌"诗学观念最糟糕的表现——暴露出来——但也可以视之为,支撑"九十年代诗歌"最初耀眼表现的观念其深层、没显露的问题暴露出来。这些症状或者表现为:当初锐气干天、被视为"九十年代诗歌"的代表诗人们在后来的写作中往往后继乏力,展现出社会认知与诗歌技艺的双重钝化和懒化;或者,年轻的后辈诗人模仿学习的写作实践过程放大了"九十年代诗歌"观念逻辑本身的虚弱与缺陷。被不同诗人及批评家从不同方面敏锐地意识到问题的"九十年代诗歌"的诗学观念,最为突出的就是对"复杂化"的追求。简单来说,为了回应当下变动的社会与现实,"九十年代诗歌"强烈要求当代诗歌需要具备与之相匹配的复杂性,进而在诗学技艺与内容上,体现为对当代社会现实的包容。在"九十

---

① 范雪:《这一切的世界的感觉》,载谢冕、孙玉石、洪子诚主编《新诗评论》总第24辑,北京大学出版社,2021年,第151—163页。

年代诗歌"代表诗人们与更年轻的后辈诗人实践这一诗学抱负的过程中,这一诗学逻辑逐渐暴露出它内在要求的艰巨性,也可以说是这一观念的脆弱性,而这,也被部分受这一诗学观念感召并实践的诗人们敏锐地捕捉到。因此对"九十年代诗歌"两种批评态度的微妙分歧,也就聚焦在如何看待"九十年代诗歌"这一观念表现出来的越来越糟糕的现实诗歌表现上。对应于上述两种不同看待"九十年代诗歌"的批评趋向,仔细分辨,对于"复杂化"这一诗学要求,也有不同的认知趋向:部分诗人认为,这一观念导致当下诗歌包容的社会现实经验过于鸡毛蒜皮、琐屑无聊,需要进行形而上的超越;另外一部分诗人的基本认知态度大致可以概括为,"九十年代诗歌"所提出的这一回应历史与现实的诗学要求,有其内在的尖锐性与合理性,但仅以"包容性""复杂"这一没有得到澄清的含混维度来衡量,无疑忽略了实现这一诗学要求所需具备的能力与素质。或者说,如何实现包容性?这一包容性的指向究竟为何?何谓"复杂"?构成"复杂"的认知与感受的能力和思想认知基础究竟是什么?这一切无疑都向诗歌写作者对中国当下社会—现实的认知与感受力提出了尖锐的挑战!遗憾的是,无论"九十年代诗歌"诗学观念的积极倡导者,还是后来受其影响的年轻诗人,对这些隐含的前提基本上都没有进行较好的检讨与反思。

需要说明的是,本文试图把握近三十年来诗学实践潜隐的逻辑主线。实际上,在当代多元、丰赡的写作实践中,因受年龄阶层、地域、文化等因素影响,不回应、不接受这一诗学逻辑的写作广泛存在。即便有意无意以这些诗学逻辑为导向的诗歌作者,落实到具体的写作实践中,也存在不断溢出"九十年代诗歌"诗学逻辑的写作现象,如相当一部分诗人对自然风景的关注等,但这些议题不在本文要讨论的范畴内。

三

在"九十年代诗歌"的诸多诗学观念群中,与"复杂化"这一诗学观念相配合,"历史意识"是其中最为核心的诗学理念与趋向。"历史意识",

即诗歌如何承担历史、介入现实的问题,这在新诗史上,并非陌生的话题。但"九十年代诗歌"提出"历史意识"有其时代的特殊性:一方面1980年代末至1990年代初社会历史语境的多层面的剧变,另一方面则是新诗作为一种文化实践,如何应对1990年后越来越明显的边缘化压力。上述两个方面驱使继续写作的部分诗人反思1980年代诗歌普遍的"非历史化"的纯诗倾向——即在1980年代的政治/文学二元结构或者文学特殊性话语逻辑支配下的文学倾向——表达了使文学恢复"向历史讲话"的共识。不过,为了区别于1950—1970年代"文学为政治/历史服务"的观念,他们着力突显"九十年代诗歌"处理历史时的审美优先立场,将之审慎地表述为"诗歌审美为历史留出了空间"①。这样的表述,实际上意味着,1990年代以来的优秀诗人非常明确地意识到,需要在他们的文学感知与他们的社会感、历史感和现实感之间建立密切的关联②。而在这样的写作意识观照下,个人的写作实践将不再是一种特殊的知识形态或情感寄托的飞地,而是始终与当下现实认知、社会实践进程息息相关的。

与"历史意识""复杂化"紧密相关,在"九十年代诗歌"的诸多诗学观念中,还有一个容易在相关讨论中被忽略掉的观念意识:"中国话语场"③。当时提出"中国话语场"的背景是,随着国门大开造成的国际交流,其时正在借鉴西方诗人的写作进行本地突围的"九十年代诗歌"的代表诗人,自身的诗歌写作实践猝不及防地遭遇了国际汉学界对中国当代诗歌的评价压力,尤以著名的美国汉学家宇文所安(即史蒂芬·欧文,Steven Owen)的批评最为典型。在《何为世界文学》(中译文载《倾向》1994年

---

① 西渡:《历史意识与九十年代诗歌写作》,《诗探索》1998年第2期。
② 关于"九十年代诗歌"的这一诉求,即在文学感知与社会历史感知之间建立密切关联的方式,诗人、批评家冷霜曾进行了颇有分寸感的细致区分,指出了建立关联方式的多种可能性。具体可参见陈均等:《中国"新诗"的现状与前景》,《文艺理论与批评》2012年第4期;冷霜:《论1990年代的诗人批评》,载《分叉的想象》,光明日报出版社,2016年,第161、162页。
③ 就目前可见的资料来看,明确提出"中国话语场"的主要是孙文波。具体可参见孙文波:《写作:意识与方法》,载《语言:形式与命名》,人民文学出版社,1999年,第366页;《我理解的90年代:个人写作、叙事及其他》,载王家新、孙文波编选《中国诗歌九十年代备忘录》,人民文学出版社,2000年,第16、17页。

总第2期)一文中,宇文所安本来评价的是北岛诗集《八月的梦游者》的英文版,但他却以之来权衡整个中国当时的诗歌实践,认为中国当代诗歌只不过是迟到的欧美现代主义诗歌。对于来自欧美世界学者们犀利但不无傲慢的强力批评,"九十年代诗歌"的代表诗人提出"中国话语场"来作为回应。从概念提出的匆迫与被动的角度来看,"中国话语场"是为了回应西方权威汉学家对当代诗歌的批评与贬低,但也是借助这一概念,"九十年代诗歌"的诗人批评家们朦胧地触及他们写作经验内涵的界限:他们正在从事的诗歌实践,不可避免地要与中国当代正在发生着的历史产生关联。而且作为一种批评维度,他们当下进行的创造性工作,也只有放入当代中国正在进行中的历史—现实语境才有可能获得较为公允的评价与理解。不过,"九十年代诗歌"的代表诗人们满足于能对强势的西方汉学家过于轻慢的结论进行回应,对于这一话题意涵的探讨却浅尝辄止。当然,他们有所意识而预言般提出的这一诗学概念,也是有待其时火热进行中的写作实践给予有力地创造与回应。简而言之,诸种内外因素导致他们没有进一步追问并反思:什么是"中国"?什么是"社会"?什么是"中国"的"社会"?实际上,无论"中国""社会",还是"现实""历史",这些"九十年代诗歌"诗人、批评家作为论述基础加以本能使用并形成了路径依赖的概念,从来都不是自明、客观地显露在诗人与批评家们面前。它们需要诗歌写作者参考其他领域专业与职业方面的真切感受和思考,同时结合个人创造性的艰苦工作,为之赋形,并以作品为媒介在与读者的"社会感"和"现实感"的联动过程中,进一步反思诗中的"社会感"和"现实感",从而与当代社会达成良性循环的感情与思想的相互交流和促进——诗人萧开愚将诗歌的这一功用表述为"条件具备的时候,督促存在"①。所以,1980年代末到1990年代初的诗学观念的调整,实际上允诺:通过诗歌传达的"经验"平台,诗歌作者与社会不同阶层的读者,在这一文化交流空间内可以建立长期的往复互动的良性交

---

① 萧开愚:《安特卫普大学讲演稿》,载《此时此地:萧开愚自选集》,河南大学出版社,2018年,第394页。

流与促进关系。

如果从这一视角来看待诗歌写作,就能较为方便地理解,诗人萧开愚是如何看待1980—1990年代这场诗学意识调整的实质含义。在北京798的尤伦斯当代艺术中心举行的一次讲座中,萧开愚含蓄但确凿地批评1990年代诗歌中的"清高"意识:

> 这里有一种自我崇拜。这种崇拜,就是,写诗的人应该把自己从周围的世界孤立出来,应该封闭起来,他应该什么也不会,什么也不能做,他的意思是,不是我们写诗的人真的什么都不会,而是不屑于做,任何事情,除了诗歌之外的事情,他应该都不屑于做。这是在社会上流传很广的,大家也比较信服的一个神话,诗人也同样信服的神话。这个神话的心理基础是清高,就是诗人应该是清高的,应该是什么都不会,什么都不屑于做的人,不屑于建立任何联系,不屑于跟具体的现实、具体的环境,达成任何斡旋、勾结和谅解。每天包围在我们周围的所有痕迹最好都应该抹去。……如果是有写诗的朋友,可能就会知道一些行规,诗歌圈子里的行规之一……如果在诗歌圈你不清高,行不通,你没有什么名声,你没有什么作为,可是我反对这个,我不是反对清高本身。①

在诗人萧开愚看来,"九十年代诗歌"的代表诗人们高调提倡"历史意识",反对1980年代诗歌当中普遍的纯诗倾向,普遍表达了试图与当代社会的现实生活和历史文化建立密切关联的雄心与愿望,可是在主体姿态与观念意识上,依然秉持与1980年代诗人们比较一致的诗歌态度,扮演着一种清高的姿态与立场(注意,不是清高的价值!)。作为社会群体中的一员,诗人有着缘于生活体验而生成的种种文化镜像,进而他们以诗歌为媒介通过个体经验的镜像连带社会与历史世界;从公民权利的角度而

---

① 萧开愚:《挣扎——论为了真实感到存在而制造这样那样的语言关系》。这篇文章,为萧开愚于2009年6月6日在北京798的尤伦斯当代艺术中心所作报告的演讲录音整理稿,没有正式发表。

言，诗人作为独立个体也都有充分表达生活感受、经验的权利与自由。但从诗歌应尽的责任与义务的角度来看，如果在当下社会现实层层有形无形的区隔中，试图连带包括同行在内的社会群体，这一内在"清高"的姿态，往往会妨碍诗人们将自己真正下沉于当下中国具体生活经验的内在脉络与生机中，感受、把握并进而反思与打开经验。所以，在经历了1990年前后的阵痛与反思后，表现出来的诗歌现象是，在经历了1990年代最初的激动与思考带来的璀璨的集体闪耀后，在持续的写作理念召唤中，随后往往表现出内在衰疲、涣散而表面形式滚雪球般复杂的诗歌。此后紧跟而来的年青诗歌实践者，启蒙时期身份多为高校学生。他们接受前辈诗人的感召与影响——有时这一影响是以可控范围内纵容撒娇式造反的方式来表现的——抒写时尚的复杂诗歌，内容固然包罗万象，诸般经验都能纳控于笔下，但往往会与具体、变动的社会现实保持着一种看似包容，其实并不真实触着的隔阂关系。实际上，正因为"九十年代诗歌"在理论建设上的诸般缺陷，部分青年的写作者诗中的经验与反思，反而会与1980年代以来逐渐封闭的"小传统"——主要通过翻译来过滤与接受欧美诗歌文化形成的褊狭传统——有着牵扯不清的亲近关联。尽管时尚流行的诗歌偶像如同服装款式随季节变动，这一"小传统"由于开放性与生产性不够，二三十年积淀下来，却已经内化成一套坚硬的话语厚壁，妨碍诗人们与当下的中国社会现实产生认知与情感体验上的亲切和深度联动。诗人萧开愚对"清高"的批评，不仅暗含着——对诗人们而言，是否可能反思自身这一文化群体与更为广泛的社会现实和其他社会文化阶层之间区隔的困境——疑问，也意味着——诗人们深受欧美诗歌翻译洗礼与影响而自觉不自觉地以西方诗歌精英文化立场为镜像，可能会与实际置身的生活现实经验相隔膜而不能深入这些体验。正是在这些诗学意义层面上，萧开愚才认为柏克莱"存在就是被感知"这句话堪称救命，因为"在关系中的存在才是具体存在。这样，劳神于彼此之间不因种种冲突的鼓吹而丢失内应"[①]。所谓"内应"，就是萧开愚的诗中始终与当下中国正在发生中的现实

---

① 萧开愚：《姑妄言之》，载《此时此地：萧开愚自选集》，第380页。

保持着张力的呼应关系。他认为，那些并没有完全将个人置于当下中国的社会—现实复杂关系结构中的诗人自我，是一个孤立的完整个人，实际上是"清高"的。萧开愚宣布：

> 如此孤立的完整个人，从实有关系脱离的存在，是虚设存在。具体存在如欲孤立，须成为某主体的对象，像静物靠静物画家的暴力手腕，从具体存在变为虚设存在。完整个人从塑造来。自塑，是我设定一个我，关系中的具体存在不过是其牺牲或破绽。他塑，须架空所借形的实有关系中的这人。
>
> 虚设可完美慑人，不能相应感人。
>
> "昔我往矣"的"我"，是实有关系中的"我"。"我"，从现代政治权利角度讲，是宝贝字眼。享有各种权利和财产，链入各种吐纳环节，譬如税、刑、冤、中彩，等等。我国思维的好处在此：人皆尧舜，或发卮言。在"个人风格"里，价值自来，虚设的我和实在的我共洽存，互含互成。①

出于对"九十年代诗歌"内在困境的深刻体察，诗人萧开愚意识到所谓"历史—现实"的变动不居，以及认知"历史—现实"之艰巨，因而从不为流布甚广的"历史个人化"这些观念蛊惑，反而固执地追问："请问，你的针对性是什么？"② 近十多年来，萧开愚有意识地避开"九十年代诗歌"系列诗学观念，在不同的场合中倡导"当代诗"。所谓"当代"，实际上强调诗歌的写作实践要与当下正在发生中的具体的"历史—现实"——也即"此时此地"——建立深刻的张力联系③。2008年出版新诗

---

① 萧开愚：《姑妄言之》，载《此时此地：萧开愚自选集》，第380、381页。
② 萧开愚：《德国生活的两个例子》，载《此时此地：萧开愚自选集》，第485页。
③ 在评论桑克之诗的时候，萧开愚提到了"当代诗"的概念："当代诗如不是当代艺术的一部分，为诗深谋的人不考虑诗与今天生活的联系，自外于诗的命运，牺牲则大。"可参见萧开愚：《谨慎的诗人放开手脚》一文，https://www.poemlife.com/index.php?mod=libshow&id=1343，登录时间2022年3月17日。

集时，萧开愚干脆将其诗集明确命名为"此时此地"，而在《姑妄言之》中则斩截地认为"新诗是当代艺术"的一部分，"当代艺术的存在逻辑并非即生即灭，而是舍此时则无万古"[①]。

上述萧开愚的相关论述，无论"关系中的存在""当代诗"，还是"此时此地"毕竟都有些抽象，但落实在当代中国具体历史时刻萧开愚本人的写作实践，则可以清晰看出诗人针对问题的尖锐性。写于1997年前后的《我们的诗人们》呈现出萧开愚难得一见的对同时代诗人们隔膜于具体现实的愤怒：

> 当汉语在我们愤怒的时候
> 变得和在宾馆、市场、银行
> 电脑、海关、公开的晚会……
> 同样苍白和僵死，
> 我们，博尔赫斯的异国寡学的学生，
> 里尔克的走调的有神论的模仿者，
> 布罗茨基作品的拙劣翻译的受害人，
> 巴尔特的零度理论制造的零蛋，
> 假装发疯来掩饰精神麻木的伪酒鬼，
> 在咒骂英语。在纽约、巴黎
> 及其它食肉城市追求美元
> 和优越感十足的教授的欢心。
> 我们用过时的汉语代表中国
>
> 啊，我们的女人像暴君一样
> 统治家庭，我们个个
> 瘦如麻绳，肥胖如同蛔虫
> 啊，我们的男人，像刽子手

---

① 萧开愚：《姑妄言之》，载《此时此地：萧开愚自选集》，第380、381页。

在社会上抢劫。
在二居室和三居室的狡诈的计划里，
我们用和自己无关的路旁花园
和其它太阳月亮为之加冕的虚假景色
来标示我们的大脑的枯萎。
我们用暴力来歌唱安静、奄奄一息
微风就会将其吹散的生活，
我们庄重地宣判为爱情。

啊，我们的诗人们，我们的工作
就是说假话！就是
唱啊唱，打官腔。
当书记穿着制服
分析现实主义和赞美，和批判
少男少女在广场上围绕着政客的遗体
欢庆节日，焰火和尖叫；
当出版社不出版一行有针对性文字，
良知和奇想归于沉默和死亡；
我们在研究技巧。纯粹的写作，
剔牙那样剔出可能残留的烂东西。
（我们的身体内部早就刮得空无一物，
自己，确乎没有什么好写。）
我们用空洞的言语书写我们的耻辱。①

考察诗人萧开愚的写作实践，在1996年12月完成《向杜甫致敬》这首长篇组诗后，其诗歌经验与立场发生了一个微妙而关键的调整，由抒写与个人生活有关的、情绪饱满的现实经验，转向了尖锐的社会观察、

---

① 肖（萧）开愚：《我们的诗人们》，《天涯》1998年04期。

分析与批判。这一时期，萧开愚写出了试图对当下正在进行中的生活现实进行批判认知的系列作品，诸如《日本电器》《人民银行》《跟随者》《北站》等①，诗中开始出现了以阶层群像面目出现的"我们""人民""跟随者"等，而《我们的诗人们》就是其中锋芒最直接、尖利的一首诗，批判矛头指向了诗人群体，认为他们看似热烈拥抱"现实""历史"其实是"不及物"的状态②。与这一立场相似，在《九十年代诗歌：抱负、特征和资料》一文中，萧开愚反对古典诗歌中以"风景"和"爱情"来隐喻、暗示其他的做法，这样的写作将会忽略掉"正面写作必然陷入的困境和阶梯"，导致如下后果："风景和爱情作为屏障遮蔽了诗人本来想要看见、观察、透视的目标区域，爱情和风景反倒成了粘满污汁的牺牲品。"③萧开愚认为，在中国这个政治空气渗透进生活各层面的社会中，诗人有必要把"政治毫不犹豫地圈定为写作资料"，正面地"和世界进行权力讨论"，而不是以隐喻来暗示整体的古典式做法。在他看来：只有这样，才能将政治视野揽入诗歌视野，"方能避免作品中政治的技巧压倒艺术的技巧，那种响应市场召唤的灵活性"④。正是在这个意义上，即便十多年后的2011年，萧开愚仍然尖锐地批判当代诗人将自我孤立于当代政经改革这一现实之上的"清高"：

> 近几任党的领导人常讲不真改革就要亡党亡国，而且社会各阶层都同意，不搞政改经改非但不能更进一步，已有成果也将损毁。凭什么，诗歌独独外于这个共同感受？怕脏了牙和手还是把政治推

---

① 具体可参见肖（萧）开愚的诗集《学习之甜》(中国工人出版社，2000)。
② 《我们的诗人们》写于1997年前后，但后来没有收入诗集《此时此地：萧开愚自选集》，猜测可能是因为萧开愚后来对自己彼时采取的尖锐、批判的态度有所反省，认为有些偏激。但将这首诗放入他该时期的写作历程来考查，可以看到萧开愚对当时诗人们写作看似热烈拥抱"历史""现实"，实际上"不及物"的状态检讨的愤怒心态。
③ 肖（萧）开愚：《九十年代诗歌：抱负、特征和资料》，载赵汀阳、贺照田主编《学术思想评论》第一辑，辽宁大学出版社，1997年，第228页。
④ 有关这方面的思考，具体可参见肖（萧）开愚：《九十年代诗歌：抱负、特征和资料》，载赵汀阳、贺照田主编《学术思想评论》第一辑，第228—232页。

给政论和政客，还是像某种无须对待的人以为什么土壤配什么种子并委任自己当了其中清空了中国人的中国文明之代表？①

也就是说，在萧开愚的理解中，诗人需要端正心态，将自我立足扎根于当下政经改革的普遍现实关系中。而在面对具体的现实问题，与世界讨论权力时，"持平畏惧"的心态可能更为合宜：

> 对谁都不是该不该、能不能正面政治现实，而是如何形成何种政治态度，因此诗歌作者可比政治从业者更具政治审慎，分析出明朗政治的方向。诗歌之与政治，一个分野与另一分野的试探性接触或批评性相向，不必采取过时的王权直贯法，持平畏惧才能真实继续，收获各种判断力构成的新颖能见度。尤其诗歌作者在权棍把持的地盘饱受迫害和冷落，到了自己操纵语言的地方就不可实行报复，诗歌该有相等的一个假设，政治家和会计等人在入诗的清晰度上大可不必按诗人风貌规划人生的人差一截，那样其他视野揽入诗歌视野也就不奇怪了。相互斟酌与结合，从上下左右所有理性的角度，单要俯瞰与匍匐，要么密密麻麻的头顶要么一双臭脚，到底封建一些。②

---

① 萧开愚：《我的低级政治辩论》，载谢冕、孙玉石、洪子诚主编《新诗评论》总第15辑，北京大学出版社，2012年，第33页。

② 萧开愚：《我的低级政治辩论》，载谢冕、孙玉石、洪子诚主编《新诗评论》总第15辑，第34页。引文中提及的"政治态度"与"必向一个最高原则取得写作授权"之间的关系，这里不进一步展开，免得过于枝蔓，那需要另外的文章来加以阐释。但需要说明的是，"承认写诗不是扮演上帝，就必向一个最高原则取得写作授权"。正是"向一个最高原则取得授权"的这一"证道"要求，为形成一个具备伦理维度的政治态度特别重要。实际上，在《九十年代诗歌：抱负、特征和资料》中，萧开愚对北岛为代表的朦胧诗含蓄的批评也即在此："用今天的眼光来看待八十年代以前和八十年代初期的诗作，同样产生不具体的感受，并非因为针对性太强，而是因为针对的体系太庞大，取消了针对性。让一个抒情诗人与一个庞大的体系对垒夸大了双方体积上的喜剧因素。虽然在文学的历史进程中抒情诗人赢了，但是赢得胜利的是诗人而非他的文学：他的作品中的'我'与他本人之间没有什么距离。"具体参见肖（萧）开愚：《九十年代诗歌：抱负、特征和资料》，载赵汀阳、贺照田主编《学术思想评论》第一辑，第222页。

因为在这样一种伦理维度上考虑与斟酌"现实",所以萧开愚讥诮当代诗歌的现状:"确有什么状况在哀求诗歌,而我们的诗人表示正在一个尊贵的上级世界里忙不过来。"①

综上所述,"历史意识""中国话语场",或"当代诗"的提出,都意味着有必要从当代诗歌写作实践所传达的"经验"以及"经验联动的有效性"的角度加以审视,才有可能回答为什么"九十年代诗歌"最初激动人心的写作实践,却在后来转变为越来越突显的,让人感到倦怠与烦腻的感受和经验的杂烩。

四

"九十年代诗歌"试图表达使文学恢复"向历史讲话"的共识,不仅是为了回应诗歌危机作用在写作内部观念意识的反思与调整,也是通过在文学感知与社会历史感知之间建立关联,促使诗歌与社会之间产生互动的可能性,而这尤其表现在诗歌传达的"经验"中的社会感与现实感,是否能够触及读者(包含我们自身在内)的内在隐痛、帮助读者打开并激活对社会与现实新的理解的可能性;是否在理解的基础上促使读者进一步反思自身所处的现实生存处境,从中汲取营养,从而迈向更为开阔、宽广与健康的生命状态。在最理想的状况下,诗歌应当帮助和引导读者在现实生活实践与诗歌反思之间建立联动的可能性②。当代诗歌能够在诗歌作者与读者之间达致这一有机联动,依靠的就是诗歌这一容器所传达

---

① 萧开愚:《我的低级政治辩论》,载谢冕、孙玉石、洪子诚主编《新诗评论》总第 15 辑,第 34 页。
② 文中所说的"实践",并不仅限于深受革命话语影响的"社会改造"与"社会改良",也指向家庭、社区、邻里、单位等诸多关系中具体存在的社会活动与日常生活。对我这种农村出生而又密切关注乡村的知识分子而言,逐渐认识到当下正在发生中的"实践",不仅包括一度较为活跃的维权运动,不仅指向各种类型的乡建活动与社会公益事业,最大的也是最为基础的社会实践就是农民工们持续多年已经延伸到下一二代人的奔波流转,以及我这类农村出生的知识分子进城融入城市的艰难过程。

的"经验"。

但问题在于，当代诗歌试图以"经验"面目呈现于读者面前时，它不可避免地置身于当代社会文化信息之网的冲突、比较与纠结中。这一次，当代诗歌面临的社会思想文化形势有所不同：它既不可能如社会主义初级阶段置于宣传动员的革命文艺序列内，也不可能仍如新时期以来作为思想文化脉动的先锋，从而分享着1980年代以来的思想—文化荣光。经历过1990年代初中期的阵痛，当代诗歌将有勇气与信心来正视自己所面临的文化困境：它将与当代最新的资讯、思想、文化、信息处在混生但又被区隔的文化网络场域中。当过去已有的围绕诗人抱负与雄心的种种文化"灵氛"的篱墙——拆除，当代诗歌就彻底赤露于无掩体装备的考验状态中。上述社会文化氛围，对诗歌来说，既是危机，但也未尝不是契机，至少诗歌将有可能打破这一二十年来类同其他人文社科专业发展的幽闭状态，接受界外读者的各种挑剔与检验。

当代诗歌较理想的阅读状态，是它传递的现实与社会经验将不再局限为行业内部的自我发泄与自我评比，也不再被行业外部贴上"怪异"的标签敬而远之，而是能够引起界外人士——其他专业领域与其他职业背景下的读者——的反应，即便那反应是质疑与愤怒、批驳与怒斥。当然，如能欣赏或认同，那就更好了。更为理想的阅读体验，则是能够在与读者共通的生活样态中获取共情，以使读者对时代经验与个人生活感受产生不同于流行逻辑、流行教诲的理解，从而获得反思自我的立足点，打开读者（也包括我们自己）的经验感受，帮助他们（也是帮助我们自己）获得新的精神与生活的可能。从这个角度来说，哑石《喜鹊的眼睛》要比张枣传布甚广的《大地之歌》中那缥缈神秘的"形而上"的"鹤之眼"，提供给读者对当代现实生活的感受与启发更为深沉、坚实、细密。事实上，哑石也在诗中曲折地影刺了一下"鹤"那类"遥远飞羽"，与当下复杂多褶皱的深层现实之间"遥远"与"不相干"，也质疑了那种所谓"超越"之可疑[1]。

---

[1] 哑石与张枣《大地之歌》的隐秘对话，首先发生在诗题"喜鹊的眼睛"与张枣（转下页）

必须承认，当代诗歌所面临的根本处境就是，诗歌通过经验所要传递的"现实感"与"社会感"，不得不跟其他专业领域的思想知识、发达膨胀的网络新闻、日常生活混杂在一起共生共长，同时也要接受当代社会其他专业领域与社会知识的竞争和评价。说到"经验"，当代人文社科领域中，社会学、历史学、法学、经济学、政治学，已成为与当代社会现实生活互动较为密切的专业。它们，和诗歌作者一起争夺对当下社会感受与思想的雕塑和阐释权。可以说，知识思想和资本、权力一起，正在塑造与改变着具体生活中的人们对自我处境的感受和经验。关于知识思想的专业化问题，诗人、批评家臧棣很早就敏锐地意识到这一趋向对诗歌写作的深远影响。由于长期在高校学习与工作，二十多年前臧棣隐隐感受到高校思想学术在1990年代的社会思想文化结构中内部位置的变化，以及高校人文学科内部专业分化可能的知识后果。出于精神贵族的内在高傲，臧棣推重哲学与历史，对于其后影响越来越巨大的显学——社会学、法学、经济学、政治学等——相对忽略。他绝望地认为，从知识话语的角度来说，诗歌在经验的深度与广度都无法与哲学、历史进行对比。当相当部分诗人以一贯的天真，发现"新大陆"般狂喜拥抱"叙

（接上页）《大地之歌》中的诗眼——"鹤之眼"的比照上。哑石以"喜鹊"的平和、亲切、日常，来对照"鹤"之高渺、神秘、超越。"喜鹊"这一日常意象，古诗中也使用，多为风景点缀，或为报喜的吉兆，如李绅的"想得心知近寒食，潜听喜鹊望归来"，但"鹤"在古诗的意象序列中则高蹈得多，往往具备道德和象征的意义。张枣在《大地之歌》中以三个单音节的文言词——"鹤""之""眼"——来比拟肖形鹤的傲睨孤峭，而一向喜欢诗中炼字的哑石，则放弃了文言单音节词，使用了平易的"喜鹊""眼睛"和"的"来作为诗题；其次，则体现在诗里这一句——"没有谁，能破解这倒影上光线的/碎裂，破解遥远飞羽为何与/自身直角相倾"。"直角相倾"为物理学与几何学中较为常见的专业术语，即构成直角的两条线中的竖线，垂直于水平直线，显示出客观、中立而近乎超越的立场。但如果直角的两条相互垂直的线分别对应《大地之歌》中那神秘、超渺的"鹤之眼"与当代中国变动纷纭的社会现实，那么，哑石在诗里质疑的则是，那条水平线，也即当代纷纭变动的社会现实，无论如何不可能保持为持续水平，它可能表现为锯齿型的，也可能是波浪形或弧形的。因此，张枣的"鹤之眼"与自身直角相倾"所意味着的客观、超越立场并不太轻易达到，而往往会忽略掉《喜鹊的眼睛》一诗中处于社会底层、类似这位钢铁厂下岗女工的痛楚。

事性"——认为:即便走在北京的天桥上,也是朝向"历史"的幸运跌落——时,臧棣对此不以为然。他通过瓦雷里的滤镜将其他诗人召唤的"历史""真实"化解为"风格",极富策略性地将"叙事"理解为风格扩展的一种方式。对于彼时的臧棣,他更为关注的是《戈麦》一诗表述的"金蝉如何脱壳"的问题①,或者艾略特向他提示的"不纯"问题②,而不是"九十年代诗歌"其他诗人试图去把握与理解的"历史"真相。深受后现代史学与新历史主义史学观念影响,臧棣认为,当时诗人们试图召唤的"历史",不过是社会主义现实主义"真实""历史"概念的意识形态残存物,在诗人们的无意识深渊激荡起来的回光返照而已。可以说,臧棣这一绝望判断不能不说足够敏锐。而对这一困境,臧棣采取了他批评的铁铲"活埋"方式,而非一直倡导的"手术刀"般精准的剖析。现在可以相对清楚地看到,一方面,当臧棣将诗歌视为一种特殊的话语形态时,意味着他将话语思想看作学术生产体系(尤其高校)的专利品,而诗歌则为当下学术思想话语热潮中的一个类别而已,如此臧棣就忽略了当代学术思想与变动的社会现实之间的交流和互动,拆除了思想话语与社会实践之间可能的关联;另一方面,当臧棣认为诗歌作为知识话语形态,在经验的深度与广度上无法与哲学、历史进行对比时,无疑为其他专业学术领域气势磅礴、人才济济、思想活跃的"大势"所震慑——实际上,在决定以现代汉语写当代诗歌前,臧棣进行了思想长考,完成了心理的建设。但他并没有意识到,当代诸种人文显学看似蓬勃发展,内部同样面临着需要不断突围的困顿与危机。甚至可以说,当代诗歌遭遇的困厄与危机,不过是作为整体结构性问题在诗歌领域的外化,诗歌界和其他人文专业共同分享着社会结构上普遍的困顿与幽闭。

---

① 语出臧棣《戈麦》一诗。臧棣认为戈麦自杀的悲剧在于"金蝉却不能脱壳":"正是在此意义上,/你造就了我称之为金蝉不能/脱壳的艺术。或者用流行的话说——深刻到片面的艺术。你死于无壳可脱。"可参见臧棣:《戈麦》,载《燕园纪事》,文化艺术出版社,1998年,第43页。后来,胡续东在一篇论文中将臧棣的诗艺命名为"金蝉脱壳"的艺术,可参见胡续东:《臧棣:金蝉脱壳的艺术》,《作家》2002年第3期。
② 臧棣:《人怎样通过诗歌说话》,《北京文学》1997年第7期。

不过，困难在于，置身于正在形成的以媒体为第四维度的新的社会文化语境结构中，当代诗歌所付出的诸般努力，并没有获得其他专业或职业读者过多的尊重，更谈不上深入的阅读与理解，以至于诗歌在当下似乎只能伴随社会事件出现，才能通过网络媒介赢得相对广泛的阅读。但从诗歌生态的角度来看，即便诗歌阅读更多拘囿于内部而自产自销，当代诗歌所传达的"经验"背后的"社会感"与"现实感"，在业界内部也遭遇了专业读者发自内心的倦怠与厌腻。为什么会如此呢？一种较为笼统但也得到较多默认的判断是，当代诗歌所传递的很多经验与感受，在缺少足够动人的细节与思考深度的前提下，不过是当代各种混杂的知识思想碎片交汇而成的流行逻辑、流行教诲。实际上，当代诗歌传达的语言感受力与认知判断力，不能突破读者那被当代各种喧哗的话语、谣言、信息所固化的神经痂壳，诗中的细节与语言，也不能触动与针刺读者隐微的感受，从而激发出共鸣进而比较与反思的好奇心，如同那些看似超现实的孤绝体验傲慢地俯掠过现实与社会经验的褶皱，也容易让人漠然与无视一样。也就是说，当代诗歌所传达的"社会感"与"现实感"，不但没有深入并真实地触及读者的生活与现实体验，进而有能力引导读者反思困境所在，寻觅新的出路与生机，反而是与当下粗糙的媒体与自媒体以及当代各种浮在经验表层的结论与判断一起，共同制造着我们对当代生活的无力感与无聊感，也进一步深化读者在彼此区隔的经验领域内更深的区隔、幽闭与无力感。这是当代诗歌中的"社会感"与"现实感"呈现出来的较为普遍的现象。稍微特殊但并不例外的是曾经非常活跃的"九十年代诗歌"的代表诗人。随着年岁增长带来经验上的积累，他们近几年都试图展现出或囊括当代社会或寄寓历史进行总结与分析的勃郁雄心。20世纪50—70年代的作家普遍具有总括时代与把握历史的抱负与雄心。世易时移，当代社会早不是毛泽东时代那种总体性的社会结构，意图把握当下时代的雄心却依然潜含在"九十年代诗歌"部分代表诗人拥抱"历史—现实"的诗学诉求中。不过，拂开那些参差披拂的枝叶与杂花，探根寻脉，这些前辈诗人们把握与分析当代社会或近代历史的工具，更多暴露出学术界流行过，也曾批判与检讨过的"后现代主义史学观""新历史主义史学观"的底色,或者在处理社会现实时袒露出浓郁的历史虚无主义。这类诗歌所传达的经验,似乎依然不能有效地触及与联动读者,进而带给读者对自我生存处境与现实状况更深入的认知与理解。当然,优异的文学虽然总能提供与其他各类当代流行史观对峙和矫正的思想能力,但毕竟文学优异与思想先进虽有关联却并不成简单的正比关系,所以,问题也不全出于他们所秉持的那种学界较为常见、近年遭受批判的史学观,而是他们在上述这些史观下或处理现实经验或展开历史想象的语言利刃不能突进到读者的时代感受中,无论从细节的饱满有力与深入程度上都逊色于其他文类,反而与上述这些流行的史学著作一起,搅荡起面对历史与现实的虚无和破碎的感觉。

五

相比1990年代的诗歌写作实践,近二十年来,随着社会—现实境况的急剧变化,以及网络世界的覆盖与网络交流工具的普及,诗歌写作与批评实践也不断深进,将一些隐藏的问题凸显出来。比如:进入21世纪后,变化的"历史—现实"向写作者呈现出新的现实感性与社会风貌,也向之前未曾预料及此的大部分诗人提出了新的尖锐的挑战。从某种角度而言,随着1992年社会主义市场经济的展开,在以发展促稳定的意识形态笼罩下,中国经济与社会在各个层面都发生着迅猛的变化。所谓"现实"与"社会",对"九十年代诗歌"的代表诗人而言,是从1980代末的社会震荡转化为市场经济下混乱而蓬勃的"日常生活";对较为年轻的诗人而言,则是市场经济下痛苦与快乐的欲望释放出璀璨的烟花。进入21世纪后,社会层面累积的矛盾与冲突终于打破了相对平静的"现实",以网络的方式暴露在公众视野中,也深度影响了诗人与诗歌批评家们。这一时期,同时出现了两种相互矛盾的诗歌批评现象。比如,当江南一带的诗人与批评家们重新祭出"南方诗歌"的概念时,长期生活与工作在广州的批评家林贤治,置身于加工企业氛围浓郁的沿海地区,敏锐地感觉到不同的"社会"与"现实"。在隆重推重郑小琼等人的"打工诗歌"与"打工文学"时，林贤治粗暴地挥舞夹杂"左翼"批评、启蒙话语等的乱棒，愤怒并高姿态地指责所谓"九十年代诗歌"没有触及"现实"，只是玩弄所谓的"技术主义"，因此遭到了京沪当时诗歌批评家们的反驳，出现了所谓"诗歌伦理"与"社会伦理"的对峙冲突。但是，在努力驳斥以林贤治为首的批评家的粗暴、野蛮，为"九十年代诗歌"澄清与辩护的同时，这些诗歌批评家们也深受变化的现实语境压力的影响。当这些压力在网络平台展示为压倒性的公共舆论时，他们呼吁诗歌应该与当下现实建立新的张力关系。现在看来，问题倒并不在于"社会伦理"与"诗歌伦理"的紧张对峙，关键恰恰在于论争双方在如何看待当下中国的"现实感"与"社会感"时出了问题。实际上，以启蒙自居的批评家林贤治，通过对其时网络打工文学的深入接触与持续挖掘，触及当代中国社会结构下有所关联但又有差异的社会现实经验。但在如何阐释当下鲜活的文学经验与现实时①，林贤治不是对这一正在发展形成中的经验进行精细地分辨与剖析，而是过快地将之与传统的左翼话语建立联系，急切地挥舞着启蒙的批判大棒，横扫诗坛。同样地，与之辩驳的京沪诗人与批评家们，面对着林贤治所揭示出的这已经形成但尚未在意识中占据思考位置的社会现实经验，一方面只能防御性地批评、攻击林贤治文中过于优越感的道德态度与混乱的理论资源；另一方面借助爱尔兰诗人希尼的说法，突出"诗歌伦理"与"社会伦理"的对峙和冲突。实际上，他们隐隐感受到"九十年代诗歌"传达的社会感与现实感，已经无法回应正在变化中的社

---

① 据过去极为有限的阅读印象，诗人郑小琼早期诗中尚还带有较为鲜活的、难以被当代理论话语驯化的生活细节，但随着诗歌受到越来越多的注意与欢迎，她也有意无意地接受了很多理论批评家的引导与影响。这些影响比较复杂，不能说对郑小琼的诗歌写作发展毫无益处，但糟糕的影响也存在，较为明显的是，在她的某些诗中出现了居高临下的超越的批判姿态。郑小琼实际上并没能将自我经验——无论是她的农村生活经验，还是工厂经验——真正打开，却过早地将之交给当代各种较为成型的左翼、新启蒙的混合理论做了匆忙的处理，或者说，她并不是其自我经验的最好的塑形者与阐释者（注，这些感受与印象不是出于对这一问题与现象的精准考察，不当之处，希望能够得到这方面研究者有力的批评与指引）。

会一历史,但如何正面思考这一逐渐进入视野的新经验与新现实,显然准备不足,无所措手。与始终和变动的社会现实有着密切接触的社会学者相比,这些诗歌批评家们要迟钝得多,他们可能没有认知到:在看似稳定的社会静流中,涡旋着种种社会结构的矛盾与张力,也在渴求着诗歌与诗歌批评的回应。不过,也正是这一系列诗,刺激与推动着这些诗歌批评家们去思考。但受限于自我社会阶层与认知反思的局限,诗歌批评家们只是在跃出"日常生活"平面的"社会事件"这种震荡的现实节点,才感受到了"历史—现实"的尖锐张力①。因此,"历史意识"这一"九十年代诗歌"关键的诗学问题,本身虽蕴含着有待进一步深化与反思的丰富层次,却只能被含混与简化为对重建诗歌与历史重大事件之张力的呼吁。

"历史—现实"的剧烈变动,不仅促使批评家反思诗歌与当代社会的关系,同时也推动诗人们反身审视诗歌自我与当代社会的密切关系,并有意识地在诗歌实践中拓展题材领域,加深与变动的社会历史之间的关联。在个人较为有限的阅读印象中,诗人桑克与蒋浩在这方面尤为积极、主动,为此开展了种种诗学努力。比如,重庆北碚雷政富事件发生后,蒋浩力图将这一社会事件转化为诗歌;开封的任长霞也激发了他的社会

---

① 当代诗人与诗歌批评家对当代社会—历史表现出迟钝,过于以具全国影响力的公共社会事件作为感受现实—历史的切入点,之所以如此,是深受当下中国现实—社会—历史结构无意识影响的。在讨论个人研究中当代学术史、思想史、政治史、社会史、精神史之间的交汇影响时,贺照田有一观察,可以用作对这一现象的把握:"从这跟社会极有相关性的'安定团结'的遭遇,我们也可看到从文革结束到九十年代中期社会抗争、社会群体事件多发这近二十年间,社会领域相比精神领域其实是更为无名的。就是和价值意义感失落、精神身心困扰有关的问题,还通过七十年代末至八十年代中叶'社会主义精神文明建设'这样一个被国家摆到重要位置的论域与实践域,得到不少被正面讨论的机会。相比,本来非常有时代社会人心召唤性,可贯穿文革后不同社会方面,能使——从具体社会问题域入手不方便撑开的——关于社会的思考、认识空间有效撑开,也同时联结着个人精神身心与政治的'安定团结',则始终没有得到正面讨论。这也使得九十年代中叶以后社会重新进入政治视野,主要是因为频发的各种抗争、群体事件挑战着国家理解的稳定;公共域谈论社会,也主要谈的是——社会,特别是弱势群体应有的经济、法制、福利等权力没有得到公平对待。"具体参见贺照田:《朝向深处的旅行(后记)》,载贺照田等《人文知识思想再出发是否必要?如何可能?》,唐山出版社,2019年,第407—408页。

想象力，他为这一事件写作了诗歌。实际上，21世纪最初十年，诸多社会重大事件，远如2003年的徐天龙讨薪事件，较后如2008年汶川地震，在诗人群体里都曾引发如何为之写作的焦虑，而且通过网络，以集束的方式使这一焦虑变成诗歌群体的普遍压力，促使诗人们进一步反思"诗歌"与"现实"的问题。但正如诗歌批评家们一样，诗人们更多的努力，依然只是将"社会—历史"的脉动感受为具备公共影响的社会事件①，而且诗中对这些时事的自我反思与分析的经验，依然没有突破社会公共舆论在各个专业中引发的认知深度。这些写作几乎只能在诗歌圈的界墙内部自我旋卷，并不能有效联动与促进那些依赖网络媒体获取相关意见和思考的读者。也正是在上述的诗歌文化语境里，因反感于在人道灾难面前急于炫耀而表达的种种诗人表演，部分诗人与诗歌评论家甚至愤激地认为，当这些公共事件比如汶川地震引发的讨论还在网上激荡时，当务之急不是写作诗歌，而是为解救与援助社会事件中的受害者（比如灾民）稍尽普通公民绵薄的社会责任。可以说，那些年诗歌写作表现出来的把握"社会—历史"的努力，从自我写作训练与自我改造的角度虽然具有不断打开与拓展的试验意义，诗界内外却几乎普遍认为是效果甚微的。

　　但是，在当代诗人把握社会事件试图承担诗歌责任的稍后几年，这一情况发生了根本性的变化。试图详尽而科学地描述这一正在变化中的现象尚非其时，也非我能力所及。这里不妨先粗略传达个人的一个基本印象。多年前，我为当代诗歌写作实践因"清高""封闭"导致诗歌中普遍缺少必要、合适的社会感与现实感（也包括政治感）而长期感到抱憾、焦虑，但近三四年来，突然之间——又仿佛早就如此——诗歌仓库里流溢出极端、偏执而尖锐的意识形态焦躁气味，突出地表现为诗歌探讨"社会事件"而指向与政治的紧张关联。

　　这一变化是怎么形成的？按照个人不成熟的观察，有两种不同的社会趋势造成了这一现象。一个原因就是以微信朋友圈、抖音、短视频、

---

① 实际上，"具备公共影响的社会事件"依然是一个笼统的说法，因为不同的公共事件，产生影响的公共性也有着性质与程度上的差别，因而与诗歌建立关联的情感和认知程度都不一样，需要进一步的区分。

从"经验"联动的有效性看当代诗歌中的现实感与社会感（上）

自媒体为载体的信息网络，近十年来在中国大陆迅速发展、逐渐成熟与大范围的普及①。这一当代社会通信与信息接受方式的变动，全面、深刻地渗透并改造了大多数国人的生活与思维方式。显然，诗人们置身于这一变化中，并不例外。过去，诗人获取信息更多依靠传统媒介，比如阅读书本或观看电视，也需要咀嚼与反刍浸透身心的具体的社会生活实践。现在则不太一样，一（手）机在手，网络这台机器怪兽持续不断吐纳出来不同的世界——越来越多、形形色色的信息——端送到眼前，填塞了相对单调的日常（疫情）生活。诗人们身心通电似的，快速催生出各种感觉与认知。正像孙歌在访谈中讨论理论与实践危机和现实关系的时候，分析到当下信息爆炸时代的"现实感"："我们今天讨论的现实在很大程度上依赖于它的情报源，它在很大程度上来自于传媒。……而传媒的一个强大逻辑就是，它要不断地物化既定的现实，把它装扮成唯一的现实，而遮蔽现实的流动性和可塑性。"②置身于类似的信息涡流中，以批判性知识分子自任的当代诗人们，尽管2003年前后为网络空间激发公共力量的民主幻觉很快消退与逐渐麻木，但是随着网络媒体维权的勃兴、社会舆论空间的缩胀，以及舆论空间收紧造成的反弹，诗人们敏锐地感觉到了这一变化，以频频爆出的社会时事为触点，逐渐参与以微信、微博、豆瓣等开辟出来的网络空间。诗人们也放下了"清高"的立场，和逐渐扩大的不同年龄层的网民们一起，带着火热的激情关注着当今层出不穷的社会事件。"社会问题一大堆，昨天焦点那个，今天焦点这个"③，真是既令人疲惫，但又兴奋乃至于躁奋，这些情状自然也频频反映在当下的诗歌创

---

① 近十年来，我对于信息接受方式变化带来生活与思考方式的变动，虽然隐有察觉，却无法给予准确完整的把握。与此相关，这十来年中，媒体舆论环境与政治维稳之间复杂的变化，都有待进一步地澄清。
② 孙歌：《理论与实践：一个在具体脉络中不断变化的关系》，《台湾社会研究季刊》2009年12月第80期。
③ 萧开愚：《至少把一些人喊出空白（节选）》。原文是萧开愚为陈墙等四位艺术家写作的策展词，http://www.360doc.com/content/22/0418/20/49165069_1027150054.shtml，登录时间2022年3月17日。

作上。与这一趋势暗中配合的，则是当下中国的国内外政经与舆论形势。近些年思想意识形态有所变化，国际地缘政治局势与国际结构发生剧变，这些大环境的改变作用在每个人的身上，炸弹似的激荡起了一系列社会历史政治意识的反思；而全球性新冠肺炎造成的持续困境，在文化比较意义上也不断地引发讨论。在公共舆论与媒体控制极为严密的情况下，网络空间集萃了在朋友圈、微博、豆瓣等各种由公媒转发的不同性质的各类社会事件[①]。实际上，当官方以维稳为主的舆论管控强化时，以自媒体为主的公共舆论反而从过去的孤立、分散状态趋于集中，呈现出一种涌动的反对官方论调的舆论趋势，而这些涌动的思想暗流也正在不断地形塑着诗人们的"社会感"与"现实感"。许多持泛自由主义立场的诗人，以诗歌的方式汇入这一隐隐成型的洪流中，涌现出一系列的抒写社会时事却指涉政治立场的诗歌，从而与当代社会的公共氛围呈现了积极的联动。如诗人宋琳书写防疫批判的诗歌，年轻诗人王东东纪念江绪林的诗，胡桑为缅甸阵亡诗人所写的诗歌，以及某种意义上西渡所写的《鲁迅》。更不用说，今年春节以来，在诗歌圈内涌现出围绕接踵而至的社会时事与国际政治事件写诗的狂潮[②]。与汶川地震诗的热潮引起的反应不同，这些诗歌似乎依然没有溢出诗歌圈内部，但在微信群内却以极速的方式传播着，引起了程度不同的欢呼的感应、鼓舞，甚至克服了诗歌同行间固

[①] 在政府强力维稳实行舆论管控的形势下，主流媒体基本持有与各级政府较为一致的论调，但微信等自媒体却在不断地曝光传播社会各类事件，引起了舆论热潮。必须注意，这些国内外的事件，性质不一，引发舆论探讨深入的程度不同，因而与当代诗歌写作的关联也不一样。比如汶川地震这一具有全国影响性的事件，虽有诗人积极响应，但也有相当多的诗人关切这一事件，却并不认为为之写诗是必须的，甚至部分诗人进一步反思这一社会事件中各类诗人的心态乱象。但在一些社会事件上，诗人们基本保持着高度的一致性，也出现了因为认同差异而拉黑对方的现象。在诸如这类事件上，诗歌写作者虽有认知角度、意识与深入程度之差别，立场却基本一致，甚至导致了不能允许任何异见与思考的讨论空间。

[②] 尽管这些年，国内外的社会时事都引起了朋友圈的微澜，但今年春节前后，两件国内外大事则引起了普遍的社会舆论热潮，形成一定程度的舆论压力：一个是发生在春节期间的江苏丰县铁链女事件，一个则是随后2月24日俄罗斯在乌克兰发动特别军事行动。也正是在这个多事之秋，许多诗人不约而同地写了有关这两件时事的诗，引发了抒写时事的小高潮。

有的傲慢歧见而达成一种隐秘的共振。坦率地说，这一类型的诗歌，虽然在社会公共舆论层面上影响力极为有限，但至少受到相当多的诗人的应和、欢迎，从而达成诗歌界内部前所未有的连带与联动。最近的《诗东西》杂志颁奖给宋琳，也许算得上一个明确的证明？

六

如何看待这一似乎与社会涌流合拍而联动的诗歌写作呢？如何理解这些诗歌在诗歌圈内所具有的联动效果呢？在我看来，这一类型的诗，之所以会受到较为一致的欢迎，是因为这些诗歌展现了对当下社会政治现实的较为明确的批判立场，也就是说，它们对正在发生中的现实处境给予了明确迅捷的回应与反抗。我不否认这些诗歌提供的判断触及当代中国部分沉痛的政治现实；我对诗歌中表露出来的批判勇气表示敬佩！仔细考察这些诗歌，因为触及的是当下正在发生中的事实与经验，比照复杂的现实，它们更多表现为一种立场与态度的呈现，因而表现出来的联动效果，更像是1940年代盛行的口号诗，现在只不过是这些诗歌活动的空间，从街头巷尾转移到了网络这一以自媒体形式存在的虚拟空间而已。说到底，作为社会现实中的国人，参与社会舆论的联动，汇入人群的合唱，一展或郁愤或生气的歌喉自然无可厚非、值得鼓励，但从诗歌作为一种思想和认知方式的角度来要求这一类型的诗歌，却又觉得还远远不够。在群情激动的氛围中，不满足于汇入某一群体的轰鸣，力图在当下复杂错综的思想环境中打开经验的褶皱，让我们获得进一步的认知提升，难道不更是来自诗歌的内在要求吗？实际上，参与这些社会时事写作的大部分诗人们最初写诗的动机，源于对1950—1970年代政治抒情诗中简单的政治立场与态度的批判。当诗人们几十年后在为这些社会时事激情洋溢地写作时，如果缺少独立的思辨认知能力与高超的技艺，很有可能落入与当年政治抒情诗同样的逻辑而不自知。难道当年那些为社会主义事业抒发出或欢快或痛苦歌声的政治抒情诗人和他们的真诚不一样吗？

对于这一现象还需进一步追问的是，当诗人们秉持一种越来越自信的立场与观念进行现实抒写时，是不是会将当代中国复杂的冲突与紧张、褶皱与曲折简化为强力而充分的表达，实际上却只是对现实经验的缩减与遮蔽呢？考察大部分诗人在当前形势下刺激出来的诗歌立场，可以说是以（逐渐抽象的）自由与民主作为主要思想资源的泛自由主义意识。有关中国自由主义的曲折发展不是本文关注的重心，而对自由主义理解程度上的差异，也不在本文讨论范畴内，但"自由主义"思潮落实在诗歌界，表现在评论社会时事或写作有关时事诗歌时一个越来越突出的趋势，就是：这种从"文革"以后发展出来的、不断从当代中国社会现实的银行里抽取贷款与利息的复杂思潮，过于聚焦对权力和制度的批判，将一切问题都寄托在制度改革上，相对忽略了很多与权力和制度问题并不直接关联的社会问题①，因此会表现出一种将一切问题归结于政治制度的认知趋向。在这样一种认知习惯与意识中，诗人们自然不愿将精力耗费在对社会问题的发生及其所涉及的社会结构进行更为精确的把握与认知上，当然也不能在当代中国社会结构的张力与限制中把握"经验"，反而表现出被社会舆论左右的、过于直观的社会现实反应。比如，在他们的认知中，受当下社会舆论中"仇官"思维的影响，只要屈身于体制中，与权力发生关联的人几乎都会被视为"非我族类"。这样一种区隔排斥的情绪在形势和缓时期，在他们的诗中，"政治"就往往被无意识地表现为利维坦式的笼统整体，作为体制构成部分的比如"政治家""会计"等具体之人在其中隐形；当形势恶化之时，原来较为松弛、模糊的态度就会迅速激化为与主流传媒一样僵化的自由主义意识形态立场，对社会政治的批判，容易上升为文明/野蛮的判

---

① 根据个人粗浅的观察，由于部分诗人关注焦点主要集中在与权力制度相关的部分，他们从来较少意识到当代中国社会新的变化。比如，在这些诗人的诗里，较难看到当代农民工的身影，更不用说对"农民工"们的处境展现出真切理解与深刻表达。在他们的批判视野里，这批一直活动在他们身边的人群集体隐身，消失于他们无意识沿袭的市场意识形态中；或者他们在感情上同情这些作为整体出现的社会群体，但在现实生活上则会对具体的个人采取冷漠疏远、陌生无视，甚或厌恶的趋向。

断，而与权力有关的每个人将只是问题、罪恶的载体，而不是真切且具体的"自己"。

仔细辨认上述类型的诗歌，比如宋琳的诗，与这种逐渐窄化、硬化的政治意识相配合，支撑其泛自由主义表达核心的，不过是较为朴素的人道主义。实际上，在当代国际地缘政治的复杂语境中，以中国作为一个深刻影响世界局势的大国所内含的经验，其层次、角度的丰富性与复杂性，显然无法依托一种越来越循环封闭的知识视野与立场来加以衡量[①]。由于缺少足够的社会历史意识与社会结构认知的意识，也缺少相应的意识和足够的耐心去体会、辨析历史—现实中复杂缠绕的状态，只以较为朴素甚至过于泛滥的人道主义来权衡，因此在对经验的表述与展开过程中，只能算是对当代中国局部现实简化回应的局部视角。

诗人、批评家王炜认为，在"知识生产和表达方式已经刻板化"的当下，需要使用一种不同于图像可视化和理论化的语言，把过分成熟化、社会化了的认知结构，重新置于一种"不成熟"的状态中，而这恰好是那

[①] 当代中国如何认知与审视自我存在？如何理解当代中国在与世界深度交往过程中所表现出来的世界感与自我感？如何正视当代中国在社会治理上面临的种种困境与批评？实际上，这些问题可归结为一个问题：如何把握与理解当代中国国内外的现实经验？这是一个非常具有挑战性的现实问题。不妨以近些年国外对中国的理解为例来说明：它是一个近些年被亚洲近邻频频暗示的"帝国主义"？是国际形势恶化下重新自我定位的一个发展中的国家？还是具备挑战美国经济霸权地位、影响世界政治经济结构的强劲对手？在与世界深入接触的过程中，中国的世界感与自我感发生了怎样的调整与变化？回顾历史，中国自近代以来一百多年的发展历程，曲折而艰难，无论是革命战争，还是社会主义建设，都没有现成的先例可以遵循，既充满了令人骄傲、值得讴歌的成就，同时也饱含着无数惨痛的教训和经验，因此理解中国当下经验不仅需将目光聚焦于当下正在发生中的纷争现实，同时也还需要拓展视野的纵深，正视中国近一百多年来的发展历史与经验，这样才能呈现出中国经验真正的复杂性与深刻性。当然，绝大部分诗歌写作者并不以历史认知为自己写作抱负的寄托，但有关历史的认识与思考却不停地渗进诗歌的肌理与血肉中，很多时候像空气一样存于其中而并不自觉。在当下纷纭变动的国内外局势中，当从事思想与学术认知工作的各类知识分子竭力捕捉当下正在流变的现实从而为未来提供积极的思想认知基础时，诗人们不必自外于此，不妨厕身其间，在探索如何塑造国人的感觉认知与经验理解方面，与其他专业的工作者一起，为呈现中国真实经验贡献出自己的思考。

种使人类保持"敏感性"的文学才能完成。在他看来，要保卫文学的这一"敏感性"，需要警惕的是扭曲、毁灭这种"敏感性"的（两种）"麻木不仁"状态。其中之一，就是表现为"多愁善感""情怀论"的"麻木不仁"，他称之为"绝对主义的多愁善感"，这是一种封闭社会的感性化表现，它排斥理性的精神活动，沉迷于自身看似饱满实际单调的经验世界，并不将对个人经验的追问"置于历史知识与当代知识构成的比较体系中去检查"①。可以说，王炜的论述，准确地击中了当代持泛自由主义者立场的诗人所写诗歌存在的局限。就是，过于沉浸在单一视角构成的封闭经验内，并将其绝对化为一种激烈而高亢的表达，实际上，却缺少一种将个人经验"置于历史知识与当代知识构成的比较体系中去检查"的能力。

需要阐明的是，并非持有自由主义立场的诗人，不能在这样的局势下写出伟大的诗歌。只是说，当下秉持这种立场写作的诗歌，往往缺乏更多的历史体验与视野的分寸感，因此不能打开我们已有的经验与认知，从而难于撼动其他群体的不同观点与认知，进而与他们关联。在与对方同样极端意识形态化的表述中，不但个人将幽闭于自我强硬的立场与观点中，也固化了我们对当下现实经验的已有认知，遮蔽了对现实经验的多层次体察，在一种看似联动众人的表现中封闭或取消了思考的空间，无法对我们的生存处境产生一种发舒与解放的作用。

七

下面不妨对青年诗人王东东影响甚大的《对一个自由主义者的哀悼——纪念江绪林（1975—2016）》②来加以讨论。比较起来，在近些年同

---

① 相关论述，见于王炜2022年2月21日的微信朋友圈，为其报告《保卫敏感性——以艾丽丝·门罗、波拉尼奥和〈神曲〉的片段为例》整理稿的片段。该报告于2020年12月2号在浙江大学紫金港校区图书馆信息C楼1605教室进行。该讲稿尚在整理中，应该还没正式发表过。

② 考虑到这首诗题目太长，为行文计，下文一律以《忧郁》称之。另，2016年2月19日，江绪林在办公室自缢而死。这一事件震动了高校学术圈，也在社会中掀起了广泛议论。（转下页）

类型的诗中，这是一首激情饱满、气势磅礴而有力度的批判性长诗。在其中，借助江绪林自杀事件，王东东将自己近些年郁积的思考倾吐了出来。据我粗疏的观察，诗人王东东近几年在诗中发展出一个新的主题，就是不遗余力地揭露世界隐性之恶，连带着有关地狱/天堂的思考。在《忧郁》这首写于 2016 年的长诗中，王东东借江绪林在香港长州岛上预备自杀前的独白进一步扩展了这一主题①，并杂合了陆九渊应朱熹之邀在白鹿洞学院讲义利之学与屈原《渔父》的典故，来讽刺时下知识分子儒家式的伪善与犬儒：

> 子静来南康，熹请说书，
> 却说得这义利分明，是说得好。说得来痛快，
> 至有流涕者。何不隐藏起真正的自我
> 成为著名教授和非著名党员？何不成为普通人？
> 何不哺其糟而歠其醨？我恐惧，我要喝点白酒。②

诗里，王东东将江绪林 2000 年点燃十一支蜡烛的行为有意延长，使之心理戏剧化，以此敏感地折射大陆思想界最为微妙且随着形势恶化而不断蓄势强化的某种舆论趋向，就是在社会时事不断暴露出权力不公时，学

（接上页）诗人王东东随后就写作了一篇文章《自由主义的忧郁——纪念江绪林先生》参与了这一讨论。在文章中，王东东认为"江绪林 1976 年出生"，但在诗里则纠正了过来，由这一改正，可知这首诗应是在那篇文章之后写出来的，两者可以互相对照参看。具体可参见王东东：《自由主义的忧郁——纪念江绪林先生》，https://www.douban.com/note/598223588/，登录时间 2022 年 3 月 17 日。

① 江绪林在 2019 年 2 月 19 日晚上自杀而死。就在这天凌晨 3 点 57 分，江绪林在微博上发了四张香港长洲岛的照片，说："喜欢香港，以至于我曾心中挑好了一个辞别的地方：长洲岛南端，xavier house 背后一处人迹罕至、需穿越危险悬崖才能抵达的一片礁石，面对着海浪的冲刷。之前给施乐会捐出几万元，以冲销处理费用并表歉意。但突然间，香港变得那么焦虑、痛苦，陷身撕裂和冲突；我也不敢想象再能去搅扰，增添她的苦难了。"

② 王东东：《对一个自由主义者的哀悼——纪念江绪林（1975—2016）》，https://site.douban.com/ 110381/widget/works/191761477/chapter/37896702/，登录时间 2022 年 3 月 17 日。所引诗句均来自该诗，不再一一标注。

院里知识分子的沉默被无形或有意地指斥为"犬儒"[①]。可以说,王东东这首诗借助江绪林死前独白将这一点挑明,并兴会淋漓地戏剧化了出来。诗中的江绪林被塑造成孤独的"启蒙者"形象,"举世皆醉,唯我独醒"。对应"独醒"的,是这样一种根本的善恶认知:魔鬼无处不在,但世人普遍没有意识到。相比为江绪林施洗、与"魔鬼"有更多交道与经验的"神父":

> 可是我太年轻,也缺乏经验与魔鬼周旋
> 被魔鬼追赶,可回头,长洲岛空无一人。
>
> Bedenkt: der Teufel der ist alt,
> So werdet alt, ihn zu verstehen!
> 让魔鬼回魔鬼的家,你回你的家
> 从此魔鬼也只能在你的家门口徘徊

当王东东试图将"魔鬼"的认知拓展到具体的现实层面,下面两句让人尤为吃惊:

> 魔鬼已混入街头的人群,犹如一位县城少年失学后
> 如果不是很早当了一名服务员,就是当了小混混

[①] 关于批评当代学院知识分子"犬儒"的压抑氛围,一直隐于当下不同的公/私场合里,随着形势紧张,会形成愈发尖锐的鄙视链,乃至在某些时候会内化为部分有社会关怀的大陆知识分子的内心折磨。而这种鄙视链条所对应的政治正确的逻辑,就是民主、自由相对专制、独裁的优越性,且这一制度对立在今天的语境中随着形势的恶化往往会转化为文明/野蛮的二元对立,而这在王东东这首诗里也有所体现。在今天春节以来,随着接续发生的"徐州丰县铁链女事件"与"俄乌战争",文明/野蛮的二元判断已经上升为微信朋友圈等自媒体中主要的舆论,在极端的情况下,在某些群体中甚至发展为"寻巫"似的行为——即搜寻哪些文化名人不曾就"徐州丰县铁链女事件"发声,对之进行道德审判,以及地域污名化(徐州—中国)的现象。根据个人有限观察,这一逻辑其来有自,早有预兆,尤其在部分台湾、香港知识分子在遭遇大陆知识分子的场合中会尖锐起来。实际上,这样的鄙视链条,也存在于部分积极维权的人士与一般学院职业人士相处的场合,也就是"维权"与代表"邪恶"政府的抗争,已经隐隐转化为一种意识上的自我优越,在某些时候也会内化为学院知识分子的内心挣扎,正如桑克在近作《欢乐颂》一诗里所写的那样,"分寸感与虚无感争夺着我"。

诗人王东东跟进解释了"我"得出这一判断的现实依据：

我对凸透镜着了迷。物理老师将凸透镜
放在我手中，仿佛为了考验我的耐心
仿佛他给我的是智慧（县城什么都缺）
从此，阴雨天让我发愁。我照射事物
高举着凸透镜，如木偶，我的手臂
不知疲倦，直到火柴燃烧，苍蝇飞走
有一次它甚至帮我注意到了县城教堂的十字架
我看到魔鬼在空中追赶神父，眼看就要追上
突然放开神父，扭头奔向我来，我吓了一跳
神父，你可来此传教，注意到街头的这个小孩？

"凸透镜"这一意象，在诗中前文里，与斯宾诺莎这位磨镜片的犹太哲学家关联在一起，因此，就只能是一隐喻。这里，"物理老师"传递给"我"有关"光（明）"的知识，在一个"什么都缺"的县城，仿佛是"智慧"。但这一"高举着凸透镜"燃烧火柴、驱赶苍蝇的行为，则被视为"木偶"式的。考虑到江绪林出生地为湖北红安，大别山革命老区中著名的将军县，不知诗人王东东这一隐喻式的描写是否指向江绪林在县城所受的教育[①]？

[①] 我与江绪林年龄相仿，小他两岁，老家距离红安县不到百里之地，但却无法以个人的成长经历来类推江绪林青少年时期在湖北红安的成长经验，只能透过亲近他的朋友的只言片语来加以想象与理解。就网上相关资料来看，相对具体地表达江绪林成长经验对其未来影响的是其好友崇明和前女友Vivian，也可参见江绪林的高中同学彭荣华的追忆文章。江绪林高中毕业，考上中国人民大学，离开了家乡，这一人生转折，被江绪林自认为是生命中最重要的三件事之一，但崇明认为这一时刻，江绪林"是开了一部马达存在着严重隐患的车踏上了人生之路"的，"如不能及时修复，难免有一天会抛锚熄火，无法再度起程"。可见，诗人王东东是以江绪林为契机来虚构完成个人思想之表达。具体可参见崇明：《行过死荫的幽谷：送别绪林》，彭荣华：《悼如风少年郎江绪林》，https://www.douban.com/group/topic/83992662/?_dtcc=1&_i=9298357iT2QvpP，登录时间 2022 年 3 月 17 日。

令我吃惊的是，如此斩截、近乎武断地认为那些"县城少年失学后/ 如果不是很早当了一名服务员，就是当了小混混"①，这种当代中国城镇较为普遍的存在，就是"与魔鬼为舞"，为什么？在没有深入本地的历史与文化脉络的前提下，将这些县城以下的普通少年的成长扩展为一种普遍结论，其中的傲慢可以想见，而看上去具有的悲剧深度其实是单向度的，无疑也是褊狭与遮蔽的。

与王东东试图将江绪林的悲剧扩展成一种时代认知相配合的，诗中还有另外一些细节：

一代人背叛了自己
然而这有什么稀奇？
每一代人都背叛了自己
背叛了忠诚的下一代人
我出生于 1975 年，然而
我多么希望
我出生在 1976 年
一个神秘的年份，
到现在注定难以理解。②

如果读过诗人王东东 2009 年为编选《低岸》而作、抱负甚大的序言《下沉与飞翔：新世纪十年的诗歌写作——兼论 1980 年代出生的诗人》，也许就能明白诗人在此要表达的基本内涵：出生于 1976 年也即"文革"后的人，相比那些出生于 1976 年前的人，因为与"文革"的巨大的牵连，将不得不纠缠于历史与权力的噩梦中，无法纯粹，似乎也无法超越。这个看上去近乎可笑的判断，在诗人王东东那里却变成一种近似神秘直觉

---

① 需要提醒的是，下文将要讨论萧开愚的《内地研究》第二首，恰恰就是一个在上海偷盗集装箱的当代周口失学少年对自我经历的反思，这也是我选择王东东这首长诗加以分析的主要原因。

② 王东东：《对一个自由主义者的哀悼——纪念江绪林（1975—2016）》。

的感受。事实上，王东东如此强调1976年，是因为"文革"乃是他批判当代中国社会的基本判断之一，而正是在这一点上，王东东暗中接续了一般持"自由主义"立场的学者的意识形态判断，潜含着将中国社会主义实践进行一个整体性的全盘否定①。由此，在王东东—"江绪林"看来，"文革"终止的那一年可以作为分界线，来划分截然的两代人。而上一代人，接受历史污浊的"诅咒"："一代人背叛了自己/ 然而这有什么稀奇？"尽管"每一代人都背叛了自己/ 背叛了忠诚的下一代人"，但是，诗歌中的"我""多么希望/ 我出生在1976年"。显然这里传达的是诗人王东东对历史特殊而独断的判断。

为了进一步突出作为"文革"后出生的一代人为纯粹理想而献身的巨大意义，王东东又想象性地为江绪林虚构了一个"90后"的女友，也就是"下一代人"。王东东显然认为，"我"希望出生在"文革"那"万恶之源"结束的年份——1976年。"我"所代表的追求纯洁的一代人，不仅遭到与权力纠缠不清的"上一代人"的"背叛"，同时后来者——这里以虚构的这位"90后"女友为代表——则以幽默的、不认真的态度来对待这一包含着巨大历史真相的严峻与危急：

> 我的90后女友让我提高幽默的水平
> 如果我变得像性爱一般幽默，她就会拯救我
> 再不用神父操心。我知道，幽默多么可贵
> 谁又不是父母在一起幽默的后果？
> 如果我们幽默，是否会扼杀10后的理想主义？
> 我看着幽默的孩子不动声色地用指头摁死虫子

---

① 在《自由主义的忧郁——纪念江绪林先生》一文中，王东东清楚交代了1976年这一时间节点对其的意义："作为一个写诗的人，我对'文革后出生'的诗人一直抱有很高期待，但其背后可能还是对1976年这个时间起点的迷恋，如果我们看重'文革后出生'的学者，难道不也是如此呢？"具体可参见王东东：《自由主义的忧郁——纪念江绪林先生》。从诗人王东东将袁相忱牧师坐了23年牢的这一行为比喻为与"魔鬼"的周旋可以看出，他对基督教基要主义者在如何处理教权与王权（政治）的关系上理解有限。

年轻的"90后女友",新的世代,似乎根本不关心这一心灵黑暗之现实,而是喜欢性爱、幽默。这种"surface on the face"的幽默①,在诗人王东东看来,带来的后果及其影响非常严重。这些"90后"女友们,不像"我"一样正视这种魔鬼肆虐的地狱,以死来刺破这无边浓酽的黑暗。她们行为中的"幽默"内含一种残忍,"不动声色地用指头摁死虫子",这样会导致后来人的心灵产生一种根本性的世纪后果,就是扼杀"10后"的理想主义!正是在这种上下代的参差比较中,诗人王东东将江绪林的自杀意义揭示了出来:

我心光明,夫复何言。我之死,非仅眷恋旧也,
并将唤起新也。

诗人王东东试图将悲剧命运中的江绪林塑造为时代神话,从而使其进入以自杀来铸造巨大文化意义的历史人物序列——投水而死的屈原、沉江自溺的陈天华、清华园自沉的王国维、积水潭自沉的梁巨川……无论是诗中饱满的激情、富有象征意义的语言,还是连结历史典故的对接能力,都使这首长诗具有古希腊悲剧般雄厚的力量,我们其实可以从中听到北岛《回答》里"一个人对抗整个世界"的那种熟悉的声音。可以说,依托江绪林事件虚构出来的临终独白,王东东得以触及近些年来时代隐秘空气的脉动——对知识分子犬儒、虚伪的指斥,以及部分维权人士愤激的思考,从而使这首诗与当下的现实处境产生直面对峙的强力关联,相比其他持有自由主义立场的诗歌作者,这一长诗无疑也击中很多持有不同自由主义立场学者的思考痛点。不过,因为诗中之"我"是与我们同龄的时代优异者,刚刚死去六年,我们又不能仅仅止步于诗,而不牵扯到社会伦理人事的维度,就是我们究竟该如何理解江绪林的悲剧?正如上文提到的"县城失学少年"的细节,还有对"上一代人"的概括、对下

---

① "surface on the face"为江绪林博士毕业工作于华东师范大学时微博上的签名档,Vivian在追忆文章中提及这一细节。具体可参见Vivian:《致一个轻灵而孱弱的灵魂》。

从"经验"联动的有效性看当代诗歌中的现实感与社会感(上)

一代人——"90后女友"的谴责,在一种承担时代悲剧的自由主义英雄高亢而宏伟的幻觉语调里,诗里对"我"个人情势的过于夸张、某种意义上的多愁善感,导致的却是某种隐秘的傲慢与偏见,妨碍了"我"对真实生活、他者的敞开与理解。因此,让我疑惑的是,诗中的"江绪林"将如何面对现实中江绪林前女友Vivian对他这一悲剧的反省:

> 我仍然低估了你那理想主义的对纯粹的极致追求……正是靠着追逐这一抹理想主义的光华,你超越了童年时期的现实苦难;然而,也正是这同样的理想主义的光华,在你和现实生活之间划下了一道鸿沟;它的纯粹终究无法延伸至生活,因为生活本身就是从泥土里生长起来的。你追逐着它而去,把我、把姐姐划归到你梦想的世界以外;然而你终不能摆脱自己,你与自我的斗争惊心动魄,最终竟至熄灭了生命之火。①

最具症候性地反映诗中纯洁自我/腐败社会逻辑的是《忧郁》一诗的结尾:

> 忽然,远方传来一阵喧哗,
> 一只海豚搁浅在海滩,
> 家庭妇女带着刚放学的小女孩去运水
> 洒在海豚的眼睛里
> 直到它流出眼泪,可谁又知道
> 在海豚的肚子里藏着一颗炸弹
> 它流出鄙夷的眼泪,可卑微的人类又让它感动

对,"鄙夷的眼泪,可卑微的人类又让它感动"!这样一种与生活、社会疏离的情感结构曾经隐现在1980年代的诗人戈麦身上。现在,诗人

---

① Vivian:《致一个轻灵而孱弱的灵魂》。

王东东的《忧郁》将其更为极端地表达了出来,也许很能折射出当下相当部分年轻诗人的心理—情感结构吧?

可以说,在《忧郁》这一过于饱满、近乎诅咒的强力表达中,它通过"多愁善感"的方式突出了某种东西,无疑也阻碍了对当代世界进一步的深入探查。比如,围绕这一经验表达背后"维权"为主的当代自由主义思潮,将如何面对当代其他不同的思考与经验,比如乡村建设运动?如何理解生活在农村、读书在县城的这一正在成长中的青少年群体?如何理解"90后"年轻人的经验?最主要的是,诗中呈现出来的生命状态,将如何面对Vivian反思江的悲剧时那痛彻心骨的质疑与呐喊:"这同样的理想主义的光华,在你和现实生活之间划下了一道鸿沟;它的纯粹终究无法延伸至生活,因为生活本身就是从泥土里生长起来的。"

可以说,《忧郁》一诗对自由主义较为极端的感觉、认识、理解状态,阻碍诗人深入当代中国人生命经验的隐坎暗墙,无法让我们的生命朝向更为丰盛、开放的自由状态。

诗人研究

社会主义狂想与资本幻境
—— 阅读海子诗歌的一个斜面

李国华

海子在当代话语场,有两件事是最引人注目的,其一是房地产商对"我有一所房子,面朝大海,春暖花开"①的征用,其二是诗人和批评家对海子之死的反复阐释。而无论是房地产商的征用,还是诗人和批评家的反复阐释,都是与诗人海子有关联,却又不但不能说明海子其人其诗,而且有离题万里之概。诗人和批评家很容易对房地产商的征用产生鄙夷和愤慨,以为海子的《面朝大海,春暖花开》不仅不是畅想海景房的世俗抒情,而且是对追求"尘世获得幸福"的背离,恰恰是反抗甚至反对资本制造的海景房想象的。但他们很难接受的是,将自己的诗歌理解与海子之死及时代转换链接在一起,依赖的也是一种房地产商式的想象力。甚至可以说,房地产商至少从字面上抠准了海子诗句与房屋地景的关系,也抠准了当代市民对于居室和风景的浪漫想象,而诗人和批评家却往往有意不去探究海子的真实死因,堕入意识形态的狂想而不自知;更有甚者,则认为海子临去的诗都指向极限和死亡。

死亡也确实是充满诱惑的。当海子在1989年3月26日的死亡作为一个确定性的终点存在,对海子其人其诗的阐释就很难挣脱通向死亡的诱惑,甚至于将"我有一所房子,面朝大海,春暖花开"阐释为诗人想到自己身死之后的坟茔,也并非不可思议:坟是死者的"一所房子",而清

---

① 海子:《面朝大海,春暖花开》,载《海子诗全编》,上海三联书店,1997年,第436页。

明是春暖花开的季节。但是，在一个决心从明天起就要做一个幸福的人的诗思中，写着尘世幸福感满满的"喂马，劈柴，周游世界"以及"关心粮食和蔬菜"等句子，却在下一句跳跃到对于死后的安排和想象，觉得需要一块"面朝大海，春暖花开"的坟地才幸福，这不能不让人觉得匪夷所思。大概只有太想从诗人的诗作中发现谶语的阐释者，才会觉得是抽丝剥茧，若合符节吧。事实上，这种抓住一些字面做文章的阐释思路，与房地产商抠一些字面而不及其余的做法，倒是和衷共济的，即都是在资本制造的幻境中，对一些碎片化的细节着迷，却自以为通过碎片能建构整体，从而用力地做出对于诗人甚至时代的整体判断。而对于有些诗人和批评家来说，他们不是从海子诗歌的只言片语中看到了整体，而是将自身对于历史和时代的整体判断嫁接到了海子诗歌的只言片语上，完成了惊人的一跃。人文学的想象力往往都是这样的惊人一跃，倒也是没有办法的事情。那么，在一个求同存异的立场上来说，惊人一跃也算是值得欣赏的人类在智力上的炫技。

　　解读海子的诗歌，有时也免不了通过智力炫技式的阐释努力以实现某种理解，因为海子的诗歌看似通俗易懂，连房地产商也能以之蛊惑大众，但要条分缕析而求得整体的理解，却并非易事。即如《面朝大海，春暖花开》一诗，在确认其为诗人的自我抒情的前提下，其中"告诉他们我的幸福"与"愿你在尘世获得幸福"两句所指涉的幸福是不一致的，甚至有可能是悖反的。在该诗内部，"我的幸福"与喂马、劈柴、周游世界、粮食、蔬菜、房子、大海、春暖花开有关，但这些内容是"我"决定"从明天起，做一个幸福的人"之后所关心的，并非"我的幸福"本身。"我的幸福"应该是某种决断或断念，是某种形而上的存在；而"愿你在尘世获得幸福"，其所指就是"灿烂的前程"和"有情人终成眷属"。但是，这并不是说诗人自身拒绝"灿烂的前程"和"有情人终成眷属"，而是说诗人大概觉得自己无法"在尘世获得幸福"，只好断念于此，转而追求"我的幸福"。诗人本来还设想"一个幸福的人"应该是"我有一所房子，面朝大海，春暖花开"，最终却是"我只愿面朝大海，春暖花开"，不再设想"有一所房子"了。因此，所谓的"和每一个亲人通信"，"给每一条河每一座山取一个温暖的名字"①，也更像是孤独的漫溢，而非幸福感爆棚。那么，"有一所房子"就不是类似于海景房或坟茔的实景式的想象，而是类似于海子随后的诗《酒杯》当中所写的"看哪！你的房子小得像一只酒杯/ 你的房子小得像一把石头的伞"，是"看哪！河水带来的泥沙堆起孤独的房屋"②，是诗人孤独感的一般象征物而已。在这个意义上，"我"有没有一所房子也是不那么重要的，反正"我"都是孤独的。

而且，值得进一步强调的是，与"春暖花开"可能暗示的乐观情境相反，海子在诗中总是将春天书写为悲观、痛苦的表征。在被视为海子绝笔诗的《春天，十个海子》中，诗人写"春天，十个海子全部复活"，他们"嘲笑这一个野蛮而悲伤的海子"，而"最后一个"，"是一个黑夜的孩子，沉浸于冬天，倾心死亡"，质疑"你所说的曙光究竟是什么意思"③。很明显，海子在这里反转了雪莱《西风颂》关于"冬天到了，春天还会远吗？"的浪漫抒情，着力于抒发春天与痛苦之间的关联。而在稍早于《面朝大海，春暖花开》的《秋日想起春天的痛苦　也想起雷锋》一诗中，海子反复咏叹的是"春天的一生痛苦"。春天短暂而痛苦，但这种痛苦到底是什么，并不清楚。与之相对的是，海子在该诗中反复写雷锋"他一生幸福"，并强调"如今我长得比雷锋还大"。海子的书写也许与雷锋记录的名言密切相关，雷锋曾经在日记中写"对待同志要像春天般的温暖，对待工作要像夏天一样的火热，对待个人主义要像秋风扫落叶一样，对待敌人要像严冬一样残酷无情"④。这段流传甚广的名言大概不是"沉浸于冬天，倾心于死亡"的诗人所能共鸣的，但却有可能是他倾慕的，否则很难理解他为什么要反复写雷锋"他一生幸福"。只不过"他一生幸福"的不是"在尘世获得幸福"，而是像雷锋一样将自己短暂的一生奉献给无尽的社会主义事业的幸福。当然，他是他，我是我，雷锋在

---

① 海子：《面朝大海，春暖花开》，载《海子诗全编》，第436页。
② 海子：《酒杯》，载《海子诗全编》，第446页。
③ 海子：《春天，十个海子》，载《海子诗全编》，第470页。
④ 雷锋：《雷锋日记选》，解放军文艺社，1973年，第13—14页。

海子诗中的身份虽然是"我的村庄有一个好人叫雷锋叔叔",但并非诗人的直系亲属,有亲缘关系,无遗传关系。诗人只是在相关的意义上书写"他一生幸福",而那种幸福是在诗人一生之外的,诗人的春天仍然是痛苦的,不像雷锋的春天那样,是温暖的。因此,即使"村庄中痛苦女神安然入睡"①,春天的一生仍然痛苦,在秋日怀想春天的海子,仍然只能书写他者的幸福和自己的痛苦,自己始终是孤独的。由此可以进一步推论的是,尽管将湖南长沙的雷锋视为"我的村庄"里的好人雷锋叔叔,以村庄隐喻中国,以亲缘关系指称雷锋,海子还是未能将雷锋关涉的社会主义精神遗产直接继承过来,只是在个人的孤独和痛苦的意义上对社会主义进行了一次狂想。

甚至可以说,在海子的社会主义狂想中,不仅寄寓着个人的孤独和痛苦,而且生产着一种空壳化的浪漫图景,一种因其空壳化而极容易被资本征用的浪漫图景。在《五月的麦地》中,海子写道:

> 全世界的兄弟们
> 要在麦地里拥抱
> 东方,南方,北方和西方
> 麦地里的四兄弟,好兄弟
> 回顾往昔
> 背诵各自的诗歌
> 要在麦地里拥抱
>
> 有时我孤独一人坐下
> 在五月的麦地　梦想众兄弟
> 看到家乡的卵石滚满了河滩
> 黄昏常存弧形的天空
> 让大地上布满哀伤的村庄

---

① 海子:《秋日想起春天的痛苦　也想起雷锋》,载《海子诗全编》,第364页。

> 有时我孤独一人坐在麦地为众兄弟背诵中国诗歌
> 没有了眼睛也没有了嘴唇①

在被海子诗歌的阐释者视为人类原初生存场景的麦地上,海子畅想"全世界的兄弟们"相互拥抱,"回顾往昔/背诵各自的诗歌",其中回荡着"海内存知己,天涯若比邻"的古典声音,更回荡着毛泽东时代第三世界外交及"全世界无产者联合起来"的现代声音。不过,正如"全世界无产者联合起来"是一种革命理想一样,全世界的兄弟们在麦地拥抱,也只是诗人的企望,并未发生。真正发生的是"有时我孤独一人坐下/在五月的麦地 梦想众兄弟",这意味着全世界的兄弟们在麦地拥抱是诗人作为孤独者的梦想,社会主义的革命理想已经退化为一层空壳,空壳中填充的是诗人的孤独和哀伤。而且,更有意味的是,孤独的诗人已经"没有了眼睛也没有了嘴唇"。"眼睛"和"嘴唇"是海子表达感知的重要语词,尤其是"嘴唇"一词,在海子诗中更有特殊的意义;甚至可以说,在海子诗中存在着一种借由"嘴唇"传递出来的类似婴儿口唇期的世界感知。在早期的诗作《我,以及其他的证人》中,海子写下了"那些寂寞的花朵/春天遗失的嘴唇"②这样精彩的句子,其后在《给母亲(组诗)》中写下"泉水 泉水/生物的嘴唇"③,在《大自然》中写下"你坐在圆木头上亲她/每一片木叶都是她的嘴唇"④,在《喜马拉雅》中写下"嘴唇和我抱住河水/头颅和他的姐妹"⑤,在《但是水、水》中写下"石匠们的掌像嘴唇/土地上/诗人/喃喃自语"⑥,"河流:女性的痛苦/一代代流过我手/如清风吹入大地/再次流进嘴唇/嘴唇伸展如树叶"⑦,在《眺望北方》中写下"为什么

---

① 海子:《五月的麦地》,载《海子诗全编》,第353页。
② 海子:《我,以及其他的证人》,载《海子诗全编》,第8页。
③ 海子:《给母亲(组诗)》,载《海子诗全编》,第93页。
④ 海子:《大自然》,载《海子诗全编》,第148页。
⑤ 海子:《喜马拉雅》,载《海子诗全编》,第179页。
⑥ 海子:《但是水、水》,载《海子诗全编》,第236页。
⑦ 同上,第247—248页。

我用斧头饮水　饮血如水/ 却用火热的嘴唇来眺望/ 用头颅上鲜红的嘴唇眺望北方"①，等等，海子在不同的诗作中长期复沓着以嘴唇表达的世界感知，而水是生物的嘴唇、木叶是嘴唇、用嘴唇眺望等众多比喻，使人无法在嘴唇可能的诸多含义中回避婴儿口唇期这一义项的存在。诗人可能的确如婴儿赤子般在感知世界，并在诗中表达其感知。而所谓"没有了眼睛也没有了嘴唇"，则意味着"有时我孤独一人坐在麦地为众兄弟背诵中国诗歌"的行为是一种充满问题和不安的行为，正如诗人在《太阳·大札撒》中所写的那样，"鸟叫不定，仿佛村子如一颗小鸟的嘴唇/ 鸟叫不定小鸟没有嘴唇"②，"鸟叫不定"是因为"小鸟没有嘴唇"，而诗人对于嘴唇的依恋和书写，则是因为已经远离口唇期，只能在拟想中以口唇期的方式感知世界。在这一意义上来说，海子的一切诗歌写作都源于失去所带来的不安。因此，当他在《五月的麦地》中畅想一种类似于"全世界无产者联合起来"的情境时，与其说这是一种通往未来的乌托邦想象，不如说是一种失乐园式的社会主义狂想。在同样的斜面上，海子在《灯》里畅想的"我们坐在灯上/ 我们火光通明/ 我们做梦的胳膊搂在一起/ 我们栖息的桌子飘向麦地/ 我们安坐的灯火涌向星辰"，也可以理解为一种失乐园式的社会主义狂想，结局只能是新娘无鞋，并且"竖起一根通红的手指/ 挡住出嫁日期"③，事情总是以意外的悲剧方式结束，带有某种荒诞感。因此，不应当质疑《灯诗》中的抒情主体开头咏叹"灯啊是我内心的春天向外生活"，结尾却哀叹"我宁愿在明媚的春光中默默死去"④，置身在改革开放营造的某种资本幻境中，诗人只能在社会主义狂想中沉默，认为"春天的一生痛苦"。

但是，无论怎么说，海子都够不上一个社会主义的诗人，他的狂想始终填充的是他个人的孤独和痛苦。即使是在《秋天的祖国——致毛泽

---

① 海子：《眺望北方》，载《海子诗全编》，第382页。
② 海子：《太阳·大札撒》，载《海子诗全编》，第637页。
③ 海子：《灯》，载《海子诗全编》，第341—342页。
④ 海子：《灯诗》，载《海子诗全编》，第343—344页。

东,他说"一万年太久"。》这样一首明确向毛泽东致敬的诗中,海子更加在意的也不过是"一万年太久"的下一句,"只争朝夕",他的"心还张开着春天的欲望滋生的每一道伤口",而"如今是秋风阵阵 吹在我暮色苍茫的嘴唇上",诗人在乎的不是革命功业,而是"把春天和夏天的血痕从嘴唇上抹掉"之后感受到的"大地似乎苦难而丰盛",他为此"在秋天吹响""一只金色的号角"①。因此,当他在西藏萨迦的夜里想起内蒙古草原上的英雄小姐妹龙梅和玉荣时,他一定不是真的多想和她们在一起,他只不过是又一次在抵挡资本幻境的狂想中摄入了一些社会主义的精神遗产,而下的判词却是"远方除了遥远一无所有"。在西藏萨迦的夜里,海子写了两首《远方》,一首有副标题,一首没有副标题,分列如下:

远方
——献给草原英雄小姐妹

草原英雄小姐妹
龙梅和玉荣
我多想和你们一起
在暴风雪中
在大草原
看守公社的羊群
    1988.8.19 萨迦夜时藏族青年男女歌舞嬉戏②

远方

远方除了遥远一无所有

遥远的青稞地

---

① 海子:《秋天的祖国——致毛泽东,他说"一万年太久"。》,载《海子诗全编》,第379—380页。
② 海子:《远方——献给草原英雄小姐妹》,载《海子诗全编》,第416—417页。

除了青稞　一无所有

更远的地方　更加孤独
远方啊　除了遥远　一无所有

这时　石头
飞到我身边

石头　长出　血
石头　长出　七姐妹

站在一片荒芜的草原上

那时我在远方
那时我自由而贫穷

这些不能触摸的　姐妹
这些不能触摸的　血
这些不能触摸的　远方的幸福
远方的幸福　是多少痛苦

1988.8.19 萨迦夜，21 拉萨①

在常见的阅读和阐释中，没有副标题的《远方》证明了诗人海子的绝望，他本来对"远方"充满向往，甚至宣称"我要做远方的忠诚的儿子"（《祖国（或以梦为马）》），如今却发现"远方除了遥远一无所有"，并不值得向往，那种想象自己在喜马拉雅就是"我是在我自己的远方"（《喜马拉雅》）的归属感消失殆尽。这种阅读和阐释当然自成脉络，洞见了海子诗

---

① 海子：《远方》，载《海子诗全编》，第 409—410 页。

中对于"远方"的抒情的起伏,可以很好地把源于海子而流行于当下的小资话语"诗和远方"拆解掉,所谓"远方"不过是他人活腻了的地方而已。而海子在诗中有更决绝的表达,"远方就是这样的,就是我站立的地方"(《遥远的路程——十四行献给89年初的雪》),把想象中广袤无际的地理空间收缩于脚下,彻底将"远方"形而上学化和自我中心化。那么,更为切近的解读就是,海子在有副标题的《远方》中表达了身在自己过去想象中的远方西藏时,因为不能即时融入藏族青年男女的歌舞嬉戏而畅想内蒙古草原上的英雄小姐妹,曾经的远方因为实地化而失去意义,他不得不畅想新的远方。但他显然已经深刻地知悉,"远方除了遥远一无所有",他对"在暴风雪中/ 在大草原/ 看守公社的羊群"的想望,也不过是以幻想抵挡此刻的空虚感,社会主义关于共同体建构和想象的故事是此刻孤独、郁郁寡欢的精神爆米花。海子的社会主义狂想的具体内涵就是"更远的地方 更加孤独",一旦触摸,就由幸福的狂想转为无尽的痛苦。

在这一逻辑上看《面朝大海,春暖花开》一诗中的"周游世界",其中内含的自由、跳脱的"远方"之感就会让渡给孤独和痛苦,从而和"喂马,劈柴"的游牧生活统一为一种漂泊无定的表达,而不是安居乐业的表达,并进一步稀释"我有一所房子,面朝大海,春暖花开"的世俗意味。"远方就是这样的,就是我站立的地方",尽管一个地理空间上的远方,如青海和西藏,曾经构成对诗人海子的诱惑,但真正的远方却是由他自己孤独、漂泊的精神感受所塑造出来的,故而诗人始终站立在远方却又不得不去向远方,最终将远方扼杀在一无所有之中。海子本来以为"远方就是你一无所有的地方"(《龙》),最终却发现"远方除了遥远一无所有",他不得不感慨,"你从远方来,我到远方去/ 遥远的路程经过这里/ 天空一无所有/ 为何给我安慰"(《黑夜的献诗》)。海子将空间上的各自移动视为对"一无所有"的真实验证,从而将自我孤独、漂泊的精神感受放大为天地间唯一可以确定的东西,并因此感到痛苦,又因为这种痛苦含有的自我确认而感到安慰。所谓"远方"和"一无所有",在海子这里,都构成了确认自己的孤独和漂泊的构成性要素,海子也由此完成了对于自我的确认,幸福、痛苦、安慰等问题也由此发生。在自我确认的意义上来说,海子通过一系列诗歌的写作完成了"我便是我"的认知,从而做出排他性的、唯一性的选择,"我只愿面朝大海,春暖花开"。

而在《月全食》一诗中,海子以辩难的方式展开了自我确认的表达:

我看见这景色中只有我自己被上帝废弃不用
我构成我自己,用一个人形,血肉用花朵与火包围着空虚的混沌
我看见我的斧子闪现着人类劳动的光辉
也有疲倦和灰尘

遥远的路程
作为国王我不能忍受
我在这遥远的路程上
我自己的牺牲①

在中国的新诗谱系中,《月全食》是一首很容易让人联想到郭沫若《天狗》的诗。作为新诗成立的标志诗人之一,郭沫若在《天狗》中抒发的自我意识既具有明确的时代性,也对后世有着不可否认的影响;海子是否在影响的焦虑中反写《天狗》,不得而知。就文本的对照来看,郭沫若自喻为天狗,通过吞噬一切而达成自我的确认,与海子自喻为月亮,通过回到尘土、被废弃不用而达成自我的确认,恰好是相反的。海子曾经在《给卡夫卡》一诗中写"当他被身后的几十根玉米砸倒"②,可见其内在的逻辑里也许有着卡夫卡的一切障碍都将粉碎我的影响,他无法像郭沫若那样想象一切外物汇聚于"我"而形成的内爆,而只能想象"我构成我自己"。在郭沫若那里,"我"是一个时代的大我,看上去极端自我中心,却是一个时代集体的代言,而在海子那里,虽然"我看见我的斧子闪现着人类劳动的光辉",似乎还折射着"我"作为人类集体一分子的成色,

---

① 海子:《月全食》,载《海子诗全编》,第468—469页。
② 海子:《给卡夫卡》,载《海子诗全编》,第147页。

但"我"却只能"构成我自己",而且"作为国王我不能忍受/ 我在这遥远的路程上/ 我自己的牺牲",没有"我"的内爆,更没有"我"的牺牲所带来的"凤凰涅槃"。郭沫若的"我"是随着时代而更新的,海子的"我"则是拒斥时代的入侵,拒绝更新的。因此,对于海子来说,即使他在《太阳·断头篇》里幻想"我是一颗原始火球、炸开/ 宇宙诞生在我肉上,我以爆炸的方式赞美自己"①,也不是向往自我的更新,而是将自我视为宇宙的主宰,一切皆以自我为中心,疑似一种宇宙大爆炸版的"宇宙便是吾心,吾心即是宇宙"的主观唯心论。

既然海子诗中的"我"乃是自我中心且不变不灭的,那么,可以推论的是,就算他在《面朝大海,春暖花开》中有了决断或断念,决心"从明天起"如何如何,他的自我认知也不会有任何变化,一切都无可改变,时间的流驶与他无关。这大概就是他在《亚洲铜》中写下"祖父死在这里,父亲死在这里,我也将死在这里",在《秋日黄昏》中写下"愿有情人终成眷属/ 愿爱情保持一生/ 或者相反 极为短暂 匆匆熄灭/ 愿我们从此再不提起"②,充满命定感和虚无感的原因吧。而《秋日黄昏》中对祝愿的二律背反式的书写,也许可以说是《面朝大海,春暖花开》的潜台词,他祝福陌生人"有一个灿烂的前程","有情人终成眷属","在尘世获得幸福",也未见得有多么真诚,他深刻体验过,"极为短暂 匆匆熄灭"也是常情。《面朝大海,春暖花开》虽然没有《秋日黄昏》那么凄怆、沮丧,但也谈不上有多么温暖,更不至于能发展出励志诗的读法。

而且,《眺望北方》可能是《面朝大海,春暖花开》的另一个版本:

我在海边为什么却想到了你
不幸而美丽的人 我的命运
想起你 我在岩石上凿出窗户
眺望光明的七星

---

① 海子:《太阳·断头篇》,载《海子诗全编》,第485页。
② 海子:《秋日黄昏》,载《海子诗全编》,第372—373页。

眺望北方和北方的七位女儿
在七月的大海上闪烁流火

为什么我用斧头饮水　饮血如水
却用火热的嘴唇来眺望
用头颅上鲜红的嘴唇眺望北方
也许是因为双目失明

那么我就是一个盲目的诗人
在七月的最早几天
想起你　我今夜跑尽这空无一人的街道
明天，明天起来后我要重新做人
我要成为宇宙的孩子　世纪的孩子
挥霍我自己的青春
然后放弃爱情的王位
　　　去做铁石心肠的船长

走遍一座座喧闹的都市
　　我很难梦见什么
除了那第一个七月，永远的七月
七月是黄金的季节啊
当穷苦的人在渔港里领取工钱
我的七月萦绕着我，像那条爱我的孤单的蛇
——她将在痛楚苦涩的海水里度过一生

1987.7 草稿
1988.3 改①

---

① 海子：《眺望北方》，载《海子诗全编》，第382—383页。

"我"因为想起你而眺望北方，而自觉是"一个盲目的诗人"，而决心"明天，明天起来后我要重新做人"，这可以视为补足了《面朝大海，春暖花开》里决心"从明天起"的理由，其中包含"我在海边"且街道空无一人的孤独，一种类似《日记》所表达的孤独，也包含"我"的盲目以及婴儿口唇期般的世界感知。而"走遍一座座喧闹的都市/ 我很难梦见什么"，也从反面说明《面朝大海，春暖花开》诗人周游世界的目标为什么不涉及都市，这个"宇宙的孩子，世纪的孩子"，是反都市的。或者借用穆时英的修辞逻辑来说，海子是一个都市不感症患者，在他的诗中，西藏只有"一块孤独的石头坐满整个天空"（《西藏》），整个中国也只是一个"村庄"（《秋日想起春天的痛苦 也想起雷锋》）。但海子所以对都市"不感"，乃是一种恐惧的自闭，他认为"擅入都市"是可怕的（《吊半坡并给擅入都市的农民》），认为"我腹中满怀城市的毒药和疾病"（《太阳·土地篇》），要"忍住你的痛苦/ 不发一言/ 穿过这整座城市"（《太阳和野花——给AP》），才有可能成为拯救者。海子虽然在《城里》一诗中写过城市的绿树、汽车、落叶、工资和爱情，甚至写"谁在这城里快活地走着/ 我就爱谁"，充盈着温暖的城市烟火气息，但就像他在《街道》中所写的，他对于"仍然容得下/ 这么多售货员、护士长/ 和男秘书"的城市街道并不留恋，而钟情的是有歌声的乡下，要"在乡下/ 在众鱼之间/ 生儿育女"。都市于他而言，只是"最近才出现的小东西/ 跟沙漠一样爱吃植物和小鱼"（《印度之夜》），如同沙漠或者废墟一样，只会增添他的孤独和痛苦。因此，《面朝大海，春暖花开》的句子实在不宜成为房地产商修饰资本造物的辞藻。而资本居然堂而皇之地将其征用了，说明资本的吞吐能力以及制造幻境的能力，并不是海子式的抒情和痛苦所能阻挡的。

　　而极为值得进一步讨论的是海子诗中的"明天"往往与时间的流驶无关，它与昨天、前世共享了同样的时间平面，是凝滞不动的。充满惶惑之感的诗题"明天醒来我会在哪一只鞋子里"也许暗示着海子也感受到了时间的流驶，但诗中所慨叹的却是"老不死的地球你好"，自己无论晨昏夜晚都在地球上，与时间无关。因此，海子更加容易抒发的是，"我们已没有明天。明天是别人的日子"（《太阳·弑》），所谓"从明天起"，也就是"一无所有",也就是"思念前生",他将自己和庄子等价,泯灭人类所建立起来的时空界限。当海子宣称"当我痛苦地站在你的面前/ 你不能说我一无所有/ 你不能说我两手空空"(《麦地与诗人》),其中也许回响着泰戈尔对"世界上最遥远的距离/ 不是生与死的距离/ 而是我站在你面前/ 你不知道我爱你"的抒发,海子应当是认为"一无所有"和"两手空空"才是真正的爱和回应,而不希望"觉得你温暖,美丽"算对麦地的回应。这种无中生有的逻辑,大概是海子进行狂想和抵挡一切的最终逻辑吧。也正因为如此,一系列相反的概念,在海子的诗里,往往表达的是相同的内涵。在这个意义上,需要特别注意海子在《但是水、水》的后记中所说的话,"我的痛苦也就是我的幸福",这句话印证了他在《明天醒来我会在哪一只鞋子里》一诗中的表达,"我不能放弃幸福/ 或相反/ 我以痛苦为生",痛苦和幸福一而二,二而一,矛盾地共在于海子的感觉结构中。而他在《面朝大海,春暖花开》中所写的"从明天起,做一个幸福的人",当然也就是"从明天起,做一个痛苦的人",那种世俗的幸福感和励志感,实在不过是资本的幻境而已。

最后,让关于幸福的讨论结束在海子下面的诗中吧:

幸福的一日
　　——致秋天的花楸树

我无限地热爱着新的一日
今天的太阳　今天的马　今天的花楸树
使我健康　富足　拥有一生

从黎明到黄昏
阳光充足
胜过一切过去的诗
幸福找到我
幸福说:"瞧　这个诗人

他比我本人还要幸福"

在劈开了我的秋天
在劈开了我的骨头的秋天
我爱你,花楸树①

诗人抒发了自己比幸福本身还要幸福的感受,只因为这是"在劈开了我的秋天/ 在劈开了我的骨头的秋天"。被劈开自然是痛苦的,然而诗人所感到者为幸福,个中滋味,不足为世俗中人道也。

---

① 海子:《幸福的一日——致秋天的花楸树》,载《海子诗全编》,第357页。

新诗学

诗歌的引擎：论当代新诗的动力装置

一 行

一 引言

正如可以从四种"原因"（质料因、形式因、动力因和目的因）来考察事物之存在那样，我们也能从四个不同的方面来考察一首诗的构成：(1)从诗所征用、聚集的质料或材料［狭义的质料，如词语、标点和沉默（空白）；广义的材料，如被语言组织起来的记忆、想象、观念和知识等］出发；(2)从诗的形式、结构或组织方式出发；(3)从诗的原初动力来源和内在行进方式出发；(4)从诗所承载的主旨或完成它的意图出发。这四种考察诗的方式分别可以命名为"材料（质料）诗学""形式诗学""动力诗学"和"目的诗学"。由于这四个方面始终相互关联、彼此嵌合地共生在一起，对其中任何一方面的考察都无法完全离开其他三个方面；但在具体的诗学分析中，我们总是会有所侧重地将某一方面当成分析的聚焦点，有时是当成诗的首要或优先要素。因此这四种诗学的分类是在韦伯所说的"理念类型"的意义上做出的，实际存在的诗学总是它们的某种混合体。

在既有的诗学研究和诗歌批评中，"目的诗学"是自古以来就占据最多份额的一种对诗的理解和阐释方式，而"形式诗学"在近现代诗学中后来居上，逐渐获得了与"目的诗学"分庭抗礼的地位。"目的诗学"的主导地位，一方面来自"理解作者意图"在多数历史时段中都被认为是文本阐释的核心任务（现当代阐释学兴起后，它才受到挑战），另一方面则是因为在历史的大多数时期，诗的主旨或意图被视为诗是否具有意义、价值或真理性的关键所在。在"文以载道""诗言志""诗是对自然的摹仿"或"诗（美）是理念的感性显现"等中国和西方的主要诗学论断中，诗的意图或主旨被嵌入宇宙、政治、人格、精神、天道和神圣这样一些整全性的"目的论"或"准目的论"秩序之中，并在此整全秩序中得到评估和衡量。这意味着，诗学阐释中对"诗之目的（主旨和意图）"的重视，与前现代世界中人们对"存在秩序"所蕴含的"客观目的"或"绝对目的"的信念密切相关——在前现代世界中，诗的意义在于它与人置身其中的整全秩序的关联，诗只有在其主旨、意图合乎或体现出了这一秩序时才会被认为是卓越和美善的。

随着"目的论"在近代以来的人类观念中逐渐解体和崩塌，"客观目的"和"绝对目的"从自然、政治、历史、人格中被先后驱逐出去。诗之主旨或意图不再需要符合、体现任何一种先定的存在秩序，而完全成为诗人个体的情感、意志、理智和想象的产物。"目的论秩序"的解体造成"诗之目的"的主观化和个体化，由此在近现代西方引发了"形式诗学"的兴起和壮大。在康德那里，"美"虽然并不来自任何客观目的，但也不是完全主观化和个体化的东西[①]，而必须包含一种基于共通感的普遍性与"合目的性"——古典自然目的论消解后，这种不包含任何"确定目的"（或"概念"）的普遍性与"合目的性"，只能体现在自然物和艺术作品的"形式"中[②]。此即现代"形式诗学"的滥觞。"形式因"摆脱了"目的因"的统摄和约束，成为艺术中自治性的因素，继而成为艺术的首要因素。在尼采那里，"形式"被置于艺术的中心："艺术家之所以是艺术家，是因为艺术家把一切非艺术家所谓的'形式'当作内容来感受，即当作'实事

[①] 康德说："一切目的如果被看作愉悦的根据，就总是带有某种利害，作为判断愉快对象的规定根据。所以没有任何主观目的可以作为鉴赏判断的根据。但也没有任何客观目的的表象，因而没有任何善的概念，可以规定鉴赏判断。"参见［德］康德《判断力批判》第 11 节，邓晓芒译，人民出版社，2002 年，第 56 页。

[②] 参见康德《判断力批判》第 11 节《鉴赏判断只以一个对象（或其表象方式）的合目的性形式为根据》，以及第 48 节《天才对鉴赏的关系》，第 56 页、156 页。

本身'来感受"①。在现代主义以来的艺术主张中，艺术被界定为"有意味的形式"，艺术活动被等同于"新形式的创造"，"个体化的形式"几乎成了"风格"的同义词。毫不夸张地说，"对形式的关切"乃是现代主义艺术和诗歌的入场券。

尽管"形式"一词在不同思想家、艺术家和诗人那里的含义并不完全相同（例如康德更强调形式与"鉴赏力"的关联以及形式的普遍性方面，尼采强调形式创造与"酒神"的关联，现代主义艺术强调形式的个体性），但各种现代的"形式诗学"仍然具有一些共同特征："形式"是某种概念或观念的载体，它体现的主要是诗人或艺术家对作品的谋划和控制力。同时，"形式"总是显现于作品的"完成状态"，就"目的"（telos, end）指事物的"完成"或"终极"来说，"形式"必定在自身中包含着某种"目的"或"合目的性"。现代诗歌和艺术中的"形式"不被以往时代的"目的因"所统摄，但"形式"自己成了"目的"。因此，现代的"形式诗学"其实是"目的诗学"在摆脱"目的论"支配之后的某种变体：信奉"形式诗学"的艺术家和诗人，将自身的主观意图体现于作品的"形式"之中；而批评家和研究者则将此过程逆转过来，从作品的形式出发理解其主旨。

然而，在"形式诗学"日益成为现代诗学研究主潮的同时，另一些与此不同的水流也在酝酿着自身的波动和暗涌。从哲学上看，"目的论"的解体或"目的因"地位的降低，一方面带来了"形式的解放"，另一方面更重要的是导致"动力因"和"质料因"在诸原因中位置的大幅提升。近现代自然科学中，动力因构成的因果关系成为解释自然的主要模式；在形而上学领域，斯宾诺莎—尼采—德勒兹一系的内在论，将世界和生命理解为由"力量关系"构成的动力系统；与此同时发生的，是生命的质料性（身体、"肉"或"无意识"）得到了前所未有的强调和重视。现代诗学中，关于想象力（浪漫主义）和创造性直觉（马利坦）的诗学，关于"诗之精神的行进方式"（荷尔德林）的诗学，关于"权力意志"（尼采）和

---

① ［德］尼采：《强力意志》第818条，转引自海德格尔《尼采》上卷，孙周兴译，商务印书馆，2002年，第132页。

"生成"（德勒兹）的诗学，关于"投射诗"（查尔斯·奥尔森）的诗学，都可以视为"动力诗学"的某种形态；而关于"身体"（尼采、梅洛-庞蒂、南希等）的诗学，关于"元素"（荷尔德林，巴什拉）的诗学，关于"无意识"（弗洛伊德、荣格和拉康）的诗学，关于"经验"（艾略特，里尔克）和"知识"的诗学，则构成了狭义和广义的"材料（质料）诗学"的当代形态。

所有这些现当代西方的"动力诗学"和"质料诗学"都极具启发性，它们有助于我们改变或平衡到目前为止的"目的诗学"和"形式诗学"在诗学中的统治地位。但是，对于中国当代新诗研究和批评来说，这些诗学思想提供的概念框架和思考方式未必是完全合适和切身的。它们一方面常常过于高蹈或形而上学化，缺少可以落实到具体文本阐释与细读中的着眼点或立足点；另一方面，它们植根于其中的土壤是西方的语言经验和思想经验，与中国诗的语言和思想经验存在着一定隔阂，因而不容易进行对接。这样的情形下，从中国诗的基本经验出发，对中西方诗学的相关义理进行反思性的综合，在当代语境中重构一种"动力诗学"的理解方式，就是可以尝试的任务。本文的努力，便是以"诗的动力装置"为主要概念来建构这一"动力诗学"，并据此来讨论中国古诗向当代新诗的历史转变中显示出的若干诗学问题。

二　什么是诗的动力装置？

在亚里士多德那里，"动力因"乃是"变化或停止变化最初所由以开始者"，"一般来说，造物者就是所造物的原因，致变者就是所变化的原因"①。在将"诗"主要理解为一种人为"制作物"的西方诗学中，诗的动力因就是诗人或诗人的灵魂。进一步分析时，诗的动力因又可归结为几种要素的结合：写诗的能力或技艺（它主要是一种思虑、谋划和认识），作

---

① ［古希腊］亚里士多德：《形而上学》，吴寿彭译，商务印书馆，1996年，第84页。

为写作意志的生命欲望,触发写诗冲动的事件、遭遇或感受。西方古典诗学更强调诗人灵魂中的"技艺"层面,而近代浪漫主义更多的是将主体的"创造力"(它是以想象力为核心,对意志、直觉、理智、感受乃至无意识的综合)作为诗的动力因,德国观念论则将诗的原初动力理解为"精神"。"精神"似乎是意志、技艺和感受的聚集,其中技艺决定了诗歌形式的完善程度,感受提供了诗的材料和主题雏形(诗歌主题的完整成形还需要经过意志和技艺的整合),而使得形式与材料得以结合并推动一首诗的诞生的,则是诗性意志的决断——意志同时也决定了诗的活力、强度及其持久性。

如一些思想家和学者所看到的,西方哲学和诗学的基本概念框架在一定程度上源于"制作活动"的经验①。形式与质料、动力与目的的分离、对峙,乃至于"诗之动力因"中意志、能力和感受的分离,都是因应着制作活动的不同环节、方面并从中提取出来的。就诗学而言,这一框架的局限有二:其一,在受亚里士多德主导的西方传统中,与"自然物"的动力因内在于其自身不同,"制作物"的动力因在其外部,纯然被制作者(人)所规定,由此,诗的制作就完全被诗人的主动性和控制性所支配,意志与能力(技艺)就被当作诗的决定因素;其二,无论是将诗视为一种"对自然的摹仿术"(柏拉图、亚里士多德),还是将诗理解为"精神之创造物"(黑格尔),都将诗与自然分隔、对立起来,而忽略了诗与自然之间的内在连通。

与西方主流诗学相异,中国古典诗学首先是从"感"出发的,诗乃是"感兴"或"感通"。"感"的根据是阴阳变易、时序更迭所引发的"气"

---

① 海德格尔认为:"制作性施为并不仅仅局限于可制作者和被制作者,它在自身中蕴藏了存在者之存在的领悟可能性之可观的广度,这个广度同时便是古代存在论基本概念所拥有的普遍意义之基础。"参见[德]海德格尔:《现象学之基本问题》,丁耘译,上海译文出版社,2008年,第153页。舒曼将海德格尔的这一洞见激进化,得出了整个西方形而上学都建立在制作或手工业活动的经验之上的结论。但丁耘认为,舒曼忽视了亚里士多德那里对"自然"进行处理时的复杂性,因为"自然"作为动力因与目的因之合一的特征,无法从与制作活动的类比中得出。参见丁耘:《道体学引论》,华东师范大学出版社,2019年,第30—33页。

之运行、连通和扰动。刘勰《文心雕龙·物色》言:"春秋代序,阴阳惨舒,物色之动,心亦摇焉。盖阳气萌而玄驹步,阴律凝而丹鸟羞,微虫犹或入感,四时之动物深矣。"钟嵘《诗品序》亦言:"气之动物,物之感人,故摇荡性情,形诸舞咏。"如果与西方诗学的基本概念框架进行比较,中国古典诗学并不将"诗"理解为一种"制作物",而是将它理解为某种"(准)自然物",和其他自然物一样是"气"之聚集和贯注形态。这一观念包含两个重要的诗学推论。其一,诗人作诗的"被动性"的一面得到了凸显,诗诞生于人被自然和人世变易所触发、感兴而形成的"情志"。"感受"被认为是诗文最重要的原初动力,中国古典诗学始终主张,"有感而发"的诗才是真实可信的。其二,"气"作为使诗得以发生、运行的推动力,并不只是存在于诗人(作者)身上,它也流行、贯注于诗作之中,这意味着诗不只是纯然被作者这一"动力因"所决定,而是在其内部同样包含着一种自组织性质的"气"的运行脉络和自动机制。"气"在自然、诗人、作品和读者这四者之间连通、传导并交相感应。中国诗论和艺术论中不断出现的一些说法,如"气韵生动""文气贯通""真气贯注""一气呵成"[1]等,都证明了这一点。从《易传》发端、经孟子和庄子传递下来的"气的诗学",在曹丕《典论》中被简练地表述为"文以气为主",并由刘勰、钟嵘等论者所发挥,对后世产生了深远影响。基于"自然"和"气"这两个基本词语而来的中国古典诗学,由此表现出对意志和技艺在诗文中作用的贬抑,唐代李德裕《文箴》便是一个典型例证:"文之为物,自然灵气。恍惚而来,不思而至。杼轴得之,澹而无味。琢刻藻绘,弥不中贵。如彼璞玉,磨砻成器。奢者为之,错以金翠。美质既雕,良宝斯弃。"

虽然《文箴》对诗文的见解主要来自道家学说,但其中的基本观念同样被多数儒家文人所承认。对意志之主动性的去除,对技艺思虑之谋划、雕琢的反对,是为了牢牢地将诗文与"自然"、与不可控的感受和偶然性

---

[1] [日]小野泽精一、福永光司、山井涌编:《气的思想》,李庆译,上海人民出版社,2007年,第452—453页。

相绑定。这确实切中了诗歌写作的一个重要方面。任何一位对写作有真实经验的诗人和批评家都知道,在诗人对创作施加的主动控制之外,诗总是包含着溢出控制的部分①。但是,这样一种以"自然之气"立论的动力诗学也仍有偏颇之处,除了它对诗中的思虑、技艺等可控制性的一面评价过低,其笼统和空泛性也是显而易见的,缺少对"气"在诗中的内在运行方式的更深入、细致的描述。

通过对照西方诗学和中国古典诗学中的动力论部分,可以发现它们之间的争执起因于究竟是将诗主要视为一种"制作物"还是"(准)自然物",由此才产生了在控制与非控制、技艺之谋划性—主动性与感受之自发性—被动性之间的不同取向。那么,是否有一种方式可以调和与平衡这两种不同主张呢?事实上,确实存在着一种理解方式,它能在"制作物"与"自然物"之间另辟一条可能的思想通道,这便是将"诗"理解为一种"有机化的语言组织",其"有机化"的程度高低决定了它更接近于"自然物"还是更接近于"制作物"。西蒙东曾将"技术物"理解为"有机化的无机物","在有机化的同时,它[技术物——引者]变成了一个不可分割的整体,并获得某种类似自我性的动力因"②,因而具备自主进化、内在共鸣和个体化的潜能。有机化程度较高的技术物并不只是被制作出来的、动力完全来自外部的东西,而是拥有通过"递归"趋向于自身同一性的能力。受西蒙东影响的当代技术哲学,用"有机主义"和"普遍器官学"来理解技术物的存在方式,这是对人造物与自然物、机械论与生机

---

① "溢出控制"的部分包含着三个相互关联的层面:(1)诗人在创作中不断遭遇到或(通过记忆和想象)涌现、生成的各类突如其来的声音、形象、观念和知识材料,它们一般被称为灵感或"运气";(2)诗的行进,或其声音、形象和观念的运动机制往往遵循着一种法则,这种法则一部分是诗人构想出来的,一部分是可被诗人掌握的(例如语法规则),但还有一部分是引导诗人、支配诗人听命于它的自动力量;(3)一首诗的诞生,常常是受到现实世界中某一经历、某一事物或事件的触发,因而诗的发动多数时候是不可控的。这三个层面主要与一首诗的"开始"和"运行过程"相关,尽管它们也肯定会影响到一首诗的最终形态。它们分别对应着诗的偶然材料(不同于作者事先安排好的材料)、诗的行进方式(动力装置)和诗的感受动机。偶然材料是"材料诗学"的研究对象,诗的行进方式和感受动机则是"动力诗学"的研究对象。
② [法]贝尔纳·斯蒂格勒:《技术与时间》第一卷,裴程译,译林出版社,2000年,第85页。

论、必然性与偶然性之对立的扬弃。在从柏拉图到黑格尔的西方哲学中，"灵魂"或"精神"被理解为一种圆圈、一种不断自我回归的能力。随着现代世界的展开，这种原本属于灵魂（或精神）的能力，以一种变更了的模式先是被赋予了有机体（生物），继而被赋予了某些技术物（例如"控制论机器"）。不过，机械性的重复或不含差异的回归不过是死亡，在回归中对偶然性的吸纳（甚至生成差异的能力）才是"活"的标志。因此，任何具有活性的递归系统都以偶然性为条件，如许煜所言：

> 递归不仅是机械重复；它以回归自身并决定自身的循环运动为特征，每一个运动都有偶然性，偶然性又决定了它的个别性。我们可以想象一个螺旋形，它的每一个环形运动都部分地由上一个环形运动决定，之前运动的影响依然作为观念和效果延续着。这幅图景与灵魂相符。所谓灵魂就是为了理解和决定自身而回归自我的能力。它每次离开自己，都在轨迹中将其反思现实化，我们称之为记忆。正是这种体现为差异的额外之物见证了时间的运动，也改变着本身即是时间的存在，从而构成了整体的动力学。每个差异都是一次区分，是时间中的延迟和空间中的被区分，一个新的创造。每次反思运动都留下路标似的痕迹；每个痕迹都承载着一个疑问，而答案只能通过运动的全体来解决。这种质疑是一种测试，因为它既可能下跌也可能继续加强，就像曲线上的运动那样。决定其下跌或加强的是内部与外部之间的偶然相遇。①

这种以"有机性"来克服"自然"与"制作"的二元对立，并以"递归"与"偶然"来诠释"有机性"的思想方式，也能运用于诗学之中（如许煜所言，"有机性"在今天已经成为思想的条件）。诗可以视为一种"有机化的语言组织"（在某种程度上，诗也合乎许煜所说的"宇宙技术"的界定），它同时与自然、技术和精神相关，并在三者之间获得了自身的位

---

① 许煜：《递归与偶然》，苏子滢译，华东师范大学出版社，2020年，第5页。

置。诗的不同类型或形态，依据其有机化的程度和方式区分开来[例如，有"线性运行的诗"，有"在预定机制（格律）中递归的诗"，有"不定期递归的诗"，有"设计性的诗"，有"开放性的诗"甚至"高度混乱的诗"]。这些不同的有机化方式，也是诗歌的动力性被组织起来并进行传导的方式。越是杰出的诗歌，就越是呈现出"自组织"和"个体化"的特征，其内在的动力性（或活力、能量）就越是充沛。如果我们用"有机化组织"的模式来理解诗歌，就可能避免将诗单纯地视为"制作物"或"自然物"各自带来的局限。

正是在这一意义上，我们提出"诗的动力装置"这一概念，并将其比喻为"诗歌的引擎"。"引擎"是发动机中的核心部分，它是一种基于反馈原则的控制论系统，是车辆、轮船等机器或交通工具的动力源泉。在转义表达中，"诗歌的引擎"乃是使诗的动力得以保持、贯注并得以传导的诸种语言配置和环节构成的整体，亦即一首诗内部的动力运行机制。"引擎"的比喻，并非在暗示诗歌应被理解为一种"机器"[1]，正如前文所说，好的诗歌可以像任何有动力性的东西，无论它是灵魂、机器还是生物。这种动力性在诗的静态视觉形式中只能部分呈现出来[2]，但只要我们写作、

---

[1] 海德格尔在《哲学的终结与思想的任务》一文中，认为作为现代技术之本质的"集置"在今天主要体现为"控制论科学"对世界的支配，控制论就是形而上学（哲学）的终结之所。在另一处，海德格尔甚至看到了"有机性"这一概念本身隐藏的"控制论"因素，他说"有机性"是现代性征服"自然"的机械—技术性的胜利。因而他反对"有机性"概念以及任何一种基于此概念的哲学思考方式。参见海德格尔：《面向思的事情》，陈小文、孙周兴译，商务印书馆，2007年，第71页。许煜部分同意海德格尔的这一判断，认为当代人需要以多元的"宇宙技术"超越以"控制论机器"为代表的"机械有机主义"。但许煜并不认为需要完全抛弃"有机性"和"控制论"，而是要看到这两个概念的多重面相，尽量扩展其非还原性的、对偶然保持敞开的方面。参见许煜：《递归与偶然》，第341—347页。本文中，"引擎"这一隐喻虽然包含着"控制论机器"的意思，但我用它来强调的恰好是其对偶然性和多元性保持敞开的那些维度。换句话说，这是一种多样的、异质的、可以作为"非引擎"的"引擎"。

[2] 出现在屏幕、刊物和纸上的诗，按照其视觉性的分行方式和排版方式，也会形成一种"视觉势能"并传导至心理层面，因此也能作为诗的动力装置的构成部分。奥尔森的"投射诗"理论就特别注重诗的分行、排列和印刷方式。到目前为止，一首诗在被阅读和理解中形成的"内在的声音和意义节奏"仍然是比视觉形式更重要的动力因素，虽然视觉形式的重要性正在上升。

阅读和理解一首诗，它就会成为包含着声音、气息、形象、观念、能量和意义运动的系统。这一系统的发动固然来自系统外部（作者），其组织方式部分地出于作者的构思和谋划，但也具有若干相对独立的自动特征，即使是作者也被这些自动语言机制所牵引甚至支配。特别是在有机化程度很高的诗作中，自动性的递归原则在很大程度上主导着诗的运行——诗以各种方式不断地返回到某些声音、意象和观念那里，其展开或行进就是自我参照、自我调整、自我变异和自我回归。这里需要区分"诗的原初动力"（"精神"或"气"）和"诗的动力装置"："原初动力"首先作用于诗的发动或开始（类似于"点火"），然后转化为"诗的动力装置"而统摄着诗的材料和形式。诗的原初动力与其动力装置的关系，可以用斯宾诺莎哲学中的"神"和"诸样式构成的系统"的关系来说明。在斯宾诺莎看来，神是所有样式的动力因，同时，神又表现为样式与样式之间相互作用的力量或动力关系。一首诗的原初动力是其动力装置的根据，这种原初动力又以动力装置的形态保持在一首诗的始终。

因此，诗的"动力装置"既统摄了诗的材料或质料（记忆、情感、想象、观念和知识，等等），又统摄了诗的全部形式要素（语气、语调、句法、速度、韵律、节奏和密集性，等等）。那些在"形式诗学"和"质料诗学"中被当成独立主题而分别讨论的问题，在"动力诗学"中被连在一起考虑。我们也可以推论出，"材料诗学"不可避免地带有"动力诗学"的成分。例如，巴什拉对"水、火、土、气"四元素引发的诗性想象或"质料想象力"的探讨，就包含着非常丰富的关于诗歌原初动力（"灵魂之遐想"）、诗歌行进方式（形象的生成与变异）的内容。而中国古典的"气的诗学"，既是一种质料诗学，也是一种动力诗学。同时，"形式诗学"也以某种方式被吸纳到"动力诗学"之中。例如，诗的"节奏"不只是一个形式问题，而且是动力问题，节奏不仅包含声音节奏，也包含叙事节奏、形象变形的节奏、观念嬗变的节奏等。"张力"这一形式问题同样是一个动力问题，张力是为动力服务的，诗通过张力形成势能，从而推动自身的行进。这样看来，形式诗学中称为"动态形式"或"内在形式"的东西，在动力诗学中其实就是"动力装置"。

诗歌的引擎：论当代新诗的动力装置

在西方诗学史中，我们可以举出两位诗人（荷尔德林和查尔斯·奥尔森）对"动力诗学"的阐发，他们分别从不同的观念根据出发对"诗的动力装置"提出了自己的理解和构想。荷尔德林《论诗之精神的行进方式》一文，是依据德国观念论的原则对"诗的动力装置"的深奥论述。他将诗视为一种"包含精神的有机体"，"精神"就是诗的原初动力，其展开是通过一系列内在矛盾（普遍性与个性、无限者与有限者、对峙与统一）的冲突和"音调的转换"（"天真的""理想的"和"英雄的"这三种音调之间的不同组合与连接序列）来推动自身行进。在这一进程中，"精神意蕴"（诗歌对共同性或所有部分之和谐共在的要求）与"精神形式"（诗歌中各个部分间的转换和差异）之间的冲突，是通过材料的安排和分配来解决的，它要求"材料的形式在所有部分保持同一"：

> 和精神一样，材料也必须为诗人所习得，当材料以其完整的禀赋忽然成为当下现实，当研究了它给诗人造成的印象，那也可能是偶然的最初之喜悦，认为它能够接受精神的安排措置，适合于精神在自身及他者中的再创造并且对这一目的发挥积极的作用。在这番探索之后，再次感觉到材料，将其所有部分再次唤到眼前并且以一种尚无言传的感情理解了它的作用，诗人就以自由的兴趣，将之变为自己的并且牢牢把握住它。……须分配材料，须保留完整的印象，同一性须成为从一点到另一点的奋进，而完整的印象处处找到自己，好让起点、中心和终点处于最深情的关系之中，以致在结束时回溯到始发处而由此回归中心。①

在这里，荷尔德林所说的"材料的形式在所有部分保持同一"或"在结束时回溯到始发处而由此回归中心"，其实就是其室友谢林和黑格尔在哲学中阐发的"同一与差异"（"递归与偶然"）原则。通过递归，材料本身所具有的偶然性或差异被整合进诗的有机体之中。材料在第一次出

---

① ［德］荷尔德林：《荷尔德林文集》，戴晖译，商务印书馆，1999年，第220页。

现时会引发"偶然的最初之喜悦","偶然"是因为材料在此时仍是"事实性"或实际存在的东西，精神需要对它进行一种造型性的安排或再创造；而当它在分配中再次出现并被诗人感觉到，则成了被把握的、本质性的东西，成了被居有的"本己之物"。材料经过观念论原则的改造，从"实际存在的东西"变成了"具有持存性的语言造型"，被置入永久的根基之中[①]。通过对业已习得的材料的分配，"完整的印象"便在"精神的奋进"中不断自我保持和返回。当一切材料都被转化为"本己之物"，其偶然便消弭于同一性，诗就获得了一种精纯。这里包含着从"异己之物"向"本己之物"的转换，它也是精神从"在他者之中"向"自身"的回归。在荷尔德林对诗歌行进方式的设想中，高度有机化的"观念论诗歌"成为诗的典范或理想形态。

美国诗人查尔斯·奥尔森1950年在其影响深远的《投射诗》("Projective Verse")一文中，对诗的动力装置问题做出了与荷尔德林极不相同的阐述。《投射诗》围绕着三个原理展开：(1)"场（或原野）写作"(composition by field)；(2)"形式向来不过是内容的延伸"(Form is never more than an extension of content)；(3)"一种感知必须快速而直接地导致另一种感知"(One perception must immediately and directly lead to a further perception)[②]。第一项原理意味着诗人需要置身于开放的"能量场"（"原野"）之中，充分吸收"场"中的各类能量和生机。第二项原理则是对传统诗歌和学院派诗歌的"预定形式"（如格律）的反对，强调"形式"是从诗歌创作这一自然、物质的过程中有机生长出来（形式只能动态生成，而不能事先规定）。第三项原理强调诗是一种诉诸"即刻感知"的传导机制，其材料必须保持直接性、新鲜性与活力。奥尔森说："诗歌在一切方面都必须是一个高能结构，同时又必须是一个能量释放的结构。"这种"高能结构"的实质是一种开放的、不确定的同时进行能量吸收、转化和传导的动力

---

① ［德］沃尔夫冈·宾德尔：《论荷尔德林》，林笳译，华夏出版社，2019年，第31页。
② ［美］查尔斯·奥尔森：《投射诗》("Projective Verse")，载Ralph Maud编《奥尔森读本》(A Charles Olson Reader, Manchester: Carcanet Press Limited, 2005)，第39—40页。

学结构,它将"音节"和"诗行"作为贯注气息、传递能量的语言载体,并在诗的行进中始终保持着散射状的、不断振荡和曼衍的形式(诗的结构、行数、行的长短、排列乃至印刷形式都极度多样化)[①]。与荷尔德林强调诗人应对材料进行观念论转化("精神的再创造")不同,奥尔森认为诗的材料必须是直接和即时获得并原汁原味地置入诗中,否则其能量和活性就会损失;另一方面,奥尔森受量子力学中"不确定性"观念的影响,认为现代诗歌应该保持在一种对"偶然性"的绝对开放姿态之中,而不应采取具有固定格律和递归性的封闭形式。奥尔森对诗中"呼吸"或"气息"的强调,让人想到他或许受中国古典诗学的影响,但他诉诸的"口语"和极度日常化的"客体诗"观念显然是大众民主时代的产物,没有半点"文人气"。这样一种对诗歌的野性、活力和开放性的推崇,使得"投射诗"所设想的诗歌动力机制看上去像是一种"后现代量子生成装置"。

荷尔德林的"观念论的递归结构"和奥尔森的"开放性的高能结构"分别代表了两种类型的"诗歌引擎",它们非常典型地体现了德意志民族与美利坚民族在精神气质和"语言—思想—感知"方式上的差异。这似乎是在提示我们,诗歌动力装置的多元性和丰富性——有些诗更像机器,有些诗更接近于生物;有豹子一样奔跑的诗,也有草木一样生长的诗;有微妙如波纹或细浪的诗,也有喧嚣如海潮和风暴的诗;有纯净如泉涌或溪流的诗,也有像冒着黑烟的火车头一样的诗。诗的动力装置并没有也不需要有统一的型号和相同的内部构造。不过,最有意味、最值得探究的或许是由于历史处境的变迁所导致的诗歌动力装置的变迁,例如,在中国古典诗歌和中国当代新诗的动力装置之间,究竟有哪些差异?这些差异的成因是什么?它们又显示出了哪些需要注意的总体性的诗学问题?

---

① 参见黄晓燕、张哲:《黑山派"投射诗"的反叛与创新》,《当代外国文学》2020年第2期。

三　气感、递归与停顿：汉语诗歌动力装置的古今之变

中国古典诗歌在其漫长的历史中，曾经出现过许多重要的诗歌体式：四言体、五言古诗、乐府诗、歌行体（以七言古诗为主）、律诗、绝句、词和曲。每出现一种新的诗歌体式，意味着诗歌动力装置的一次更新和转换。在这些演变节点中，从"古体"向"近体格律诗"的转变无疑是影响最为深远的时刻。它直接促成了中国古典诗歌鼎盛时期的到来，但也在某种意义上为古典诗歌在近代以来遭遇的困境埋下了一个遥远的伏笔。不过，尽管在古典诗歌内部有着不能忽视的异质性和断裂，但中国古典诗歌的自我理解与自我阐释方式却仍然在历史中显示出高度的连续性或一致性。如前文所述，"气的诗学"始终是进入中国古典诗歌的最为重要的门径，对"诗"而言，"气"的优先性要高于"心"和"象"，更不用说高于"理"了。这是因为，"气的诗学"最充分地说明了中国古人所理解的"诗"与"自然"的关联，也最充分地说明了诗的发生、运行的动力机制。

"气的诗学"将诗理解为"感通"或"感兴"，其背后是"阴阳二气交感应合"的宇宙生成论。在《易传》中，阴阳变易不仅是"四时运行"的根据，也是"万物化生"的原理。① 这是中国古典宇宙论的基本框架。从阴阳、四时而来，就有了自然和人之中各种其他的气。杨儒宾曾引用《春秋左传》昭公元年子产的一段话〔"君子有四时，朝以听政，昼以访问，夕以修令，夜以安身。于是乎节宣其气，勿使有所壅闭湫底以露（羸也）其体，兹心不爽，而昏乱百度。今无乃壹之，则生疾矣。"〕来说明"气"和"四时"、和"心"与"身"之间的深切相关，并说这段话"隐约之间，已指出气为身体与心灵双方的基本要素"②。如郑毓瑜所言，"感兴"就是在"时气""心气"与"体气"之间的连接，是心、身、时、物的共振、交响：

---

① ［日］小野泽精一、福永光司、山井涌编：《气的思想》，李庆译，上海人民出版社，2007年，第94—114页。
② 杨儒宾：《儒家身体观》，"中央研究院"中国文哲研究所，1996年，第42—43页。转引自郑毓瑜：《引譬连类：文学研究的关键词》，生活·读书·新知三联书店，2017年，第31页。

笔者过去针对节气感的研究也曾经注意到，许多"感物"的悲秋诗作，所欲传达的也许就是时气与体气交响的话语，以身体为核心的情绪震颤同样被涟漪一般的传响反过来层层环绕与笼罩。"这让情感成为身体可以展现，同时也是可以具体感受到的空间性的力量。这也许就可以解释为什么汉末以来的'秋'诗有那么多的动作姿态，除了强调外在景物的影响力，进一步来说……这当中充满着无距离、方位与宽窄限制的相互牵引，正是这牵引关系构成了无限扩散的情绪张力网，起坐、俯仰、出还的姿态是内在的发动，同时也是风物外力侵进、围裹的承受与抵拒。"①

这段精彩的分析足以说明，"感兴"即是以诗的形态传递出来的"情动"（affectus）——这里的"感"与"动"不只是心理情绪层面的（"摇荡性情"），也是身体动作层面的（"形诸舞咏"），同时还是语言层面的动力传导方式。语言性的"字句"与"音节"本就是"气"的形态，因此它们构成的诗文能够将"时—身—心"之间振荡的能量流吸收、保持并释放出来。由"字句"与"音节"构成的中国古诗，与这一"气息交感"的宇宙论与身心论相应合②，采取了"比兴"的方式。比兴不只是修辞手法或句法形式，其实更是在语言中如何从一个"词—物"引出另一个"词—物"的动力学装置，是一种灵魂—身体的"宇宙技术"。孔颖达《毛诗正义》释"兴"时说："兴者，起也，取譬引类，起发己心，诗文诸举草木鸟兽以见意者，皆兴辞也。"刘勰《文心雕龙·物色》亦云："是以诗人感物，联类不穷。流连万象之际，沉吟视听之区。写气图貌，既随物以宛转；属采附声，亦与心而徘徊。"郑毓瑜指出，孔颖达和刘勰所说的"取譬引类"

---

① 郑毓瑜：《引譬连类：文学研究的关键词》"前言"，生活·读书·新知三联书店，2017年，"前言"第13页。
② 桐城派刘大櫆认为，"盖音节者，神气之迹也"，而"字句为音节之矩"。他如此说明字句与音节之间的关系："一句之中，或多一字，或少一字；一字之中，或用平声，或用仄声；同一平字仄字，或用阴平、阳平、上声、去声、入声，则音节迥异。"这种对"神气音节"的讲究，也是动力学层面上的微观技艺。见小野泽精一、福永光司、山井涌编：《气的思想》，第459页。

或"联类不穷",其指向是对不同事物、不同经验之类域的跨越与连结。"比兴"作为一种"引譬连类"的诗法,它牵引的是"成套的譬喻",后面关联着一个庞大而复杂的感觉图式和概念架构,整合着人的思考、言说和生活行动。"比兴"因涉及"在不同'事(物)类'或'经验域'之间的相互连结(映照)的感知"①,就不属于一般修辞学中根据现成相似性而建立的比喻,也不同于"以部分代全体"的转喻,而接近于晚近西方学界讨论的"譬喻"——"譬喻"是"互动过程中'创造''发现'的'新相似'",是"借由其他不同类域的事物来设想某一类域之事物,着重的是跨越不同时空处境而来的动态式的相互理解"②。由于"譬喻"建立在一个完整的相互关联、交感的世界观之上,不同类属事物之间的相似性是作为"集体的共同预感"而存在(至少对贵族集团来说是如此),因而虽然譬喻的创造将两个不同类域的事物连结在一起,但却不会产生"陌生感",反而会让人感到亲切和当然。这与当代新诗中大量存在的跨越事物和经验类域的"陌生化比喻"完全不同。不妨来读一首包含众多跨类域比喻的当代诗:

> 风在狭长过道里徘徊,
> 像水桶碰触着井壁。
> 她说她来取我从海边带来的礼物:
> 装在拉杆箱里的一截波浪,
> 像焗过的假发。
> 她要把它戴上山顶,植进山脊,种满山坡。
> 窗外一片漆黑,也有风
> 一遍遍数落着长不高的灌木。
> 偶尔落下的山石,
> 像水桶里溅出的水滴,
> 又被注射进乱石丛生的谷底。

---

① 郑毓瑜:《引譬连类:文学研究的关键词》"前言","前言"第13页。
② 同上书,第9—10页。

那里的昆虫舔着逼仄的星空，
怎样的风才能把浅斟低吟变成巍峨的道德律？
山更巍峨了，仿佛比白天多出一座，
相隔得如此之近，
窗像削壁上用额头碰出的一个个脚印。
墙上的裂纹，是波浪走过的路，
罅隙里长出了野蒺藜。①

(蒋浩《山中一夜》)

  西渡认为蒋浩这首关于"自然"的诗在两个方面与古诗不同：一是"旧诗强调'忘我'，蒋浩却有意强调'我'的存在，而且处处把'自然'拟人化"，并以现代诗的"从远取譬"发明了大量新奇的比喻，不同于古诗中"就近取譬"的原则；二是"语言作为另一种重要的力量参与了这首诗的生成"，许多比喻和形象并不产生于自然联想，而是由语言本身的逻辑和互文性引发的联想。西渡进一步认为，由于这首诗的一些句子带着作者个人生活的经验："这种'物我交融'改变了古典诗歌'以物观物'的视觉呈现，从而使外界的物也具有了心理的深度。"② 这些看法都值得商榷。多数古典自然诗（受禅宗影响的除外）中并不是没有"我"（否则陈世骧等人所论的"抒情传统"从何谈起），而是没有作为"现代主体"的"我"。古诗中的"我"是作为交感性的自然中的一员而与万物相互关联，被四时和物变所激荡，由此引发一系列身体、心灵的动作和情绪；这个"我"也是分享着相似感知方式和概念架构的共同体（贵族或读书人集团）的一员，其经验并非纯然个体性的。其次，古诗并不都是"就近取譬"，如郑毓瑜所言，一些古诗也会跨越相距较远的物类和经验域来形成连结，但因为万物交感、人与他人共感的缘故，古诗的譬喻不会给人陌生感和别扭感。与此形成对照，蒋浩这首诗是一首纯然由个体化的修辞

---

① 蒋浩：《山中一夜》，载耿占春主编：《先锋诗：语言，是一种开始》，长江文艺出版社，2015 年。
② 西渡：《蒋浩〈山中一夜〉点评》，载《读诗记》，东方出版中心，2018 年，第 76—77 页。

驱动的诗,其比喻几乎全部建立在一种特殊的视觉相似性,亦即"情境视觉"的相似性之上。它与普通比喻的区别在于给每一个喻体都设置了一个生活场景或动作情境,如"在井中打水""在海边的经历""焗假发并戴上假发""头磕在墙壁上"之类。这里确实包含一些个体生活经验,但是,由于这些经验多数是纯私人性质的,与他人之间难以形成共感(虽然读者可以通过想象而认识它)。诗中的本体与喻体之间(风—水桶、波浪—假发、窗—脚印)也并不存在交感关系,比喻就只是让人惊奇和感到陌生,却无法真正从身体、气感上摇动人。更有甚者,"星空"与"道德律"的联结依靠互文,不熟悉康德名言或脑筋没转过弯的读者会一脸茫然。在我看来,这首诗真正所写的,恰好不是"物我交融",而是"物我相隔"的经验("陌生化"本就意味着"距离"),是一种"在此地却并不真正在此地"的悬空感。每一个比喻都是从"当下此地"向"彼时他方"的场景移置,诗中两个主要的跨类域连接("山谷"与"井壁","山中"与"海边")都使得此地的感知被拉到别处。因此,诗人是在有意削弱融入景物的"本地感",而突出"间隔"。诗中虽然有一些时间提示语("漆黑""星空""比白天多出一座"),但它实际包含的时间"感"是很弱的,这是由于为各种喻体设置的情境几乎都没有时间限定,用一堆多出来的"时间模糊的小场景"覆盖了诗人身体所处的现实时间。这样看来,蒋浩这首诗在不同类域经验之间建立的联动,与"比兴"式的"譬喻"极不相同,而是高度理智化的"想象的博喻"。伴随着"交感宇宙"消失的,是"比兴"的消失——在事物之间的"气之流行"被"此地即他乡"的抽离感所取代的今天,我们可以从某些诗中看到诗人的才智和语言的奇观,却很难感受到亲近:身心与宇宙(天地四时万物)的共振。

在"比兴"或"引譬连类"之外,中国古典诗歌的第二个关键动力装置,是前文所述的"递归"。中国古诗包含着多重递归方式:句子和句式的重复(如《诗经》中多数诗作每一段都始于相同的引发句式)、咏叹词的重复(如"兮"字出现在句的结尾)、关键意象的重复,以及最常用的押韵、叠韵和换韵。通过声音、意象的往复回返,诗强化着可记忆性,并形成一个自我闭合的整体。最能体现中国古诗中递归原则的运用之精妙的，并不是近体格律诗，而是乐府和歌行体古诗，如《西洲曲》《春江花月夜》和李白的部分古诗（如《月下独酌》《把酒问月》）。这些诗在常见的递归方式之外，还以顶针连环（《西洲曲》用得较多）、意象交错对舞（李白用得最多）等重复方式来强化诗的内部连接和传递，使诗的流转始终保持着充盈的动力性，读来如转丸珠。另一个可以注意之处是，这些古诗的递归方式常常与前文所述的阴阳交感、时间往复的宇宙论嵌在一起。如《春江花月夜》中通过"春""江""月"三字的反复吟咏、摇曳，建构起一个万物交相辉映的世界，同时又包含着对时间之流转、历史之无穷的沉思与咏叹。尽管《春江花月夜》所写的是从"月升"到"月落"的推移过程，但我们不难感到其中的时间是循环往复的：诗包含着一种预感和暗示，那"落月"将会在我们对诗的吟诵中再次升起；只要我们开始读这首诗，一个"永恒的夜晚"就向我们开启了，并继续着它永不止息的运行和流动。

在中国古诗的许多杰作中，声音和形象的递归体现的是"宇宙—灵魂"的共同回返。在主导性的感受中，人并不是孤立特出的主体，而是与万物相契相合的灵魂；与此相对的是道家以及受道家影响的隐逸诗人的孤独感，通常，这些孤独的隐士生活在共同体遭遇危机的黑暗时代。但隐士也有他们自足的欢乐，因为他们可以和"自然"结成共同体。但在中国当代新诗中，孤独已经成为无法消除的"基本情调"：

孤独是一只鱼筐
是鱼筐中的泉水
放在泉水中

孤独是泉水中睡着的鹿王
梦见的猎鹿人
就是那用鱼筐提水的人

以及其他的孤独

  是柏木之舟中的两个儿子
  和所有女儿，围着诗经桑麻沅湘木叶
  在爱情中失败
  他们是鱼筐中的火苗
  沉到水底

  拉到岸上还是一只鱼筐
  孤独不可言说①

（海子《在昌平的孤独》，1986 年）

  这首诗是由两次递归或两个小圆环并成的一个大的圆环，"孤独"一词在其中完成了它的返回运动。第一个圆环由前两段构成：从"孤独是一只鱼筐"展开的想象，经过"泉水""鹿王"这两个偶然产生的意念或意象，又通过"猎鹿人"返回到"鱼筐"。第二个圆环从"其他的孤独"开始，想象中生成了更多的事物，似乎诗人想要通过"儿子""女儿"这样的亲情想象来摆脱孤独，但最终仍然失败，还是回到了"一只鱼筐"。"鱼筐"的两次递归并不是诗的终点，因为"鱼筐"也不过是一个偶然的想象，它与"孤独"之间的关联完全是任意的。诗人可以将"孤独"想象成任何东西，但"孤独"又不是任何东西——孤独意味着主体与任何事物（包括想象出的事物）之间都没有真实、牢固的关系。彻底的孤独，是意识到"孤独"无法找到任何事物作为喻体。因此诗结束于"孤独不可言说"——"孤独"在大圆环中的回归，是对"鱼筐"以及一切关于孤独的想象的取消。

  当代诗中的孤独感，根本上，既不能通过"回归自然"取消，更不能通过人对社会（或共同体）的返回取消。尽管当代新诗中存在着向"自然"和"伦理"的逃逸，但我们内心深处都知道，这种逃逸在根本上具有某种自我安慰的自欺性质。如李猛所言，现代世界在本质上是"鲁宾逊的

---

① 海子：《在昌平的孤独》，载《海子诗全编》，上海三联书店，1997 年，第 107 页。

世界",每个人都在孤独中害怕孤独,在对他人的渴望中害怕他人。对孤独的想象本身也是孤独的想象,它只会加深孤独。古诗中的"孤独"不过是生活的暂时中断,而当代新诗中的"孤独"却已经是生活本身,甚至是一种"需要能力、技艺和德性的生活方式"。"孤独者渴望他的社会,渴望在社会中享有他的孤独",同时,"这个孤独者的社会,这个即使在荒岛中也无法摆脱的,甚至孤独者内心热切渴望的社会,才是孤独者恐惧最深的根源"①。与中国古诗的递归中那个"宇宙—灵魂"的回返不同,中国当代新诗中不断递归的,是一个孤独的、从所有关联中抽离的主体。

由于这个孤独的主体无法与任何事物建立起真正牢固的联结,因此,他所面对的世界是一个不断碎裂化、离散的世界,是一个"再也保不住中心"的世界。孤独主体只能在一种任意、偶然的想象中,从万物上方掠过。"任意性"看上去是主动的,但在很多情况下是被某种无意识驱力所推动的,这个时候"任意性"就转换为"强制性"("要……"的意志化表达)。中国古诗的主导言说方式基于交感和共感,因而显得"十分自然",很少有强制性的词语连结(中国古诗是"去意志化的")。海子(以及骆一禾)式的孤独主体有其柔弱的一面,但也有意志化、强制性的一面。将新诗的强制性推到极致的诗人,是多多。他的一些诗建立在强制性的递归或重复之上,这种咬牙切齿的诗歌体现的是弗洛伊德所说的"死亡驱力"。《从死亡的方向看》中对"埋""叫喊"这两个动作以及"再也""就会"这两个连词的重复,《看海》中歇斯底里般的"一定",都是典型例证。而多多书写"强制性"的最有意思的诗是《只允许》:

> 只允许有一个记忆
> 向着铁轨无力到达的方向延伸——教你
> 用谷子测量前程,用布匹铺展道路
> 只允许有一个季节

---

① 李猛:《自然社会:自然法与现代道德世界的形成》"导言:鲁宾逊的世界",生活·读书·新知三联书店,2015年,第8页。

种麦时节——五月的阳光
从一张赤裸的脊背上，把土地扯向四方
　　　　　只允许有一只手
教你低头看——你的掌上有犁沟
上地的想法，已被另一只手慢慢展平
　　　　　只允许有一匹马
被下午五点钟女人的目光麻痹
教你的脾气，忍受你的肉体
　　　　　只允许有一个人
教你死的人，已经死了
风，教你熟悉这个死亡
　　　　　只允许有一种死亡
每一个字，是一只撞碎头的鸟
大海，从一只跌破的瓦罐中继续溢出……①

（多多《只允许》，1992年）

　　这首诗的行进，是从自传性的"农耕场景"的"记忆"，转到神话性质的"死亡场景"的"冥想"，其切换时刻是"只允许有一个人"。诗始于"记忆"的回返，主体渴望凭借记忆重新回到那个温暖的、有"阳光"的共同体，人与土地、人与地上的"马"和"女人"之间曾经有过某种联系。但"记忆"进行到某个点时，发生了停顿和中断，因为他意识到返回过去的共同体是不可能的。那个世界已经永远消失了。个体生命的连续性和完整性在这里发生了一种不可补救的碎裂，此即死亡的显现。在"记忆"的中断之后，仍然剩下和唯一剩下的，是被死亡驱力推动的冥想。只有这一冥想能够作为自我意识重新返回。因此，这首诗与海子《在昌平的孤独》相近，在其中递归的也是孤独主体的自我意识。这一自我意识首先作为"记忆"的意识出现，然后在停顿中转变为"死亡"意识。"只允许"这

---

① 多多：《只允许》，载《多多诗选》，花城出版社，2005年，第190页。

一强制性的意念在递归中经过的那些事物，终于作为无法回返之物碎裂和烟消云散了。诗最终出现的"词—物"是一个化身为"撞碎头的鸟"的"字"和一只跌碎的"瓦罐"，它们暗示着世界和语言本身的碎裂。

《只允许》呈现了一个在多多的诗中不断重现的特征：停顿。"只允许"这一短语出现在诗行中时，前面的空白或空格，就是一种停顿。多多也经常用孤悬行（某一行孤独地悬在前后段落间）和孤词来显示停顿。停顿也是中国当代不少诗人经常采用的"手法"，它构成了诗的动力机制中对"连续性"的干扰或中断。以往的诗学研究一般集中于两种不同的"停顿"：一种是指通过"释放言说信号"和"关节词的楔入"（张光昕在对臧棣诗歌的研究中如此归纳）在诗歌中插入的微妙的"偶然性瞬间"[①]，它是诗转入某个"新情境"的"好时机"（kairos），可称之为"弱停顿"；另一种是荷尔德林在《关于〈俄狄浦斯〉的说明》中提及的"悲剧的停顿"，可称之为"强停顿"：

> 而[悲剧的——引者注]运行表现在观念的节奏鲜明的次序中，因此人们在音节中称作停顿的东西，纯粹的言辞，与节奏相逆的休止，才为必要的，以便在高峰处这样来应付迅疾的观念转化，显现的不再是观念的辗转变灭，而是观念自身。[②]

荷尔德林在后文中认为，《俄狄浦斯》的悲剧观念的核心，是在"停顿"的时刻，"在如此之契机中，人忘记了自己和神，并且就像叛逆者掉

[①] 张光昕：《停顿研究——以臧棣为例，探测一种当代汉诗写作的意识结构》，刊于《中国现代文学研究丛刊》2016年第12期。之所以本文将其称为"弱停顿"，是因为它作为一种插入的偶然性瞬间（波德莱尔所说的"现代性"），并不是一种损失和完全的断裂，而是对时间和文本的丰富、照亮，它类似于舞蹈中的静止构成着舞蹈本身。阿甘本也在相近的意义上来理解"停顿"，并将它引向对本雅明"辩证意象"的阐释："辩证意象是在疏离和新意义的事件之间悬而未决的晃动。"见[意]吉奥乔·阿甘本：《宁芙》，蓝江译，重庆大学出版社，2016年，第40页。

[②] [德]荷尔德林：《荷尔德林文集》，戴晖译，商务印书馆，1999年，第263页。

转头，当然是以神圣的方式。——在痛苦的极限上，除了时间或空间的条件，无物存在"。这是一切记忆都丧失的、时间本身发生断裂和解体的时刻，是痛苦抵达极限的时刻。拉古-拉巴特称之为："虚空的或虚无的时刻——一个直接的、无意义的时刻，是一个纯粹的空隙和纯粹的省略，那是流程中或连贯中的'反节奏'的中止。"① 在停顿造成的纯粹静默中，"无物存在"，只有时间和空间，只有痛苦本身或"想要记住什么"（尽管再也无法记住任何事物）的姿势还存在。荷尔德林所说的"停顿"发生于悲剧的情节之中，它在亚里士多德《诗学》提出的"突转"和"发现"之外，另行增加了一个至关重要的戏剧维度。多多诗歌中的停顿接近于荷尔德林所说的"强停顿"，它同样是记忆丧失的虚空时刻（因而和"强停顿"一样被痛苦支配）；区别在于，它主要是抒情性的，而不是戏剧性的。例如《依旧是》之中反复楔入的那个打断诗歌行进的短语"而依旧是"：

> 冬日的麦地和墓地已经接在一起
> 四棵凄凉的树就种在这里
> 昔日的光涌进了诉说，在话语以外崩裂
>
> 　　　　崩裂，而依旧是
>
> 你父亲用你母亲的死做他的天空
> 用他的死做你母亲的墓碑
> 你父亲的骨头从高高的山岗上走下
>
> 　　　　而依旧是
>
> 每一粒星星都在经历此生此世

---

① ［法］菲利普·拉古-拉巴特：《海德格尔、艺术与政治》，刘汉全译，漓江出版社，2014年，第51页。

埋在后园的每一块碎玻璃都在说话
为了一个不会再见的理由,说

依旧是,依旧是

(多多《依旧是》,1993 年)

《依旧是》是一首关于记忆之丧失的诗。永远无法挽回的时间,时间中无法挽回的人和物,被一一经历、然后消散,永不再见。诗的结尾出现了"纯粹的诉说",也就是没有任何内容和指向的诉说,是话语全部崩裂之后剩余的诉说。"依旧是"这个短语作为递归着的记忆—意念,它的全部所指都在递归中消失了,最后它只表达它自身的无所表达。因此最后一行可以看作一个"A=A"的重言式:依旧是什么呢?仅仅是"依旧是"罢了。当然,这也是一声痛苦的、留恋的叹息。在记忆内容的依次丧失中,包含着一种净化。记忆不再指向任何记忆内容或目的,而变成了一个空无所指的能指,变成了阿甘本所说的"纯粹姿势"①。

《依旧是》(以及多多后来的《在墓地》等诗作)通过"悲伤的停顿",在递归中引入一个虚空的、一切内容都丧失的时刻,这在当代新诗中具有特殊的示例意义。这样的诗有自身独特的时间和独特的动力机制。停顿在此"显示了一种不可逆的、而同时又是不协调(或不一致)的时间性:停顿之后的连续再也回不到以前的初始状态,尾与首再难一致。被停顿的人,再也不能恢复原状"②。换句话说,这一"停顿的时间"不是记忆的时间,而是记忆之断裂、记忆之不可能性的时间。在其中,人与过去的自己纯然相异,从悲剧的停顿中有可能打开通向不被过去所覆盖的"作为未来的未来"的通道。停顿的时间性既不同于现代日常历史的线性时间(因其断裂和虚空性),也不同于古典的循环时间(因其不可逆)。或

---

① [意]吉奥乔·阿甘本:《无目的的手段:政治学笔记》,赵文译,河南大学出版社,2015 年,第 75—80 页。

② [法]菲利普·拉古-拉巴特:《海德格尔、艺术与政治》,第 52 页。

许可以认为,"现代性"作为一种时间概念至少是三重"时间"的叠加和共存:第一重是受制于记忆和习惯的"现代日常生活"的线性历史时间(其本质是"过去时的统治"),第二重是波德莱尔意义上作为"瞬间"和"偶然"的"当下的时间",第三重就是荷尔德林意义上的记忆被彻底清空的"现代悲剧的时间"(后来被布朗肖等人变形为"灾异的时间")。与这三种时间对应,也有三种现代诗学:第一种是诉诸日常线性叙事的"记忆的诗学"(包括绝大多数口语诗和叙事诗);第二种是诉诸弱停顿的、呈现当下瞬间中包含的各类微妙差异的"想象的诗学"(臧棣式的沉浸于"微小事物"的诗歌);第三种是被"死亡驱力"支配的"悬置的诗学"(多多式的停顿于记忆丧失之处的诗歌)。所有具有线性时间结构的叙事诗,都遵循日常的习惯性记忆编织法则,其中的重复作为惯性是不包含真实差异的重复,其动力装置以常识因果逻辑的形态出现。而"想象的诗学"致力将"当下"中潜在的"细微差异"或"可能性"召唤出来,诗歌由此成为"微妙差异"的生成事件,其动力机制是"自觉地引入弱停顿",用可控的想象去干扰、改变日常惯性。"悬置的诗学"引入的差异不是微分性质的差异,而是带来了真实创伤或虚空的差异;其重复也不是自觉重复,而是被死亡驱力强制推动的重复,是对强停顿或丧失本身的重复,它将一切记忆和主动想象的内容全部抹除,只剩下一种痛苦的意念。"停顿"是标识现代性的基本时间范畴,因此受日常逻辑或线性时间支配的诗歌是不够现代的,它们缺乏对现代诗而言必要的异质性。臧棣和多多分别代表着"由主动想象开启的诗歌"和"由被动性和停顿主导的诗歌",而这两种写法各自带来了完全不同类型的异质性。

四 从"经验偶然"到"想象偶然": 当代新诗动力装置的个体化

中国古诗动力装置的第三项关键要素是诗的预制体式,尤其是南北朝之后成熟化的格律体式。古诗的预制体式中包含着递归的因素(押

诗歌的引擎：论当代新诗的动力装置

韵的规则），但其核心是行数、每行字数以及句法的事先规则。格律诗的诞生，标志着中国诗歌预制体式的完全固定化、严格化。格律是一套极度精密的动力装置，它由三个子装置，即声音装置（平仄规则和押韵规则）、语义装置（对仗规则）和句法装置（五言句法和七言句法的规则）的耦合构成，每一部分都有非常完备的规范。一般而言，声音装置的规则可以称之为"阴阳转换与对称"，平声对应着"阴"（尽管平声内部还可区分阴阳），仄声对应着"阳"（入声字比较特殊，在诗词规则中单成一列），平声行进到某个位置点时就需要转换成仄声才能继续，然后又转为平声；在上一句与下一句之间需要平仄对称。这显然是"阴阳交感应合"的宇宙生成论在诗歌声音系统中的对应物。语义和句法规则也以类似的方式对应着古典世界观的基本结构。如我在《论分行》一文中所说：

  由声音（平仄）、词性和形象上的对偶关系构成的"联"，其实是一种阴阳二元论的宇宙图景在诗歌形式上的投射，它暗示着任何一个事物都有与之相匹配、结对、骈连的事物作为其补充和对称，由此形成一种语言中的格式塔或完形（Gestalt），它呼应着古典世界本身的完形。[①]

但是，如果我们恰当地理解《易》的原理，就会发现"阴阳"之间的对称在其运转中并不是绝对的。它微妙如神，但却绝非严丝合缝、不留余地的精确。宇宙之中的理总有未必尽然之时和未能涵盖之处，"阴阳"之对称也是如此，这样的宇宙运行才是有弹性、有容裕的，才能不断生成偶然性并吸纳这些偶然性。格律装置的缺陷，就在于它将声音、语义和句法的规则定得过于严密和完备，没有给偶然性和"错误"留出必要的空间，因此格律装置以某种方式违背了《易》的"阴阳不测之谓神"的教

[①] 一行：《论分行：以中国当代新诗为例》，载哑石编《诗蜀志》（2016年卷），成都时代出版社，2016年，第253页。

诲，其中的阴阳变化成为预定的和可测的。格律诗并不像活的生物，而更像钟表之类的机器。格律诗的出现催生了中国古诗的鼎盛时期，但这一"鼎盛"主要不是因为格律诗的体式自身有多么伟大，而是因为格律诗与各类古体诗并存，形成了古典时代诗歌体式的最大丰富性和差异性（在盛唐和中唐时代）。中国古典诗歌的成就，在《诗经》《楚辞》之后，主要是由五言和七言古诗来代表的，格律诗在中国古典诗最高水准的杰作中所占比例并不算高。与格律诗相比，五言和七言古诗正是由于自身的体式没有那么严格，才给偶然性、可能性和诗的容量留下了足够的伸展空间。当格律诗在唐末和宋代终于变成诗人们写作的主要体式时，中国古典诗歌其实已经开始走下坡路。而当历史推移到现代，面对着这样一个源源不断产生出复杂性和偶然性的社会世界，格律诗作为一种诗歌体式的弱点就暴露无遗了。五言和七言古诗还能以自我调整的方式书写一部分现代经验，或者在书写古老而恒久的"秘契经验"时仍显示出自身的个性，因而能够作为"真正的诗"存在于当下，格律诗则很难摆脱沦为"老干体""应酬体"和"仿古赝品"之类毫无个性和真实性的工具的命运（当然也有极少数例外）。

当代新诗绝大多数作品都是无格律的自由体诗歌，这意味着从动力装置上说，当代新诗是以"偶然性"为中心展开的，而"偶然性"的内在差异会带来"个体化"过程。尽管新诗史上有过不少对"格律新诗"的探索努力，但今天多数诗人都会承认新诗的写作不需要预定的格律规则。这样一种"准共识"基于三个理由：（1）从严谨的封闭形式而来的"美"不再是当代艺术和诗歌最关心的东西，"真实"和"新异"已经获得了比"美"更重要的位置；（2）今天的诗歌必须以一种有效方式对现代处境进行回应，而现代性的基本特征是"偶然性和复杂性的增加"，固定的格律会妨碍诗歌吸纳偶然性的能力；（3）当代写作是一种个体性的写作，它要求每位诗人形成个体风格和个体形式，甚至要求诗人自己的诗歌形式也不能完全自我重复，这样一种高度"个体化"的追求与作为"共同形式"的格律是难以兼容的。在这三个理由中，理由（2）可能是最有说服力的，理由（1）和（3）都存在一定争议。如利奥塔所说："现代性不是一个历史时期，而是一种能接受较高程度的偶然性、形塑一系列时刻的方式。"① 当代诗要获得有效性,在很大程度上取决于它吸纳和处理"偶然性与复杂性"的能力。中国当代新诗中那些杰出诗人,都非常清晰地意识到这一要求,他们各自的诗歌写作实践都可以看成对这一要求的个体化的应答。他们多数都会赞同如下主张:诗的动力性高于形式性,或者说,诗的形式应在动力充沛的写作过程中生成。诗的韵律和节奏感,也没有完全固定的规则,同样需要在写作过程中通过自我调整获得,并与诗的动力机制相匹配。

基于对"偶然性和复杂性"进行吸纳和处理的要求,当代诗一方面增加了"芜杂性"和"诗的经验容量"(如路易斯·辛普森所说的那样"有一个胃,能够消化橡皮、煤、铀、月亮、诗"),另一方面也并不只是被动地接受、容纳来自外部现实的偶然性("经验的偶然性"),而是通过想象和实践探究主动生成属于自身的偶然性("个体神话的偶然性"和"个体知识的偶然性"②),并将这三种偶然性的不同比例的混合作为自己风格独异性的来源。对"芜杂性"和"容量"的追求,要求诗歌具备一种开放性的动力机制,这很容易让人想到奥尔森"投射诗"的动力诗学观念。事实上,奥尔森的这些观念通过对纽约派诗人奥哈拉等人的影响,间接地影响了中国当代的一些诗人(张曙光、孙文波等都可以算是这一谱系的诗人)。大体来说,处理"芜杂性"可以分为两条路线:第一条是直接性的路线,将经验材料(以口语的形式)几乎不做加工地置入诗歌中,保持生活现场那种热气腾腾的混乱与污秽(就像是堆满了碎石和机器的喧嚣工地,或挤满了流汗人群的绿皮火车);第二条是间接性的路线,是用修辞和文学句法将经验材料改造成一种更"诗化"的形态,用高度理智性的反思去分析、透视社会现实。第一条路线是部分口语诗人和某些具有"摇滚青年"或"无产阶级气质"的诗人会选择的路线,其优势是生活感十足,诗中的荷尔蒙和烟火气可以方便地成为诗的能量,如昆鸟、税剑等人的写作。他们信奉的写作原则可以用米歇尔·塞尔的话来形容:

---

① 转引自许煜《递归与偶然》,第 27 页
② 这种"个体的知识"就其无法被普遍化而言是"偶然的",例如某些极为生僻的"地方性知识"和来自个体独特实践的知识,有时甚至是"虚构的知识"。

> 健康不是沉默,健康不是和谐,健康充分利用一切呼唤、一切呼喊,喧闹嘈杂;健康从一支枯燥的古老乐曲出发,也就是如今衰弱、无知、怯懦的我,再加上环境、新管弦乐的排场的喧嚣,在发挥作用。健康不停从头开始。它在喧嚣与躁动的痛苦和恐惧中,寻求强有力的、有声有色的、热烈的、洪亮的、丰富的和音。是的,焦虑不安是生命的向导,焦急预示着新生事物的到来。①

这种直接性的诗是"喧嚣与躁动"的诗,它追求一种混杂而又强劲有力的健康风格。它接收一切从外部到来的偶然性,像海绵一样,准确地说是像鲸一样。在这类诗中,偶然性作为"经验的偶然"被吞食到诗的胃部,几乎不经消化地呈现出来。但它的弱点也很明显:热烈和躁动如果完全不加节制,容易显得粗糙和随意,伤害语言的品质。

欧阳江河的长诗《凤凰》属于第二条路线,它"从思想的原材料/取出字和肉身",让"黄金和废弃物一起飞翔",试图制作出一件与徐冰的装置作品《凤凰》形成对位的诗歌装置。试读其中一节:

> 那些夜里归来的民工,
> 倒在单据和车票上,沉沉睡去。
> 造房者和居住者,彼此没有看见。
> 地产商站在星空深处,把星星
> 像烟头一样掐灭。他们用吸星大法
> 把地火点燃的烟花盛世
> 吸进肺腑,然后,优雅地吐出印花税。
> 金融的面孔像雪一样落下,
> 雪踩上去就像人脸在阳光中
> 渐渐融化,渐渐形成鸟迹。
> 建筑师以鸟爪蹑足而行,

---

① [法]米歇尔·塞尔:《万物本原》,蒲北溟译,生活·读书·新知三联书店,1996年,第203页。

因为偷楼的小偷
留下基建,却偷走了他的设计。
资本的天体,器皿般易碎,
有人却为易碎性造了一个工程,
给它砌青砖,浇筑混凝土,
夯实内部的层叠,嵌入钢筋,
支起一个雪崩般的镂空。①

(欧阳江河《凤凰》第 4 节,2010 年)

  这一节中出现了某些"芜杂性的材料",将"民工"的现实、"地产商"的现实和"建筑师"的现实折叠在一起。但是,诗并没有在任何一种现实中投身、浸没和停留,而是迅速将"经验现实"转化为"词的景观",以一种镂空式的笔法将材料本来具有的内在实感抽掉,再组装成一个"整体"。这首华丽有余的长诗确实有一种"当代艺术装置"的意味,可以发现它偏爱一种将事物"虚化"和"幻化"的处理方式,诸如将"抽烟"变成用"吸星大法"吸进"烟花"、吐出"印花税",或者"金融的面孔像雪一样落下",而"雪"又融化、幻化成"鸟迹"。从动力性上说,《凤凰》是一种依靠修辞驱动,通过词的挪移、联想、悖论和互文性来进行的写作,这种写作看上去能吸收大量的知识和信息材料,但内部的能量传导机制是缺乏的,几乎全靠一种自设逻辑来进行上下文连接。这是因为,在诗人抽掉材料实感的同时,他也就放弃了从材料本身的潜能和运动出发推动诗歌的可能,只能靠头脑设计出对材料进行改造和装配的全部规划。另外,《凤凰》中有好几节是互文手法的集中展示,但互文手法的滥用非常伤害诗的动力性,它在作者与读者之间设置了太多间隔(所谓"让读者猜谜"),导致阅读时的频繁间断,能量无法正常传导。

  在"保持材料原貌"和"对材料进行镂空式的改造"这两条路线之间,是否存在着一种中道,可以既保留材料的原始活力,又对材料进行

---

① 欧阳江河:《凤凰》,载《长诗集》,江苏文艺出版社,2017 年,第 141—142 页。

必要的语言塑形？在我看来，孙文波《平淡的生活，生硬的诗》是一首抵达了这种平衡的诗，其动力装置也非常独特：

> 苹果在转变基因。柑橘在变性。主义
> 笼罩下的词绝对专制。我说，等于我
> 什么都没说；你反对，等于你什么
> 都反对。悖论的修辞，让我寻找诗的成立。
> 付出的是心游万壑，如鹏击长空，看到
> 苹果和柑橘被搞成可怜的象征；太象征了。
> 苹果的强硬，柑橘的粗暴。以至
> 在一堆词中间，我寻找它们的温柔，
> 必须刨开其他词。重要的是，我必须刨开
> 世故的、奸佞的词，它们一直试图用旧反对……
> 或者这样说，一直以权威面貌出现，
> 好像自己是词的大臣，词的皇帝。让我感到，
> 词的国度其实是腐朽国。唉，我怎能
> 长期容忍这种事发生。我宁愿目睹混乱。
> 我说，混乱好啊。当苹果也能在空中飞翔，
> 柑橘成为与主义斗争的盾牌。或者，
> 当我看到苹果在词的海里翱游，就像美人鱼；
> 柑橘也被人看作驮起情感的骆驼。到那时
> 我才会觉得我得到解放；在解放中，
> 我写下苹果的共和和柑橘的民主。我会说：
> 看到苹果没有变成坦克，柑橘没有成为
> 炸弹。就是看到我终于没有成词的奴隶。①
>
> （孙文波《平淡的生活，生硬的诗》，2009 年）

---

① 孙文波《平淡的生活，生硬的诗》，据"豆瓣"网站 https://site.douban.com/106604/widget/articles/119079/article/10026506/，登录时间 2022 年 3 月 17 日。

明迪用"复调诗歌"来命名这首诗的构成，同时看到了它的动力学特征："我没有读出'平淡'或'生硬'，而是感觉到一股气流汹涌澎湃。……从过去委婉的叙述、有条有理的思辨，转向跳跃性的思维和滚动的叙述，显得更加雄浑，而又不失以往的放松。"[①] 这是从"气流"的角度感受诗的运动。"雄浑""放松""汹涌澎湃"首先来自诗的开放性，从周围世界中吸足了野生的材料和信息，形成了一个各类词汇像粒子一样高速转动的能量场。"苹果"和"柑橘"这两个词在舞动、变奏中形成的轨迹互相对位并绕对方旋转，构成了一个动态的"双螺旋结构"，并在与其他词语的连结和碰撞中形成了一系列"小结构"（如"强硬""粗暴""温柔"的三元组，以及"大臣""皇帝""奴隶"的三元组）。这首诗显然包含着对材料的转化："苹果"和"柑橘"从日常生活的语境中被移置出来，不再指称"实在的水果"，而是进入了"词的国度"。但至关重要的是，这两个词的硬度、野性与活力并没有被抽掉。推动着它们舞动和旋转的力量是一股音乐性的潮流，从周围的嘈杂声中逐渐浮现出自己清晰的线条。在这两个词不断的重复和返回中，诗形成了某种秩序，但"喧嚣和躁动"并没有从秩序中被完全清除出去，而是成了秩序得以生成的条件和背景。这"喧嚣和躁动"，由词与词的偶然碰撞和连接构成，它不是经验的偶然，而是想象中生成的偶然："苹果"是变成鸟在"空中飞翔"，还是变成美人鱼"在词的海里翱游"，都由"想象之骰"在高速转动中分配的点数决定。每一位诗人都有自己的"想象之骰"。想象力的特征在于，它可以源源不断地生产出偶然性，但这些偶然性并不是完全不可控的。诗人可以通过苦练，大体上掌握控制"想象之骰"点数的技艺。但更好的诗人则知道，能被控制点数的骰子本身是成问题或有缺陷的，因此一旦完全掌控，就必须换一副全新材质的骰子。如此，通过不断更新"想象之骰"，诗人试图逼近那个不可能被控制的"绝对之骰"，它是想象力的神秘起源。越是接近这一起源性的想象力的诗人，越是为从想象中诞生的出乎自己预料的事物感到欣喜：

---

① 明迪：《孙文波诗中的复调元素——读孙文波〈平淡的生活，生硬的诗〉》，据"诗生活"网站：https://www.poemlife.com/index.php?mod=libshow&id=2148，登录时间2022年3月17日。

>   我们是数千条大蛇交缠在一起时
>   相遇的两枚鳞片，有的蛇磕磕碰碰来自远古
>
>   有的日夜滑行盘山而上，把世界藏进云雾
>   你我之间有爱有离别，转瞬是行踪不可考的磷火[①]
>
>   　　　　　　　　　　　　　　　　（王敖《绝句》）

　　王敖在访谈中曾谈到《绝句》这一"个人化"的当代新诗体式的意图："曾有学者研究过，综合不同国家的一些古老诗体，读出每行诗的时间大约在三四秒上下浮动。这是一个最常出现的，用诗歌韵律调节读者一次呼吸的时间跨度，随着意义的进展，几行诗就会形成一个注意力能够集中再放松的单元。如果做得足够好，读者会想再回来读一遍，甚至下一遍，还能感到有回味，有余响，因为跟读者头脑和身体的节律之间进行了有效互动。"[②]这段话中，他显然是从动力装置的角度来考虑《绝句》之构成的。四行左右的诗能够在最短时间内充分集中能量并通过呼吸、注意力与思维的协调传导给读者。同时，王敖试图将《绝句》写成一种"微型史诗"，在极短的篇幅内容纳尽可能丰富的史诗元素和时空感。我们看到的这首《绝句》可以成为一个很好的"微型史诗"的示范。这首短诗与徐志摩名篇《偶然》有相同的主题和相近的结构，但它所建构的时空是极其宏大深远的，有一种来自远古的蛮荒之感。诗发端于一种宇宙尺度的神话想象："数千条大蛇"乃是喧嚣与躁动的"宇宙原欲"的化身，也可以视为无限多的纠缠在一起的可能性。"我们"相爱，被想象为两枚"鳞片"的相遇，实现的是无穷可能中一次微茫的可能。与徐志摩诗中将"相遇"比作"云与海（波）"的纯精神投影关系相比，"蛇与蛇交缠、摩擦"这一比喻是野性的和肉身化的，两枚"鳞片"似乎也在这次摩擦中

[①] 王敖：《十二束绝句》"绝句之三"第四首，据微信公众号"AoAcademy" 2021年3月29日：https://mp.weixin.qq.com/s/-bbjEo2LGc8ge7u_X50Zg，登录时间2022年3月17日。

[②] 王敖：《诗歌形式的共振与历史意识》，据微信公众号"AoAcademy" 2021年12月14日：https://mp.weixin.qq.com/s/2ll-eFFw8E-xi5mNsSkkSg，登录时间2022年3月17日。

闪着幽光。一些可能性有着远古的起源，另一些可能性则始终是晦涩的，无法看清它们是如何塑造出"我们"自身。反复读这首诗，会发现诗的行进与"蛇"的交缠与滑行、合与分有相似的节奏，它由一个偶然产生的形象发动，最后又回到这个形象——这形象不可预知，也无法追溯。《绝句》篇幅虽短，但与"缘起论"的深意相通，都是对偶然性的觉知。诗与想象也都是缘起的产物。诗以各种方式接收、生成并组织起偶然性，并从中获得喜悦和明悟。

将诗歌理解为一种有机化的语言组织，意味着将"递归"（重复）与"偶然"（差异）置于衡量诗歌之天平的两端：越是倾向于将"递归"作为主导原则的诗歌，组织化程度越高，但也越容易程式化和封闭化（特别是递归方式完全固定的诗体），这时递归就接近于"机械性的重复"，诗就失去了来自偶然的活力和惊奇感；而越是倾向于吸纳、呈现和生成"偶然"的诗歌，其开放性、活力和容量就越大，但也容易因过度芜杂和混乱而失去必要的边界约束，失去有机性。当代诗人在这两极之间摇摆晃动，寻找着属于自己的平衡点，也就是个体化的诗歌动力装置。

由于动力装置关联到诗的整体，从这一概念中我们也可以推出诗的规范性的尺度或标准：依据"动力诗学"，一首诗的好坏或高下，取决于其动力的充足程度以及动力装置的个体化程度。动力装置的个体化程度，如前文所说，与诗的递归方式和接收、生成偶然性的方式相关，可以归结为诗在观念、经验和想象方面的独特比例的配置，但它最终仍取决于诗人生命的强度和精神的独一性。"动力的充分性"的判断依据，首先是阅读时能够感受到的行与行之间气息贯注和连通的传导性，其次是通过诗在读者（特别是专业读者）身上造成的激动或感发效果。如沃伦所说："一首诗读罢，如果你不是直到脚趾都有感受的话，那不是一首好诗。"[1]这并不是在用流行文化所谓的"感动"作为标准，而是在坚持一种古今中

---

[1] [美]罗伯特·潘·沃伦：《诗歌就是生活》，杨绍伟译，据微信公众号"诗文本工作室"2014年11月12日，https://mp.weixin.qq.com/s/XdeM2KgTqfd6HG6HM0pPpA，登录时间2022年3月17日。

外绝大多数杰出诗歌所秉持的尺度。

但是，动力的充分性来自何处？根据前文对诗歌原初动力的分析，它来自强劲的意志、深刻的感受和野性的想象，也来自在诗中创造良好的动力传导机制的技艺。中国古典诗学将诗的原初动力理解为"情志"，它是"气"在人身上的两层形态：与周围人、物相连的切近之气为"情"，与更广大的天下秩序相连的高远之气为"志"。在这两种气中，"情"主要是一种感受，而"志"则包含着意志和热情的要素。"志"作为一种气，与古典世界的天道论和天下观是不能分离的，它主要是一种价值理性性质的"对良好秩序的信念和渴望"。因此，诗人之"志"中包含着诗人的"目的"，这一"目的"本身就构成了诗的"动力"。但是，并不是任何"写诗的目的"都可以称之为"诗的动力"——只有那些具有内在价值、同时让诗人严肃诚恳地对待诗歌的"写作目的"，才能够被称为"诗的动力"。凡是主要将诗歌当作谋取外在目的（利益和名声）之手段的写作，都贬损了诗的价值；而将诗歌仅仅当成政治—伦理教化（导正性情、敦风化俗）的工具，常常也会使人忽视诗的丰富潜能和多样性，这种"目的"也不足以成为"诗的动力"；只有当诗人在写作中，发现了自己"对诗本身的热爱"和"对良好秩序的渴望"是密不可分甚至完全一致之时，这种意义上的"目的"才能成为真正的"诗的动力"。

如果用动力诗学的尺度来衡量中国当代诗歌场域，我们可以得出两个观察性的结论：

（1）在中国古典诗歌转变为当代新诗的过程中，动力装置的多元化程度有了极大提升。现代性处境中的当代新诗通过语言实验、经验拓展和精神成长，也通过对西方现代诗歌的借鉴和参照，更新了中国诗的动力系统，呈现出了与古典诗歌完全不同的诗歌形态。此过程可概括为从"统一制式的类型化动力装置"到"无限多样的个体化动力装置"的转换。这首先是由现代文明中的个体自由带来的，也与现代主义以来的文学艺术追求"新异性"和"本真性"的基本价值观密不可分；前文所述的现代性造成的"偶然性增加"，也直接催生了诗歌动力装置的多元化。

（2）与中国古典诗歌相比，甚至与早期新诗相比，当代新诗在"诗歌动力的充分性"方面总体来说有所退化。我们需要直面一个事实：当代新诗在技艺上的积累和进展，是以诗歌原初动力的某种衰退和缺失为代价的，当代学院派诗歌的状况尤其证明了这一点。诗歌动力性的总体衰退表现为：不少诗人主要是为"外在目的"（名利）而写作；而那些"为写作而写作"的诗人，又常常只是在技艺上用力，而缺乏对生命热情和原初感受力的护持，任由其在中年之后流失殆尽，陷入一种"不写诗又能干什么呢，反正也无事可干"的写作惯性之中。许多技艺精湛的"学院派诗人"的作品，从动力诗学的角度来看是乏力和疲软的。尽管他们在语言的精熟度和形式的考究方面有优长之处，但他们的诗作却极少能让人（包括专业读者和诗人同行）感到如沃伦所说的"直到脚趾都有感受"。正如某些有识者所评，这些诗是"强写"的产物。① 这既是由于他们的技艺中缺少对"动力传导机制"的关注（基本上他们只关心修辞的精密、语感的成熟老练和形式感的新异），更重要的还是他们的写作缺乏"至深情志"的支撑。在诗的原动力或"感受性"衰退之后，写作就几乎仅靠"语言能力"来维系。

  这一问题是需要重视的。当代新诗为什么会大规模出现这种"诗歌动力充分性的衰退状况"？我们首先会想到，这是现代世界对人（包括诗人）的驯化和压抑所致。现代文明的理性化进程，使得一切领域都以某种方式"物化"（卢卡奇语）或"工具理性化"（霍克海默语），文学和艺术领域也不例外。这是"体制"对于生活世界、对文学和艺术进行殖民的后果（哈贝马斯）。这导致大量诗人的写作是直奔着利益和"文学圈"的靠中心位置去的。诗人写诗的"目的"在任何时代都不可能是完全纯净的，

---

① 楼河认为："勉强的诗歌是低劣的，但在实际的写作经验中，勉强的写作很多时候却是必要的。今天的诗人们也许已经认清了一个事实：诗的动力并非自然天成的事物，它同样需要训练的累积。勉强的写作是获取更加充沛的诗歌动力的过程，一个成熟的作者能够区分习作与成品的差别，而一个杰出的诗人会拥有很多并不完善的习作。"见楼河：《诗的动力与目的》，据微信公众号"诗歌写作计划"2021 年 10 月 7 日，https://mp.weixin.qq.com/s/X-zpl7ZYfbkLr-YTQ4oiNQ，登录时间 2022 年 3 月 17 日。本文赞同楼河的观点，"强写"对于学诗阶段甚至日常诗歌练习来说可能是必要的，但如果一个诗人拿出的多数作品都是这种情形，那么肯定是写作的原动力出了问题。需要说明的是，本文有不少观点得益于与楼河的讨论，特此致谢。

但古代世界中的贵族和士大夫诗人，他们在以诗文谋取地位和利益的同时，也仍然有一个来自对"诗之重要性"的信念的维度。他们相信诗文能够导正风俗，重整人心，让人与神明、与天地万物相接。这一信念使得他们的写作在很大程度上出于心灵的至深情志。诗文在古典世界中的位置远比在现代世界中重要。另一方面，古代世界中"自然"是在场的，古典诗人在自然中能真实感受到诸种气息的流动和交感（所谓"人在日月山川中行走"），因为这就是他们每日的生活。然而，现代世界的诗人面对的状况是：工具理性侵夺了价值理性的领域，即使是"自由"和"本真性"的价值追求也常常与一种灰色的悲观主义和颓废（这是现代主义文艺的基本情调）连在一起；而已经消隐和毁坏的自然再也不能给诗人提供元气和力量上的补充。这就导致诗人们难以在世界中找到古典诗人所具有的价值和动力支撑。诗歌追求的"个体性"和"本真性"如果仅仅只是通向一种颓废，那么，总有一天这种"本真性"会变成极度厌世和对写作本身的厌倦。一旦厌倦了写作，写作就完全依靠惯性，或者重新被工具理性支配，成为谋取名利的手段。

因此，从动力诗学的角度看，要改变中国当代诗歌的状况，技艺或写作能力的提升并不是当前最迫切的事情（尽管仍然是很重要的）。我们可以寻求重建一种新的诗歌教育，它同时是对诗的意志、技艺和感受的养护与训练，并让它们统一于精神对"真实"和"独一"的寻求。但教育本身也不是孤立的，它与整个社会的政治、文化和经济状况息息相关。或许，在此时此刻，真正迫切的事情，是重建一种不谄媚权力、不屈从流俗，但也不导向颓废和虚无主义的诗歌文化场域，一个共享某些价值和信念的诗歌共同体，使得诗人对个体性或本真性的追求能成为一种通向共同创造和行动的力量。我期待有一天人们写诗时像自然那样呼吸，又像呼吸那样自然，但并不遁入对世界的厌恶、对政治的逃避，而是在诗中仍然非常强劲地传递着欢乐、痛苦、热情和幸福感。对诗人来说，诗，一如生命，其行走要在通往目的的过程中逐渐使目的纯化，完全融入行走本身的真切感中，每一步都贯注全身心的元气和力量。

2022 年 3 月于昆明

本辑作者简介

黎衡　诗人、媒体人，毕业于武汉大学中文系，曾获刘丽安诗歌奖、未名诗歌奖、DJS—诗东西诗歌奖、J青年诗人奖、中国时报文学奖，出版有诗集《圆环清晨》，另辑有《南国指南》《眼睛监狱》，作品见于《钟山》《飞地》《诗刊》《诗建设》《扬子江诗刊》《扬子江评论》等刊，选入《中国新诗百年大典》《山水无尽——来自长江的诗歌》（阿根廷）等选本，长期为媒体撰写文化评论，担任广州博尔赫斯书店文学频道主讲嘉宾，现为《南方周末》文化副刊部资深记者。

周星月　中山大学国际翻译学院助理教授，研究英语和葡语现当代诗歌、垃圾美学、环境人文学。先后求学于北京大学英语系、世界文学研究所、加州大学圣塔巴巴拉分校比较文学系，曾任南方科技大学青年会士，数度游学里斯本，曾在葡萄牙古本江奖学金和巴西POIESIS奖学金资助下在里斯本和圣保罗做档案研究。在葡、英、中文学界发表数十篇论文和书评。合作译有海伦·文德勒《看不见的倾听者》，有中、葡、英语诗文散译见于各文化报刊和新媒体，另有合作葡译胡续冬编选中国当代诗人小选集将在巴西推出。

刘寅　1986年生，2005—2012年就读北大历史学系，2019年获美国圣母大学历史学系博士学位，同年任教于浙江大学历史学院，从事欧洲中世纪史研究。在《历史研究》《世界历史》、*Viator: Medieval and Renaissance Studies* 及 *Tradition: Studies in Ancient and Medieval History, Thought and Religion* 等刊物上发表论文若干。中译学术著作包括《西部罗马的转型》《欧洲的创生：950—1350年的征服、殖民与文化变迁》和《穿过针眼：财富、西罗马帝国的衰亡和基督教会的形成，350—550

年》(合译)。出版学术专著《教授"二次立法":〈申命记〉与里昂地区的查理曼改革》。

涂书玮 台湾大学台湾文学研究所博士,主要研究领域为中国当代诗学、台湾现代诗学、台湾文学英译与编辑实务、新诗理论与批评。2019—2020年担任美国加州大学圣塔芭芭拉分校东亚系暨台湾研究中心访问学者。博士论文《诗的交涉:两岸战后新诗的话语形构与美学生产》获台湾文学馆2021年"台湾文学杰出博士论文奖"佳作、第七届"大学院校现代诗学研究奖"(2021)与第八届"杨牧研究论者奖"(博士论文类,2022)。相关研究成果见各类学术期刊,并定期为《创世纪》诗刊《诗域外》专栏撰写当代诗歌评论。

辛北北 原名辛梓敏,广东汕头人,首都师范大学中国现当代文学专业博士生,研究方向为中国现当代诗歌与文化。爱好诗歌与批评,发表相关文字数篇,撰写有题为《"历史天使"的困惑:1990年代以来中国新诗的"当代性"问题意识》的博士论文。

范雪 浙大城市学院中文系副教授,研究领域是延安文艺与抗战文学、现代化与新中国文艺、新诗研究等。曾在《文学评论》《文艺研究》《中国现代文学研究丛刊》等刊物上发表文章,著有诗集《择偶的黄昏》《走马灯》。

王璞 美国布兰代斯大学副教授和比较文学项目主任。北京大学文学学士、文学硕士,纽约大学比较文学博士。曾游学巴黎,参与翻译本雅明《拱廊街计划》手稿,并任法国南特高等研究院研究员。出版诗集《宝塔及其他》《新诗·王璞专辑:序章和杂咏》及学术专著 The Translatability of Revolution: Guo Moruo and Twentieth-Century Chinese Culture。另发表有关现代诗歌、国际左翼、批评理论和"全球六十年代"等的一系列文章。

本辑作者简介

娄燕京 1990年3月生，山东临沂人，毕业于华东师范大学中文系，获文学博士学位，现就职于浙江理工大学，主要从事中国现当代诗歌的研究和写作，相关作品发表于《现代中文学刊》《天涯》等刊物。

余旸 1977年生，河南信阳人。1995年考入哈尔滨工业大学自控专业；2003—2010年，就读于北京大学中文系现当代文学专业；2010年至今，于西南大学中国新诗研究所执教。主要研究领域为新诗史，对当代社会思想极为关注。

李国华 目前任教于北京大学中文系，当代诗"观察员"。

一行 本名王凌云，1979年生于江西湖口。现居昆明，任教于云南大学哲学系。已出版哲学著作《来自共属的经验》(2017)、诗集《新诗集（2016—2020）》(2021)、《黑眸转动》(2017)和诗学著作《论诗教》(2010)、《词的伦理》(2007)，译著有汉娜·阿伦特《黑暗时代的人们》(2006)等，并曾在各种期刊发表哲学、诗学论文和诗歌若干。

编后记

《新诗评论（总第二十五辑）》内容涉及两个主题，专栏《诗人胡续冬纪念专辑》是其一，另外的三个专栏《问题与事件》《诗人研究》和《新诗学》中的文章，均出自以"思想与历史视野下的诗歌批评与研究"为主旨的工作坊来稿。因疫情影响，工作坊几番推迟，迄今未能在线下实现。

2021年8月22日，是诗人、北京大学外国语学院副教授、我们亲爱的朋友胡子（胡续冬）猝然离世的日子。消息在朋友圈传开来，震惊了所有认识他的人。一时之间，线上线下，人们以各种方式怀念和谈论他，读他的诗，回忆与他的友谊，讨论着或许是与诗歌相关的一个时代的结束。在本刊的《诗人胡续冬纪念专辑》中，黎衡按动胡续冬最初的"隐形开关"，考察其写作"前史"，以大量实例，分析了胡续冬诗歌中由一系列朴素的经典意象构建成的"镜之城"，详细扒梳了胡续冬"反本质主义"的写作意识，并从其具有代表性的元诗之作中，观察胡续冬写作的阶段性，总结其诗歌抱负与开阔的人文视野。周星月指出了作为诗人、教师、译者、随笔作者的胡续冬，在创作、知识写作、教学与翻译等方面"高度的互通互渗性"，侧重探讨了胡续冬旅居巴西期间，翻译巴西诗歌并激发写作的经验，特别以相关文本对比，论及胡续冬与巴西诗人若昂·卡布拉尔之间的关联。刘寅从对胡子诗歌的阅读中总结其优秀诗作的共同特征，简要梳理了胡子诗歌写作的几个阶段，结合这些特征点评其代表诗作，指出胡子对生活的热爱，以及他也是通过诗歌去经验、激活、反哺和完成生活的。涂书玮以"腾挪"与"游牧"两个关键词，来阐释胡续冬的诗学，认为它们代表了胡续冬诗歌写作的方法论"双核"，使其诗歌修辞具备了极大的异质跨度和思考动能。

以工作坊形式汇聚的文稿大多出自青年学者之手，皆充盈着思辨的锐气与逼人的锋芒。这些文章多围绕当前诗歌状况展开，无论作者们使用的具体概念为何，它们都落实在对1990年代以来的当代诗歌写作与批评的反思上。辛北北从当代诗的"当代性"切入，辨析所呈现的"不合时宜"的内涵，揭示其"否定性"及在当代中国诗歌现场中对写作弊端的诊断，同时，他还借由诗人王炜的思考带来的新理解，与这些诊断形成关联与辨析。娄燕京从"为诗辩护"的传统切入，将诗歌"技艺"观念纳入这一传统之中，不仅梳理了当代诗歌写作中，对"技艺"强调而带来的种种自我蒙蔽，而且也从诗歌批评、诗人与"技艺"的关系的角度，批评了这种"为诗辩护"的立场产生的各种幻觉与麻木。余旸回溯"九十年代诗歌"的诸种理念，检讨"九十年代诗歌"代表诗人们在写作上的后继乏力，即便在观念上强调"复杂性"与"历史意识"，但他们在作品中呈现的仍然是其"经验"无法与社会产生广泛有效联动的现实，这种现象持续至今，也直接影响了年轻的诗人，使后者在写作与时事有关的诗歌时，趋向于"自由主义"思潮作用下的极端感觉、认识与理解，妨碍了他们以诗歌探析当代世界的深广度。范雪与王璞的文章都将扫视当代诗的视野打开至一个世纪的区域。在检视20世纪中国对文艺与诗之传统功能的承继与强调之后，范雪对再造文明的能源——"向全部经验敞开的、个性化的国语的文学"满怀期待；王璞以"诗歌语言的革命"为视野，从一个世纪的不同侧面，考察了这一文化政治表征所呈现出的矛盾与复杂性，并借镜茱莉娅·克里斯蒂娃的思考，重新确认"诗歌语言革命"在今天的活力与可能性。

　　《诗人研究》栏中，李国华由海子的一句出圈诗句，即成为地产广告文案的"我有一所房子／面朝大海，春暖花开"，反思了当代诗歌与文化批评者对海子之死与海子之诗的褊狭、牵强的理解。通过回到海子的诗歌，基于关键意象，重释相关文本，并将海子的矛盾与痛苦置于其生活的历史交汇时刻去理解。《新诗学》栏目下，一行总结认识诗生成的四种形态，在"目的诗学""形式诗学""质料诗学"之外，重点从理论上建构"动力诗学"，即他所称的"诗的动力装置"。他先是梳理了西方诗学中，目的诗学与形式诗学的消长，提出质料诗学与动力诗学的重要性，同时，他也指出西方诗学与中国诗学间的隔阂，强调从中国诗的经验出发，对中西方诗学的相关义理进行反思性的综合，试图在当代语境中重构一种"动力诗学"的理解。通过对照西方诗学和中国古典诗学中的诗之动力论的差异，一行提出将诗理解为一种"有机化的语言组织"，并以"递归"与"偶然"对之加以阐释，来调和这两种差异性的观念。"诗可以视为一种'有机化的语言组织'"，"它同时与自然、技术和精神相关，并在三者之间获得了自身的位置。"在以荷尔德林和奥尔森为例，描述了西方诗学中两种诗歌引擎的类型之后，一行又以"气感""递归"和"偶然"三个关键概念，结合具体的诗歌文本解读，分析了汉语诗歌动力装置的古今之变。最后，一行论及当代诗歌动力装置的个体化特征，提出当代诗歌动力充分性衰退的问题，并试图探索相应的解决方案。

相对来说，本辑《新诗评论》内容较为集中，但无论是围绕诗人（胡续冬）展开的专题研究，还是围绕某个主题进行的不同角度的发散性思考，整体上，本辑大致延续了之前的《新诗评论》风格，强调诗歌批评与诗歌史研究的综合。关于今后的办刊方向，编委会商量决定，自下一辑起，批评卷与学术研究卷将交替刊行，区别风格：批评卷侧重诗歌现象、问题的批评和诗人评论等；学术研究卷侧重诗歌史、文献整理研究和诗学研究等。